KB082587

앤서

ANSWER

앤

A N S W E R

서

문경민 지음

김영사

차
례

___

프롤로그 · 8

이것은 유이와 킨의 이야기이다.

킨은 유이를 구했다.

유이가 동료들과 함께 헬리콥터를 타고 발안 셸터로 복귀하던 날이었다. 탑승한 대원들 중 스무 살이 안 된 여자 군인은 유이 뿐이었다. 발안 셸터로 귀환하는 길에 엔진이 고장 났고 헬리콥터는 폐허가 된 도시의 사거리에 불시착했다. 아르굴이 서식하는 곳 한복판이었다.

사고에서 살아남은 사람은 유이 혼자였다. 유이는 헬리콥터가 폭발하기 직전 가까스로 탈출했으나 문제는 아르굴이었다. 헬리콥터의 엔진 소리와 폭발음에 흥분한 아르굴 무리가 발톱을 세우고 유이를 향해 포위망을 좁혀오고 있었다.

절뚝거리며 달려보았으나 어디에도 도망칠 곳이 없었다. 유이는 넝쿨에 뒤덮인 건물 외벽에 등을 기대고 온몸에서 느껴지는 통증을 견디며 주변을 살폈다. 아르굴을 피해 몸을 숨길 만한 곳은 보이지 않았다. 소총이 있었지만 승용차 크기의 아르굴 수십 마리에게는 아무런 소용이 없었다.

죽음을 피하기 어려워 보였다. 죽음이 새삼스러운 세상도 아니었으니 아르굴에게 당하기 전에 스스로 생을 마감하는 게 나았다. 유이는 아르굴을 겨냥한 총구를 내리고 전투 헬멧을 벗었다. 무너진 건물과 가을 수풀에 뒤덮인 거리가 쓸쓸하고 외롭게 느껴졌다. 유이는 총구를 입으로 가져가 앞니로 단단히 고정하고 방아쇠에 엄지손가락을 올렸다. 혀에 닿은 총구가 맵고 비렸다.

마지막으로 고개를 들어 푸른 하늘을 올려다보았다. 뜨거운 감정이 격하게 일면서 헛웃음과 울음이 동시에 터졌다. 방아쇠를 당기려고 마음먹은 순간, 녹슬고 부서진 채 뒤엉킨 자동차들 너머에서 한 남자가 걸어오는 것이 보였다.

아르굴은 남자에게 적개심을 표출하지 않았다. 그를 잡아먹으려고 달려들지도 않았다. 남자가 가까이 오자 아르굴 무리는 불쾌한 소리를 내며 남자와 거리를 두었다. 처음 보는 광경이었다. 어느새 유이 근처까지 다가온 남자는 자신이 안전한 사람이라는 확신을 주려는 듯 걷는 속도를 늦췄다. 보통 체격에 보통 키, 구불거리는 검은 머리칼, 유이 또래로 보이는 앳된 얼굴, 동아시아 사람 같지는 않았다.

"저와 있으면 괜찮아요."

남자는 그렇게 말하며 오른손을 내밀었다. 소매 끝이 말라붙은 피로 얼룩덜룩했다. 위아래가 한 벌로 된 실험복을 입은 그는 오랜 시간 밖에서 지냈는지 차림새가 지저분했다. 표정 또한 우울하고 지쳐 있었으나 유이를 안심시키기 위해 건넨 말에는 안타까워하는 심경이 묻어났다. 유이는 입에 문 총을 빼고 남자의 손을 잡았다. 손바닥이 말랑말랑하고 따뜻했다.

자신과 함께하면 아르굴로부터 안전하다는 그의 말은 사실이었다. 아르굴은 유이에게 더 이상 이빨을 드러내지 않았다.

유이가 남자에게 물었다.

"누구죠? 정체가 뭐예요?"

남자는 눈을 빠르게 깜박이며 유이를 쳐다보았다. 누구냐는 질문에 곤혹스러워하는 얼굴이 유약해 보였다. 위협이 되지는 않을 것 같았다. 말을 할 듯 말 듯 주저하던 남자는 결국 입을 다물어버렸다.

유이는 다시 물었다.

"이름만이라도 알려줘요."

유이와 남자의 시선이 맞닿았다. 남자의 눈동자는 올리브색이었다. 잠시 망설이던 그가 혼잣말하듯 입술을 달싹였다. 정확히 들리지 않았다. "뭐라고요?" 하고 묻자 남자가 유이의 얼굴을 쳐다보며 말했다.

"내 이름은 킨입니다."

유이도 킨을 구했다.

킨은 마낙 셸터에서 도망친 사람이었다. 유이의 아버지 장태섭 사령관은 그 사실을 눈치챘으면서도 킨을 발안 셸터의 시민으로 받아주었다.

장태섭 사령관은 킨이 유이의 훈련 교관인 주하 중사와 함께 방이 세 개인 빌라에 살도록 했다. 주하 중사에게 킨을 돌보라고도 당부했으나 주하 중사는 누굴 돌보고 살피는 일에는 젬병이었다. 늦은 밤 퇴근한 뒤 집에서 잠만 자고 이른 아침에 다시 부대로 나가는 주하 중사가 킨에 관해 올린 보고는 간단했다.

'방에 누워만 있음. 하루에 한 끼도 먹지 않는 것으로 보임. 오른팔의 부상은 총상이 분명한데 신기할 정도로 빨리 아물었음'.

그 이야기를 전해 들은 유이는 타박상 입은 몸을 이끌고 킨을 찾아갔다. 문을 두드리자 안에서 기침 소리가 들렸다. 열 살 정도로 보이는 작고 마른 여자아이가 문을 열어주었다. 눈빛이 영민해 보이는 아이였다. 여자아이가 '누구세요?'라며 표정으로 물었다.

유이는 장난스레 말했다.

"누군지도 모르면서 문을 열어주면 어떡해?"

여자아이는 대꾸 없이 몸을 돌려 식탁으로 가더니 펜으로 무언가를 쓴 종이 한 장을 가져왔다. 종이에는 '나는 말을 못 해요'라고 적혀 있었다. 발안 셸터에는 부모나 형제의 죽음을 경험한 뒤로 말을 잃어버린 아이들이 더러 있었다.

이름이 뭐냐고 묻자 여자아이는 벽에 종이를 대고 펜을 끄적였다.

-라리.

"라리구나. 반갑다."

라리는 유이를 빤히 쳐다보았다.

"내 이름은 유이. 장유이."

라리가 종이에 무언가 적은 뒤 유이에게 보여주었다.

-이유?

유이는 웃고 말았다. "유이야 이유를 말해봐" 하고 놀리던 어릴 적 친구들이 생각났다. 라리는 가볍게 기침을 하고는 유이를 향해 생글거렸다.

"일주일 전에 여기 온 남자 있지 않아? 이름이 킨인데."

유이의 질문에 라리는 문에서 가까운 방을 가리켰다. 유이는 라리를 따라 들어가 방문을 두드렸다. 잠시 뒤 문이 열리고 킨이 나왔다. 일주일 만이었다.

유이는 킨의 모습에 놀랐다. 눈과 뺨이 움푹 들어갔고 거실을 가로지르는 걸음걸이도 위태로웠다. 간단한 말도 제대로 하지 못해서 더듬거렸다. 머리칼은 엉망이었고 옷도 지저분했다.

유이는 창문을 열어 새 공기를 들이고 물을 끓여 집에 온기와 습기를 채웠다. 라리는 집에 생기가 돌아 좋은지 유이 근처를 계속 서성이다가 유이가 그릇이나 국자 따위를 찾으려고 두리번거리면 재빨리 다가와 필요한 걸 꺼내주었다.

유이가 하던 걸 멈추고 라리와 눈을 맞추며 물었다.

"같이 할래?"

라리는 웃으며 고개를 끄덕였다. 유이와 라리는 따뜻한 물에 설탕을 녹여 나눠 마시고 킨에게도 주었다. 둘은 기본 배급 식량인 곡식 가루를 물에 풀어 죽을 만들었다.

유이와 라리, 킨이 식탁에 둘러앉았다. 유이는 점심때 먹지 않고 아껴두었던 방울토마토를 죽 그릇 옆에 놓았다. 식탁에 놓인 방울토마토들이 작고 동그란 선을 그렸다.

유이는 킨에게 물었다.

"나는 열여덟 살인데, 그쪽은?"

군인의 딸이어서일까, 열일곱 살에 입대해서 군인으로 살아왔기 때문일까. 유이는 위계가 분명한 관계가 편했다.

"나도 열여덟."

대답이 고분고분해서 마음이 놓였다.

"너 지금 꼴이 말이 아니야. 내일 아침에 부대 가면서 들를

13

테니까 제대로 씻고 밥도 챙겨 먹어."

유이는 다음 날부터 아침저녁으로 킨의 집에 들렀다.

킨은 유이의 방문을 달가워하지 않았다. 죽 그릇을 비우기는
했으나 유이가 집에 있을 때면 방 안에만 머물렀다. 불편해하는
기색을 내비치기도 했다. 그래도 유이는 그만두지 않았다. 킨이
듣든 말든 잔소리를 했으며 라리와 함께 밥을 차리고 집을 치웠
다. 주하 중사가 돌아오기 전까지 라리와 공기놀이를 하거나 그
림을 그리면서 시간을 보냈다. 9일째 되던 날, 킨은 유이가 부르
지 않았는데도 스스로 방에서 나와 식탁 앞에 앉았다.

유이가 식탁 맞은편에 앉아 말없이 죽만 먹는 킨에게 물었다.

"아직도 살기 싫어?"

킨은 어느새 다 비운 죽 그릇을 보여주며 대답했다.

"이제는 아니야."

유이는 만족스레 웃으며 말했다.

"아주 잘했어."

식사를 마친 뒤 유이는 가방에서 천과 가위를 꺼냈다. 욕실
에 식탁 의자를 가져다 놓고 킨을 불렀다. 킨은 잠시 주저하다
가 유이가 하라는 대로 의자에 앉았다. 넓은 천이 킨의 목을 감
싸고 상반신을 덮었다. 유이는 가위를 찰칵이며 말했다.

"원하는 스타일 있어?"

"모르겠어."

"그럼 내 마음대로."

미리 갈아 온 가윗날이 기분 좋은 소리를 내며 킨의 머리칼 사이를 지나갔다. 유이의 발밑에 검고 구불구불한 머리카락이 쌓였다. 덥수룩한 머리칼이 걷히고 나자 킨의 반듯하고 세련된 이목구비가 더 도드라졌다. 이발을 마친 뒤 유이는 거울을 가져와 킨 앞에 놓았다.

"마음에 들어?"

뒤에서 라리가 엄지를 치켜세웠다. 귀가 훤히 드러난 얼굴을 바라보던 킨은 거울에서 시선을 거두었다. 마치 못 볼 거라도 본 것처럼.

유이는 실망한 목소리로 말했다.

"별로야? 내가 보기엔 괜찮은데."

"아니, 머리 모양은 아주 좋아."

"그런데?"

킨은 잠시 머뭇거리다가 입술을 뗐다.

"그냥, 내 얼굴이 힘들어."

얼굴이 힘들다니. 무슨 말인지 알아들을 수가 없었다. 이 정도면 잘생긴 거 아닌가? 거울 볼 때마다 뿌듯해야 하는 거 아냐? 유이의 뚱한 표정을 본 킨은 온순한 목소리로 말했다.

"고마워."

"진짜?"

"기분이 좋아졌어."

미심쩍긴 했으나 유이는 킨이 드러내고 싶어 하는 마음을 보아주기로 했다.

유이는 킨의 머리칼을 손으로 털어주며 말했다.

"이번에는 내가 널 구했어."

유이는 매일 집에 돌아오는 길에 킨의 집에 들러 저녁을 먹었다. 이따금 주하 중사와 같이 집에 돌아가기도 했으나 주하 중사는 일이 늦게 끝날 때가 많았다. 장태섭 사령관은 둘이서 하는 저녁 식사에서 몇 번이나 머뭇거리다 결심했다는 듯 입을 열었다.

　"킨이라는 애는 괜찮은 놈이냐?"

　보통의 아버지들이 던질 법한 질문이었다. 너무도 평범한 질문이어서 유이는 가슴이 아릴 정도로 좋았다. 각오하고 극복하는 기분으로 살아온 유이에게 킨과의 일상은 열여덟 살이 누려야 마땅한, 마침내 찾아온 평범함이었다.

　킨이 좋은 사람인지 아닌지 아직은 알 수 없었다. 킨은 말수가 적었다. 자기 생각이나 입장을 내세우기보다 유이가 바라는 쪽에 자신을 맞추는 것 같았다. 무슨 생각을 하는지 이따금 안색이 어두워지기는 했으나 유이가 자신을 걱정한다는 것을 알아차리면 아무렇지 않은 척 낯빛을 고치곤 했다. 집 밖으로 나가는 일은 거의 없었다. 하루 종일 뭐 했냐고 물으면 책을 봤다고 대답했다.

유이가 자신이 아는 킨에 대해 설명하자 장태섭 사령관의 얼굴에서 평범한 아버지의 모습이 사라졌다. 장태섭 사령관은 신중한 목소리로 말했다.

"킨이 마낙 셸터에서 왔다는 걸 잊으면 안 된다. 보통 사람과 다르다는 것도 잊어선 안 돼. 우리는 킨이 왜 마낙 셸터에서 도망쳤는지, 어째서 아르굴로부터 안전한지 아직 몰라."

유이는 고개를 끄덕였다.

"그저께 마낙 셸터에서 18세가량의 남자가 발안 셸터로 오지 않았느냐고 물어왔다. 그쪽에서 이야기한 시기나 용모로 볼 때 킨을 찾는 게 분명해."

유이의 눈에 서린 불안을 알아차린 장태섭 사령관은 다독이는 목소리로 말을 이었다.

"걱정하지 마라. 모른다고 했으니까. 밤에 도착해서 본 사람이 거의 없기도 했고 여러모로 운이 좋았다. 아무튼 조심해야 해. 도망자를 숨겼다는 걸 마낙 셸터에서 알게 되면 우리가 화를 입을 수도 있어. 명심해."

알겠다고 답하자 장태섭 사령관은 셸터에 적응하도록 킨에게 주요 시설을 안내하고 할 만한 일을 소개해 주라고 했다. 그리고 나지막이 부탁했다. 가능하면 킨에게서 들은 정보를 자신에게 전해달라고.

다음 날, 유이는 아침 일찍 킨과 집을 나섰다. 둘은 차를 타고 발안 셸터를 종일 돌아다녔다. 이른바 특권층이 사는 화이트타운과 핵 발전소, 시장, 배급소, 도서관, 공사 중인 겨울잠 센터와 학교, 실내 농장을 방문했다.

마지막 장소는 언덕 높은 곳에 자리한 아담한 규모의 천문대였다. 승용차를 열 대쯤 댈 수 있는 주차장은 텅 비어 있었다. 관리인도 없었다. 팔과 머리가 부서진 조각상이 메마른 분수대 한가운데에 서 있었다.

천문대 아래로 발안 셸터의 전경이 눈에 들어왔다. 노을 지는 하늘 아래로 보이는 발안 셸터는 따뜻하면서도 스산했다. 모든 게 낡아가는 풍경이었다. 오래전에 지어진 빌딩과 페인트가 벗겨진 아파트 단지들. 빼곡하게 자리 잡은 모양새는 그대로지만 건물 사이를 휘도는 바람 소리가 들릴 정도로 셸터는 적막했다. 공장 지대 뒤로 발안 셸터를 에워싼 30미터 높이의 방벽이 보였다. 아르굴로부터 셸터를 보호하기 위한 방벽이었으나 갇힌 기분이 드는 건 어쩔 수 없었다.

천문대를 둘러본 유이와 킨은 분수대에 걸터앉았다.

킨이 말했다.

"내 이야기가 궁금해?"

종일 차를 타고 돌아다니면서 과거 이야기를 몇 번 물었으나 그때마다 킨은 대답을 회피했다. 유이는 말했다.

"궁금해."

"어떤 게?"

"왜 넌 아르굴로부터 안전하지?"

킨은 천천히 말문을 열었다. 킨이 아르굴로부터 안전한 건 유전자 조작으로 태어났기 때문이었다. 그런 게 가능하냐는 유이의 물음에 킨은 성공 가능성은 낮다고 대답했다. 마낙 셸터에서는 연구 보조원으로 일했다고 했다. 무슨 연구를 했느냐는 유이의 물음에 킨은 쓰게 웃으며 답했다.

"이것저것. 내가 있던 부서에서는 저체온 동면이랑 생명 연장 기술을 연구했어."

저체온 동면은 유이에게도 익숙한 주제였다. 발안 셸터는 자원 부족 문제를 해결하기 위해 저체온 동면에 들어갈 사람들을 모집하고 있었다. 내년에 완공될 겨울잠 센터가 저체온 동면 지원자들을 수용하는 시설이었다. 그러나 생명 연장 기술이라니.

"생명 연장 기술? 저체온 동면이랑 다른 거야?"

"마낙 셸터의 최고 상류층들을 위한 거야. 그 사람들은 건강하게 오래 살고 싶어 하거든."

"어떻게 오래 살아?"

"늙어서 몸 어딘가가 고장 나면 새것으로 교체해."

"새것으로?"

"응. 노화된 장기를 대신하기 위한 아이들이 있어. 나도 그중 하나고."

유이는 잠시 말을 잇지 못했다. 킨은 스스럼없이 말을 이었다.

"마낙 셸터에서 도망친 건 우리가 어찌 될지 알았기 때문이야. 동생들도 데리고 나오고 싶었는데 실패했어."

유이도 자신의 이야기를 털어놓았다. 어릴 때부터 방벽 안에서 살아서 하루하루 낡아가는 풍경이 이제는 지긋지긋하다고. 방벽 틈으로 들어온 아르굴이 어머니를 죽이는 동안 아버지는 다른 사람을 구하느라 바빴다고. 간략히 말하려고 했는데 말을 시작하고 나니 가슴에 쌓여 있던 이야기가 생각보다 많았다.

유이는 어둑해져 가는 풍경을 바라보며 말했다.

"이곳에서의 삶이 어서 끝장나면 좋겠어."

"죽고 싶다는 거야?"

죽어도 아쉬울 게 없다고 생각하며 살았다. 죽음으로 해방을 맞은 친구들처럼 유이도 훌훌 털고 날아가고 싶다고 생각했었다. 킨을 만나기 전까지는.

"지금은 아닌 것 같아."

"다행이네."

셸터 곳곳이 불빛으로 밝아지고 있었다. 고요하고 아늑한 풍경이었다. 방벽 밖에서 들려오는 아르굴의 포효마저 그저 평온의 일부인 듯했다.

유이가 말했다.

"집에만 있을 순 없어. 알지?"

킨은 고개를 끄덕였다.

"하고 싶은 거 있어?"

"모르겠어."

"나는 있어."

킨이 고개를 돌려 유이를 바라보며 물었다.

"뭘 하고 싶어?"

유이는 킨의 올리브색 눈동자에 시선을 주었다. 마주친 시선
에서 반짝이는 감정이 오가는 듯했다. 선선한 바람이 불어와 귀
밑으로 흘러내린 머리칼을 간지럽혔다. 유이는 시선을 타고 오
간 둘의 감정이 자신만의 착각이 아니기를 바랐다.

"사랑을 하고 싶어."

"사랑?"

"연애를 하고 싶어. 남자를 사귀고 싶어. 서로 좋아서 죽고 못
사는 거, 그런 거 한번 해보고 싶어."

킨이 큭 하고 웃었다. 킨에게서 처음 보는 열여덟 살 소년의 모
습이었다. 유이가 장난스레 물었다.

"너는 좋아했던 애가 있어?"

눈을 굴리던 킨이 웃으며 말했다.

"한둘이 아니었지."

장난기 섞인 킨의 목소리는 마치 꽃을 흔드는 바람결 같았다. 유이의 심장이 느닷없이 쿵쾅거렸다. 유이의 눈을 바라보는 킨의 눈에 서글픈 빛이 감돌았다. 애타는 기분에 사로잡힌 유이는 킨과 자신 사이에 감도는 발그레한 분위기에 현기증이 일었고 그 기운에 용기를 얻어 킨의 입술에 입을 맞춰버렸다.

　　일순간 사로잡힌 황홀한 여운에 정신이 혼미했다. 유이는 입술을 떼고 킨의 얼굴을 살폈다. 킨은 놀란 얼굴로 유이를 바라보고 있었다.

　　'내가 지금 무슨 짓을 한 거야'라는 생각에 얼굴이 벌겋게 달아올랐다. 미안하다고 말하려는데 갑자기 킨의 체온이 느껴졌다. 킨의 두 팔이 유이의 등을 가볍게 감쌌고 킨의 입술이 이마에 닿았다. 방금보다 더 오래, 더 진하게. 무안함이 풀어지면서 안도감이 밀려들었다. 유이는 팔을 벌려 킨을 마주 안았다.

　　사랑은 무턱대고 찾아와 유이의 마음을 사로잡았다. 유이는 킨의 상냥한 눈빛과 점 하나 없는 얼굴, 오뚝하게 솟은 콧날과 날카롭게 빠진 턱선을 사랑했다. 자신 앞에서 수줍게 미소 짓는 킨을 보면 자신감이 피어오르면서 상쾌한 기분이 가슴을 적셨다. 킨이 미친 듯이 보고 싶었다. 보고 있어도 보고 싶은 마음에 애가 탔다. 킨도 자신과 같은 마음인지 궁금해 킨에게 물으면 "나도 그래"라는 대답이 돌아왔다. 킨은 마음이 가득 담긴 눈빛으로 유이의 눈을 마주 보다가 이마에 입을 맞추고 유이를 포근히 안아주었다.

그럴 때마다 유이는 자신이 치유되고 있음을 느꼈다. 결코 낫지 않을 거라고 생각했던 상처 위에 새살이 돋는 것 같았다. 눈부신 회복이었다. 유이는 킨과 함께 찾아온 그 찬란함을 한껏 누렸다. 사랑하고 싶어서 살고 싶었다. 이제까지 누리지 못한 것, 덮어두었던 기쁨, 행복하지 못했던 시간을 넘치도록 보상받고 싶었다. 유이는 앙갚음하듯 킨을 사랑했다.

유이는 헬리콥터 조종술을 배웠고 킨은 실내 농장에 일자리를 구해 셸터 생활에 적응해 갔다. 둘은 함께 라리를 돌봤다. 기관지와 폐가 약한 라리는 걸핏하면 감기에 걸렸고 천식 때문에 심각한 상태로 악화되는 때가 많았다. 말을 하지 못해 답답해하는 라리를 위해 유이는 수화를 배우자고 했다. 유이와 킨과 라리는 경쟁하듯이 책으로 수화를 익혔고 익숙해진 뒤로는 셋이 함께 장난을 치며 이야기를 나누곤 했다. 사랑으로 충만한 시절이었다.

그럼에도 살아가는 일은 어려웠다. 발안 셸터의 상황은 좋아지는 법 없이 완만한 하강 곡선을 그렸다. 발안 셸터의 실질적인 책임자인 장태섭 사령관은 어떻게든 사람들을 지키려고 애썼으나 멸망은 곧 닥쳐올 미래로 보였다. 발안 셸터의 식량난은 심각했다. 영양실조로 허약해진 사람들은 주기적으로 퍼지는 전염병을 이기지 못했다. 동료들이 방벽 바깥에서 아르굴에게 목숨을 잃었고 유이가 마음을 주었던 사람들은 높은 곳에서 스스로 몸을 던졌다.

유이는 더 많이 사랑하고 싶었다. 이상하게도 죽음을 생각하면 더욱 그랬다. 사랑하다가 죽고 싶었다. 죽을 만큼 사랑하고 싶었다. 킨과 유이는 발안 셸터가 마낙 셸터의 공습을 받고 무너질 때까지 함께했다.

겨우 1년의 시간이었다.

1부
앤서(ANS)

1

유이는 귀퉁이가 닳은 책들을 이삿짐 상자에 넣었다. 오래 묵은 먼지가 공간을 부유하는 듯했다. 창문을 열어 바람을 들이자 기분이 조금 나아졌다. 일요일 아침의 창밖 거리는 조용했다. 3월이지만 아열대기후답게 기온은 따뜻했다. 이사하기 좋은 날이었다. 인기척이 나서 뒤를 돌아보니 지아가 서 있었다.

"언니, 정말 가는 거야?"

지아는 유이가 이삿짐을 싸는 내내 한 번도 들여다보지 않았다. 지아가 느끼는 서운함을 알기에 유이는 이렇게라도 말을 걸어준 것이 고마웠다.

"가야지."

"내가 도와줄 건 없어?"

"없어."

말하고 보니 야멸차게 들렸을 것 같아 유이는 "괜찮아"라고 덧붙이며 조금 웃어 보였다.

지아와 유이는 3년을 함께 살았다. 유이보다 세 살 어린 지아는 쿠니 지구에서 태어났다. 지아의 부모는 밀항한 한국인이었고 덕분에 유이는 영어가 공용어인 앤서에서 지아와 한국어로 의사소통할 수 있었다.

18년 전 마낙 셸터의 공습으로 발안 셸터가 무너진 직후, 유이는 생존자들과 함께 필사의 탈출을 감행했다. 장갑차로 서쪽 해안까지 이동한 뒤 어선을 타고 바다를 떠돌다 앤서에 왔다. 해안에서 출항한 작은 배 다섯 척 중에서 무사히 도착한 것은 유이가 탄 배뿐이었다. 죽는 것 말고는 선택지가 없어서 가능했던 탈출이었다.

앤서의 정식 명칭은 동아시아 국가 연합 셸터(Association of East Asian Nations Shelter)인데 줄여서 ANS라고 칭하다가 앤서(ANSWER)라는 별칭으로 불리게 됐다. 앤서는 아르굴의 공격을 피해 동아시아의 여러 나라가 연합하여 오키나와섬에 지은 셸터로 섬 둘레에 세운 30미터 높이의 방벽 안에서 200여만 명의 사람이 살았다. 대륙에 있던 셸터가 환란을 잠시 피할 용도로 지은 피난처였다면 앤서는 자급자족이 가능한 안전지대였다.

쿠니 지구는 앤서가 지어진 당시에 밀입국한 사람들을 수용한 곳으로 앤서의 북서쪽 해안과 맞닿은 곳에 있었다. 앤서 시민들은 쿠니 지구를 '부적격자 수용소'나 '난민촌'이라 불렀으나 쿠니 지구 곳곳에는 '쿠니가미 자치구'라는 팻말이 붙어 있었고 쿠니 지구 사람들은 자신들을 '쿠니'라고 일컬었다. 유이는 발안 셸터를 탈출한 뒤 이곳에서 서른일곱이 될 때까지 18년을 살았다. 쿠니로서.

유이가 마지막으로 이삿짐 상자에 넣은 것은 금속 액자에 담긴 사진이었다. 하늘에서 찍은 둥그스름한 모양의 초록색 섬. 하이난섬이었다. 짙푸른 바다에 박힌 초록빛 진주 같은 하이난섬의 사진은 아버지가 남긴 하나뿐인 유품이었다.

문가에 기대어 서서 유이를 지켜보던 지아가 물었다.

"다 챙긴 거야?"

유이는 지아를 쳐다보며 미소로 대답을 대신했다. 지아가 아쉬움을 애써 누르는 목소리로 말했다.

"망고 먹고 갈래?"

"망고가 있어?"

"두 개 샀어. 언니 떠나는 기념으로."

"네가 먹고 싶어서 산 건 아니고?"

"그것도 틀린 말은 아닐걸? 이유 없이 즐기기엔 좀 사치잖아."

망고는 간호사인 지아의 봉급으로는 쉽게 엄두 낼 수 없는 과일이었다. 지아가 명랑한 어조로 말했다.

"내 방으로 와. 언니는 언니고 망고는 망고니까."

"이것만 가져다 놓고."

유이는 마지막 이삿짐 상자를 들고 좁은 거실과 현관을 지나

길가에 주차해 둔 공용 트럭으로 걸어갔다. 거리 양쪽에 찍어낸 듯 모양과 크기가 똑같은 단층집들이 선을 맞춰 늘어서 있었다. 마감 처리가 제대로 되지 않아 건물 표면이 거칠었고 집과 집 사이 간격은 턱없이 좁았다. 유이는 공용 트럭 짐칸에 상자를 올려놓고 잠시 서서 쿠니 지구 너머의 방벽을 쳐다보았다.

해안을 따라 세운 30미터 높이의 회색 방벽은 태풍과 파도에 부서지고 깎여 인공물이라기보다는 자연의 일부 같았다. 바다를 건널 수 있었던 아르굴이 오래전에 자취를 감추었기에 이제는 쓸모없었지만 앤서 사람들은 부서진 방벽이라도 그대로 두고 싶어했다.

북서쪽은 바다를 가로막은 방벽, 남동쪽은 앤서와 쿠니 지구를 나누는 격벽. 벽으로 둘러싸인 이곳을 이제는 떠나고 싶었다. 도망치는 기분일 거라고 예상했는데 막상 떠나는 날이 되고 보니 생각보다 덤덤했다. 쿠니들로부터 욕을 먹을 만큼 먹었기 때문인지도 몰랐다. 유이가 시민권을 얻어 쿠니 지구를 떠난다는 소식에 사람들은 씁쓸해했다. 그럴 줄 알았다는 사람도, 배신자 취급하는 사람도 있었다.

유이는 지난 3년간 쿠니 자치위원회 사무국장으로 일하면서 실무를 책임지고 앤서 정부와 교섭하는 일을 해왔다. 앤서 정부의 지원을 받아 하수처리 시설을 개선하고 도로를 포장하고 공용으로 쓰는 차량을 얻어냈다. 앤서와 쿠니 지구를 분리한 격벽은 철거하지 못했다. 유이는 쿠니 모두에게 알리는 공지글을 '사랑하는 쿠니가미 자치구의 시민들께'라는 문구로 시작했다. 형식적으로 보여도 매번 진심을 담으려 했다.

이사를 앞두고 마음이 심란해서였을까. 어젯밤 꿈에 킨이 나왔다. 꿈속에서 킨을 본 건 꽤 오랜만이었다. 유이는 킨과 라리와 함께 전기장판으로 훈훈해진 이불 속에 누워 나른하게 천장을 올려다보고 있었다. 겨울이었고 셋이서 눈사람을 만들고 들어온 뒤였다. 꿈속에서 라리는 수화가 아닌 자기 목소리로 말했다.

"눈사람은 춥겠다."

속삭이는 듯한 귀여운 어린아이의 목소리였다. 그 말에 킨이 "그렇겠네" 하고 답하자 유이가 "그렇긴 뭐가 그래"라며 핀잔을 주었다. 잠깐의 침묵이 흐르다 셋이 동시에 웃음을 터트렸다. 특별한 이유 없이.

오랜만에 본 킨은 여전히 앳된 열여덟 살의 얼굴이었다. 꿈에서 깬 유이는 침대에 누운 채 실제로 셋이 눈사람을 만든 적이 있었는지 기억을 더듬었다. 기억은 분명하지 않았으나 아마도 그랬을 것이다. 그때 유이와 킨은 할 수 있는 모든 걸 함께 하려고 했으니까.

추억처럼 그때의 기억을 떠올려 봐야 쓸데없었다. 킨과 함께한 겨울은 한 번뿐이었다. 사랑했으나 잠깐이었고 그마저도 18년 전 일이었다. 킨을 향한 그리움은 오래전 세상을 떠난 엄마에 대한 그리움과 비슷했다. 그 그리움은 해소할 수 없는 갈증 같아서 빠져들고 나면 매번 우울감에 젖어 들곤 했다.

킨을 마지막으로 본 건 발안 셸터가 공습당하기 전날이었다. 늦은 밤 주하 중사와 함께 사령관 공관에 찾아온 킨의 얼굴에 수심이 가득했다. 무슨 일이냐고 물어도 나중에 알려주겠다고만 했다. 그리고 다음 날 마낙 셸터의 공습이 있었다.

살아 있는지 죽었는지조차 알 수 없었다. 이제는 킨을 생각해도 덤덤했다. 추억은 종잇장처럼 얇디얇아서 하찮게 생각하면 얼마든지 가볍게 구겨 가슴 깊은 곳에 묻어둘 수 있었다. 유이는 쿠니 지구에서 세 명의 남자를 사랑했다. 그중 한 사람과는 결혼까지 고민할 만큼 깊은 관계로 발전했지만 군대 문제로 헤어질 수밖에 없었다. 그는 앤서의 시민권을 얻기 위해 군에 자원입대했고 그 뒤로는 소식이 끊어졌다.

앤서는 안전지대였지만 쿠니 지구에서의 삶은 감상에 잠길 정도로 여유롭지 않았다. 물자는 부족했고 주거지는 열악했다. 1년 내내 벌레와 악취에 시달렸다. 수도꼭지를 틀면 녹물이 나왔고 이를 해결할 방법이 없어서 결국 우물을 파야 했다. 앤서의 병원으로 이송하면 살 수 있는 환자가 격벽을 넘지 못해 숨을 거두는 일이 비일비재했다. 먹을 것도 마실 것도 부족한 쿠니들은 언제나 신경이 곤두선 채로 살았다.

유이는 몸을 돌려 고압 전류가 흐르는 8미터 높이의 콘크리트 장벽을 쳐다보았다. 3년 전에 일어났던 무장봉기가 끝난 뒤 세워진 격벽이었다. 반드시 해체하고 싶었으나 벽은 여전히 굳건했다. 스스로를 칭찬할 법한 일도 여럿이었지만 격벽을 쳐다보고 있으면 낭패감이 모든 성과를 뒤덮는 듯했다. 유이는 격벽에서 눈길을 돌렸다. 사무국장으로서 최선을 다했으나 변명일 뿐이었다. 유이는 아래로부터 치받고 올라오는 쓴 감정을 견디려 아랫입술을 지그시 물었다. 결국 이렇게 패배한 기분으로 떠나게 되다니. 그것도 앤서로. 스스로 선택해서.

유이가 집 안으로 들어가자 지아가 자기 방으로 오라며 손짓으로 불렀다. 망고 향이 좁은 거실에 은은히 감돌았다. 유이는 "실례 좀 하겠습니다"라고 우스갯소리를 하며 방으로 들어섰다.

지아의 방은 늘 그렇듯 산뜻했다. 싱글 매트리스 하나, 작은 책상 하나, 옷장 하나. 창턱에는 빛바랜 조화가 붉은 화병에 꽂혀 있었다. 방 왼편에는 아담한 검정 식탁이 놓여 있었고 식탁 위에는 접힌 선이 볼록하게 올라온 연두색 테이블보가 깔려 있었다. 꽃무늬 접시에는 이미 썰어놓은 망고가 가지런히 담겨 있었다.

유이가 식탁 의자에 앉으며 물었다.

"가는 날이라 잘해주는 거야?"

"생각해 보니까 서운한 것보다 미안하고 고마운 게 더 많았더라고."

미끈하게 잘 익은 망고는 향도 진했다. 지아가 유이에게 포크를 건네며 말했다.

"먼저 먹어."

유이는 웃음기 섞인 투로 말했다.

"사양할 것 같지?"

"사양하기만 해봐. 큰 걸로 골라 먹어."

유이와 지아는 망고를 나눠 먹었다. 누가 먼저랄 것 없이 "달다"라고 말했다. 동시에 들린 서로의 말에 같이 큭큭거리며 웃었다. 앞으로는 이런 시간이 없을 거라는 생각에 마음이 아팠으나 유이는 내색하지 않았다. 지아가 물었다.

"새집은 마음에 들어? 여기에서 멀지?"

유이는 말없이 고개를 끄덕였다. 유이의 새집은 쿠니 지구에서 동남쪽으로 30킬로미터 떨어져 있었다. 먼 거리는 아니었지만 중간에 작은 산들이 있어서 차로 이동하려면 한참을 돌아가야 했다.

새집은 높은 지대에 지어진 관광호텔을 주거지로 변경한 공동주택이었다. 바다를 향해 완만하게 휘어진 긴 복도로 나가면 수십 개의 문이 일정한 간격으로 박혀 있었다. 집은 좁았지만 혼자 살기엔 적당했다. 방 둘에 욕실 하나, 작은 거실 하나. 주방과 연결된 베란다에서는 숲과 방벽에 둘러싸인 앤서의 해안을 조망할 수 있었고 방벽 너머로 바다가 한눈에 들어왔다. 집에서 방벽이 멀었고 심지어 내려다볼 수 있었다. 방벽과의 거리는 유이가 그 집을 택한 이유였다.

풍경은 그럴듯했지만 공동주택은 낡고 위태로웠다. 엘리베이터는 오래전에 멈췄고 부품이 없어 고장 난 채로 방치되어 있었다. 1층이 가장 비쌌고 10층이 가장 저렴했다. 유이의 집은 8층이었다. 8층에서 계단으로 내려오고 1층에서 8층을 향해 걸어 올라가는 게 벅차긴 했으나 유이가 모은 돈으로 고를 수 있는 집은 그 정도가 최선이었다.

유이가 말했다.

"멀어서 좋아."

"말 정말 그렇게 할래?"

"너니까 이런 말도 하지."

지아는 천장을 쳐다보며 "아이고야" 하고 중얼거린 뒤 다시 물었다.

"앤서에서 스쿨버스 운전은 언제부터 하는 거야?"

"내일부터. 교육도 끝났으니 바로 투입."

지아는 팔짱을 끼고 유이의 얼굴을 유심히 살폈다.

"그렇게 살아도 괜찮겠어?"

"뭐 어때. 혼자 조용히 사는 거지."

지아는 깊은 한숨을 내쉬고 망고를 우물거리며 말했다.

"싫다. 싫어."

유이는 싱긋 웃으며 말했다.

"싫은 게 어디 나쁘이겠어?"

"앤서가 싫어. 기여도 점수로 시민권 주는 것도 싫고."

지아는 포크로 유이를 콕콕 찍는 흉내를 내며 얄미워 죽겠다는 표정으로 말했다.

"그 점수 차곡차곡 모아서 앤서로 가버리는 언니도 확실히 미워 죽겠고."

앤서는 30만 명에 달하는 쿠니들에게 시민권을 획득할 수 있는 길을 열어주겠다며 '기여도'라는 점수 제도를 만들었다. 앤서의 발전과 운영에 기여하는 무보수 노동에 점수를 매기고 일정 점수를 채우면 시민권을 부여하는 식이었다.

지아는 이 제도에 노골적으로 반감을 드러냈다. 기여도 점수로 사람들을 손쉽게 부려먹으려 드는 수작이라고 했다. 실제로 수많은 쿠니가 기여도 점수를 모으기 위해 군대에 가거나 보수도 없는 공공 근로에 자원했다.

공공 근로 일자리에 자원한 쿠니들은 아열대 지방의 뜨거운 태양 아래에서 농지를 개간하거나 재활용 공장에서 고된 노동을 하고 폐건물을 부수어 철근 따위를 끄집어냈다. 하루 종일 몸 쓰는 일에 시달리다 사고로 죽어도 보상이나 위로는 없었다. 군대에 지원한 쿠니들은 아예 군대 훈련을 받은 노예로 취급됐다. 기여도 점수를 채우면 즉각 제대해야 해서 장교가 되는 것도 불가능했다. 실질적인 군대 역할은 앤서 출신 군인들이 도맡았다.

유이는 항공 응급 구조 센터에서 헬리콥터를 조종하는 일로 기여도 점수를 쌓아 시민권을 획득했다. 앤서의 시민이 되면 쿠니 지구를 벗어날 수 있었다. 헬리콥터 조종으로 점수가 쌓인 것은 맞지만 일부러 모은 건 아니었다. 할 수 있는 일이었고 하고 싶어서 했던 일이었다. 하늘에는 벽이 없었고 절박한 처지에 놓인 사람을 돕다 보면 마음이 회복되는 것 같았다.

앤서는 시민들에게만 열려 있는 곳이었으나 구원의 땅인 것은 맞았다. 일부 국가들은 아르굴의 출현이 인류가 멸망할 재난으로 이어지리라는 것을 직감하고 적정 규모의 기반 시설이 있는 섬에 높고 두터운 방벽을 쌓았다. 앤서에서의 삶은 대륙의 셸터에서 살던 시절과는 비교도 되지 않을 만큼 안정적이었다. 앤서의 북쪽에 있는 화력 발전소와 남쪽 해안에 있는 핵 발전소에서 풍부하게 전기를 공급했고 농지와 실내 농장에서는 앤서의 모두가 충분히 먹을 수 있는 식량을 생산했다. 정유 시설과 공산품을 생산하는 공장이 돌아갔으며 선거제도에 바탕을 둔 정치체제로 국가 시스템을 운영하고 있었다. 무엇보다 앤서에서는 굶어 죽거나 아르굴에게 학살당할 걱정을 하지 않아도 됐다.

지아는 팔짱을 끼며 몸을 유이 쪽으로 기울였다.

"언니. 말 나온 김에 속 시원히 얘기나 해보자."

유이는 담담한 표정으로 말했다.

"그래. 다 얘기해 보자. 무슨 얘기가 듣고 싶은데?"

"언니는 왜 그러고 살았어?"

"내가 뭘?"

"저녁까지 사무국장 일하고, 밤에는 헬리콥터 조종하고, 수면 시간은 쪽잠으로 채웠잖아. 나는 처음에 언니가 일중독이라고 생각했는데 나중에는 존경스럽더라. 언니가 특별해 보였어. 종교적 신념 같은 게 있는 건가 싶기도 했고 뭔가 큰 계획이 있을지도 모르겠다고 생각했어. 그런데 언니가 아무 생각 없이 혼자 조용히 살겠다니 솔직히 혼란스러워. 언니는 나한테 대단한 사람이었다고. 3년 전 언니는……."

지아는 말을 이으려다 말고 입을 다물었다. 유이는 지아가 하고 싶은 말이 무엇인지 알아차렸다. 3년 전 12월, 쓰레기 매립 문제와 하수구 교체 문제, 전기 공급 문제가 해결되지 않자 화가 난 쿠니들이 쿠니 지구를 벗어나 제1도시의 행정청까지 가두 행진을 벌였고 이를 막아선 앤서의 군대와 충돌했다. 먼저 총을 쏜 건 군인들이었다. 발포는 무장봉기를 촉발했다.

쿠니는 애초부터 이길 수 없는 싸움이었다. 그걸 알면서도 앤서의 군대는 쿠니 지구를 지도에서 지워버리려는 것처럼 가혹하게 밀어붙였다. 그때 협상이 필요하다며 앞장선 사람이 유이였다. 유이는 홀로 진압군의 막사로 찾아가 협상을 시도했고 쿠니 지구로 진입하려던 군대는 작전을 중단하고 원래 주둔지로 돌아갔다.

어떤 이들은 유이의 협상으로 불필요한 사상자를 줄일 수 있어 다행이라고 얘기했지만 또 다른 이들은 유이가 섣불리 무장봉기의 기치와 기세를 꺾었다고 비난했다. 무장봉기 이후 앤서 정부는 쿠니 지구의 경계선을 따라 격벽을 세워버렸는데 그 책임을 유이에게 돌리는 사람들도 있었다. 협상을 주도했던 유이가 격벽을 세우는 조건을 받아들였다는 것이었다.

무장봉기가 협상으로 흐지부지된 뒤 쿠니가미 자치구의 지도부는 와해됐다. 새 지도부는 유이에게 사무국장으로 일해달라고 요청했고 자신에 대한 사람들의 평가가 엇갈린다는 것을 알면서도 유이는 그러겠다고 했다. 쿠니 지구의 사무국장으로 일하는 동안 앤서의 스파이라는 의심도 받았으나 유이는 그런 시선을 알고도 모르는 척 묵묵히 자기 일을 해나갔다.

유이가 말이 없자 지아는 조심스러운 얼굴로 물었다.

"어디 아픈 데라도 있어?"

"아냐."

"응급 구조 헬기 조종한 거, 점수 쌓으려고 한 거야?"

"그것도 아냐."

포크로 접시 가장자리를 톡톡 두드리던 지아가 눈을 내리깐 채 입을 열었다.

"그러면 대체 이유가 뭐야? 왜 우리를 떠나려는 건데? 혹시

아리 아주머니 일 때문이야?"

유이의 눈길이 아래로 떨어졌다. 아리 아주머니는 함께 일하던 사무국 직원이었다. 간신히 목숨만 부지한 채 쿠니 지구에 들어온 유이를 돌봐준 사람이기도 했다. 유이보다 훨씬 나이가 많았던 아리 아주머니는 유이가 사무국장 일을 수행하면서 궁지에 몰렸을 때도 응원하고 지지한다고 말해주었던 사람이었다. 매사에 웃음을 잃지 않으려 애쓰던 사람이었으나 마지막은 스산했다. 발달장애가 있는 아들과 둘이 살던 아리 아주머니는 당뇨로 고생하다가 결국은 손발을 다 잘라내야 하는 지경에 몰리고 말았다. 혈액투석을 하려면 제1도시에 있는 중앙 병원에 가야 했는데 비용을 마련하는 것도, 허가를 얻는 것도 쉽지 않았다. 아리 아주머니는 방벽 위로 올라가 아들과 함께 바위투성이 해변에 몸을 던졌다.

아리 아주머니의 일은 유이에게 큰 충격이었지만 쿠니 지구를 떠나는 이유가 그것만은 아니었다. 유이는 지쳐버렸다. 열아홉 살 때까지 발안 셸터에서 생존을 위해 치열하게 살았고 앤서에서도 18년을 버티면서 살아왔다. 더는 견디고 이겨내고 안간힘을 쓰고 싶지 않았다. 가장 결정적인 이유는 격벽의 책임을 묻는 목소리였다.

지난달에 있었던 자치위원회 회의에서 유이를 아니꼽게 여긴 위원들은 유이를 대놓고 비난했다. 사무국장으로 일하면서 정말로 해냈어야 하는 일은 격벽을 철거하는 것이었다고, 섣부른 협상으로 우리가 벽에 갇힌 채 살게 된 거라고 빈정거렸다. 그 말을 듣는데 헛웃음이 나왔다. 발버둥 쳐도 결국 마주하게 되는 건 벽이라는 생각이 들면서 영혼이 말라버리는 것처럼 허탈했다. 무언가를 바라고 애쓰고 안타까워하는 게 지긋지긋했다.

지아가 말했다.

"언니가 가면 우리는 어쩌라고. 자치 위원회 사람들은 다들 가식덩어리에 꼴통 근본주의자 같단 말이야. 언니 없으면 아마 자기들끼리 기도문 같은 것도 만들걸?"

'난 네가 생각하는 것처럼 그렇게 대단한 사람이 아니야.'

지아에게 생각나는 대로 말할 수는 없었다. 유이가 피곤한 미소를 지으며 말했다.

"그만하자."

지아는 유이의 눈치를 살피다가 입을 다물었다. 유이는 물컹한 망고를 포크로 잘랐다. 포크가 접시에 닿자 탁 하고 소리가 울렸다. 지아는 망고 한 조각을 포크로 찍어 유이의 입가로 올렸다가 약 올리는 것처럼 자기 입에 쏙 넣었다. 유이는 실소했다. 지아는 헤헤하고 웃다가 진지한 투로 말했다.

"난 언니가 잠시 다녀오는 거였으면 좋겠어. 오늘 갔다가 몇 달 뒤에 다시 돌아오는 식으로 말이야."

"말이라도 고맙다."

"진짠데? 언니 방도 비워둘 거야."

"혼자 사는 게 좋아서는 아니고?"

"그것도 틀린 말은 아닐걸? 이제야 말하는데 언니는 룸메이트로서 낙제에 가까운 음침한 스타일이야."

유이는 가만히 웃었다. 지아가 손을 뻗어 유이의 머리칼을 천천히 쓰다듬으며 말했다.

"고생 많았어, 존경하는 나의 언니. 잘 다녀와."

2

　스쿨버스에서 내린 초등학생들은 담임선생님과 함께 박물관 정원으로 향했다. 정원에서 가벼운 산책을 한 뒤 박물관을 본격적으로 탐방하는 일정이었다. 앤서의 시민으로 생활한 지 일주일이 지났다. 유이는 운전석에 앉아 손으로 마른세수를 했다. 어제도 잠을 제대로 못 잔 탓에 눈이 뻑뻑했다.

　유이는 쓰린 속을 달래기 위해 물을 한 모금 마시고 차창 밖을 바라보았다. 앞 유리창 정면에 직사각형 구조물들을 연결해 투박하게 지은 박물관이 보였다. 제1도시의 중심부에 자리 잡은 이 건물의 이름은 '재건과 영광의 박물관'이었다. 박물관 외벽에는 개관 안내 현수막과 전시 홍보물이 걸려 있었다. 홍보물 중앙에 큼지막하게 쓰인 '버려진 대륙의 역사를 딛고 전진하는 앤서'라는 박물관의 슬로건이 눈길을 사로잡았다.

　재건과 영광의 박물관은 3D 건축 기술이 아닌 철근콘크리트 기법으로 지은 건물이었다. 산책로에는 열대 활엽수가 일정한 간격으로 심겨 있었고 박물관 정원에는 조형물과 가로등, 긴 의자가 배치되어 있었다. 새 건물이었으나 산뜻하거나 화려하지는 않았다. 매끄러운 곡선은 어디서도 찾아볼 수 없었고 페인트를 칠하지 않아 시멘트가 그대로 드러난 외벽은 마무리를 포기한 듯 보였다. 없는 재료라도 긁어모아 어떻게든 위엄을 내세우려는 듯해서 안타까운 느낌이 들기도 했다.

박물관 건립을 추진한 앤서의 대통령 파비언은 개관식에서 "이 박물관이 인류 문명을 재건하는 신호탄이 될 것입니다"라고 말했다. 앤서 의회의 의원이었던 파비언은 대통령이 되기 전부터 박물관 사업에 상당한 공을 들였다. 반대편 의원들의 비난과 훼방에도 아랑곳하지 않고 건립을 추진했다. 앤서 사람들은 인류 문명 재건의 신호탄이라는 거창한 말에 의구심을 품기는 했지만 이 정도의 규모로 새 건축물을 지었다는 점에서 그의 추진력을 높이 샀다. 앤서에서는 건축자재를 구하기가 쉽지 않았다. 서북쪽에 석회암 지대가 있어서 시멘트 생산은 용이했지만 철근 등은 턱없이 부족했다. 파비언은 주택 개선 사업을 벌여 앤서의 오래된 콘크리트 건축물을 해체하고 자재를 재활용하는 방식으로 문제를 해결했다. 해체 작업은 사람이 일일이 손으로 해야 하는 경우가 많았는데 그 일에 투입된 건 쿠니들이었다.

파비언은 박물관 개관 연설에서 힘주어 말했다.

"인류는 이제 방벽을 넘어 새로운 세상으로 나아가야 합니다.

아르굴이 약해질 때까지 우리는 기다릴 만큼 기다렸습니다. 놈들은 더 이상 수백 개의 알을 낳지 않고 야수 같던 공격성도 누그러졌습니다."

파비언은 마이크 앞에서 잠시 뜸을 들이고는 부드러운 낯빛으로 말을 이었다.

"대만에 가겠습니다. 군대를 보내 아르굴을 밀어버리고 앤서에 필요한 자원과 물자를 가져오겠습니다. 우리는 방벽 밖으로 나갈 수 있습니다."

박물관 개관 연설에서 공개된 파비언의 대만 물자 수송 작전은 누구도 예상하지 못한 것이었다. 대만은 앤서에서 약 700킬로미터 서남쪽에 있었다. 더 넓은 곳으로 이주해야 한다면 대만만큼 적합한 곳이 없었으나 문제는 폭발해 버린 원자력 발전소였다. 사람이 사라지자 원자로 노심에 냉각수 공급이 중단되었고 과열된 원자로는 그대로 폭발해 버렸다. 40년 전 대전쟁이 벌어지기 직전에 소형 원자력 발전소를 여럿 건설했던 대만은 이제 방사능으로 오염되어 살 수 없는 땅이 되었다. 대만에서 얻을 거라곤 화물선에 실을 수 있는 자원과 물자뿐이었다.

새로운 영토가 필요하다는 파비언의 상황 판단은 타당했다. 유이가 태어날 때부터 세상은 내리막길로 들어서 절벽을 향해 굴러가고 있었다. 앤서에서도 서서히 숨통이 조여들긴 마찬가지였다. 당분간은 생존이 가능할지 몰라도 멸망은 피할 길이 없었다.

겉보기로는 아무 문제 없어 보였다. 앤서 남동쪽 해안에는 핵
발전소가 있었고 북서쪽 끝에는 40년 전 원유 생산에 성공한 유
전과 정유 시설, 화력 발전소가 있었다. 두 개의 발전소와 원유
생산 설비는 앤서의 심장이었다. 문제는 부품이 원활히 조달되
지 못해 비상시에 수리가 불가능하다는 점이었다. 보유한 부품
이 바닥나거나 주요 설비가 수리할 수 없는 수준으로 고장을 일
으킨다면 무슨 상황이 펼쳐질지 아무도 예측할 수 없었다.

전기 생산이 중단되면 모든 게 멈춰버릴 것이고 실내 농장 같
은 식량 생산 설비들도 제 기능을 못 하게 될 터였다. 그렇게 되
면 앤서는 얼마나 더 버틸 수 있을까. 종국에는 스스로 망해버
리지 않을까. 앤서 시민들은 당연한 멸망이 저편에서 조금씩 다
가오고 있다는 사실을 외면했다. 파비언은 경각심을 일깨우고
대책을 마련하려 했다. 합리적이면서도 야심만만한 그는 특정
상황에서 인간미를 풍겼다.

유이가 파비언을 처음 마주한 건 쿠니 지구 무장봉기 때 쿠니
들과 진압군이 작은 강을 사이에 두고 대치했던 3년 전이었다.
협상하기 위해 찾아간 유이를 물끄러미 바라보던 파비언은 깊은
한숨을 내쉬며 말했다.

"나는 이 상황이 안타깝소. 쿠니 지구와 앤서는 반목해서는
안 됩니다. 힘을 합쳐도 모자랄 상황에 무력 대응이라뇨. 이 사
태는 양쪽 모두에게 해롭소. 더 이상의 유혈 사태를 막기 위해

진압군의 고문을 자청했으니 당신은 나와 이야기하면 됩니다. 나는 당신이 몹시 반가울 따름이오."

파비언은 앤서의 보통 정치인들과 달랐다. 쿠니에게도 시민권을 부여해야 한다고 주장하는 몇 안 되는 정치인이며, 앤서 건립 자금을 댄 사람들로 구성된 의회에서는 유일하게 바닥부터 시작한 사람이었다.

파비언은 인터넷 서비스인 앤서 포털에 사람들이 즐길 만한 각종 콘텐츠를 올리면서 명성을 얻었다. 파비언이 올린 게시물은 성격이 확실하면서도 다양했다. 웃긴 영상은 피식거리거나 큭큭거리며 웃게 했고 슬픈 영상은 눈시울을 붉히게 했다. 진지한 글이나 사진, 영상물에서는 높은 설득력을 바탕으로 분명한 메시지를 전달했다.

파비언은 콘텐츠 사업으로 돈을 벌었고 명성을 얻자 지지자들을 모으기 시작했다. 자신처럼 영상, 글, 그림, 음악 등의 문화 콘텐츠를 제작하고 유통하는 사람들을 느슨한 형태로 규합해 '펀메이커'라는 이름을 붙였다. 파비언은 다양한 형태의 펀메이커용 소형 카메라를 개발하기도 했다.

펀메이커의 대부로 정치적 기반을 구축한 파비언은 의원에 당선되었다. 그리고 석 달 전, 마침내 대통령 선거에까지 출마해 당선을 거머쥐었다.

유이는 파비언의 대통령 당선이 내심 반가웠다. 다른 후보들의 공약은 한심했다. 배급되는 기본 식량의 질을 올리고 다른 연합 셸터와의 교류를 확대하겠다고 공언했지만 필요한 재원을 어떻게 마련하고 통신 교류 외에 어떤 방식의 교류를 확대할 것인지에 대해선 손에 잡히는 대책이 없었다. 앤서의 상황을 직시한 파비언의 공약은 냉정하고 합리적이었다. 파비언은 절벽 끝에 내몰리고 있는 앤서의 상황을 분명한 근거와 함께 제시했다. 발전소와 주요 설비의 교체 부품이 바닥을 드러내고 있으며 출산율이 급감하고 의약품 부족 사태가 심각해져 그동안 터부시되던 민간요법이나 기공 치료 같은 것들이 다시 떠오르고 있는 점을 강조했다. 기본 식량 배급은 현재 농산물 생산량으로 감당할 수 있으나 그 외의 영역에서는 무엇 하나 탄탄한 게 없다고 말했다. 파비언은 더 많은 사람이 힘을 합쳐 위기에 대응해야 한다고 강조하면서 쿠니 지구 사람들에게도 시민권을 부여해 투표권을 주겠다는 공약을 내걸었다.

쿠니들에게 투표권을 준다는 공약은 초반 선거 여론에는 악영향을 미쳤으나 선거 운동 기간 중반을 넘어서면서부터는 선심성 공약을 남발하는 다른 후보들과 자연스레 차별되는 효과를 불러왔다. 파비언은 자신의 지지 기반인 펀메이커를 확실히 챙기는 영리한 모습을 보여주기도 했다. 펀메이커들의 영상 콘텐츠에 부과되는 수익금과 기여도 책정 비율을 높이고 무슨 일이 있어도 앤서 포털의 운영에 인위적으로 개입하는 짓은 하지 않을 거라며 다음과 같이 선언했다.

"앤서 포털은 앤서의 상징입니다. 자유롭고 자발적으로 운영되는 앤서 포털은 민주주의 그 자체, 우리의 삶과 정신과 가치 그 자체입니다."

선거 초반까지만 해도 존재감이 미미했던 파비언은 유일하게 현실성 있는 후보로 점차 부상했고 펀메이커들의 자발적인 지지 운동이 뒷받침되면서 50퍼센트에 조금 못 미치는 득표율로 대통령이 되었다. 파비언은 대통령에 당선된 뒤 자신을 향해 카메라를 든 수백 명의 펀메이커 앞에서 말했다.

"앤서는 35년을 버렸고 다시 도약할 기회를 얻었습니다. 반년만 기다려주십시오. 반년 뒤, 제가 이끄는 앤서 정부의 새 비전을 발표하겠습니다. 앤서는 명운을 건 대전환이 절실합니다."

파비언은 대체 어떤 비전을 발표하려는 걸까. 당선이 3개월 전이었으니 약속대로라면 비전 발표는 3개월 뒤였다. 유이는 파비언의 상황 판단에 수긍했으나 앤서의 미래는 비관적으로 바라봤다. 파비언이 박물관 개관 때 확신에 차서 이야기한 대만 물자수송 작전도 의심스러웠다. 진짜 문제는 방사능 오염 따위가 아니라 여전히 아르굴일 것이었다. 파비언의 말대로 아르굴이 정말 약해졌을까? 인간의 힘으로 아르굴을 대적할 수 있을까?

어떤 방식으로도 앤서는 나아질 수 없고 이대로 조금씩 무너져 가다가 임계점을 넘기는 순간 한 번에 몰락해 버릴 것이었다.

쿠니 지구도 마찬가지였다. 그게 언제인지가 관건일 뿐.

목이 말랐다. 박물관을 바라보며 상념에 잠겨 있던 유이는 가방에서 물병을 꺼내어 목을 축였다. 걱정스러운 상황이라고 해도 할 수 있는 일은 없었다. 사무국장도 그만두고 앤서로 온 지금은 더더욱 그러했다. 지금쯤이면 아이들이 박물관 정원 관람을 마치고 박물관 안으로 들어갔을 터였다. 버스를 정리하고 밀린 전자 문서 작업을 해야 했다. 버스 내부를 정리하려는데 핸드폰이 울렸다. 인솔 교사에게서 온 전화였다.

"여기 좀 와주셔야겠어요. 기획 전시관 쪽으로요."

인솔 교사는 아이 세 명이 전시관에 들어가지 않으려 한다며 난처해했다. 기획 전시관 앞에 와서 잠시 아이들을 맡아달라는 부탁에 유이는 박물관으로 잰걸음을 옮겼다.

박물관 실내에 들어서자 시원하고 쾌적한 기운이 느껴졌다. 유이는 핸드폰으로 인솔 교사와 통화하며 기획 전시관 쪽으로 이동했다. 기획 전시관으로 가려면 상설 전시관을 지나야 했다. 단체 관람을 온 학생들과 관람객이 너무 많아 빨리 갈 수가 없었다. 유이는 기획 전시관 쪽으로 가면서 상설 전시에 눈길을 주었다. 상설 전시관에는 대전쟁 이전부터 현재까지 이어지는 40여 년 역사와 버려진 대륙의 역사가 정리되어 있었다.

인류가 번영의 극치를 이루었던 20세기와 21세기 초반 풍경이 사진으로 넓은 벽에 파노라마처럼 펼쳐져 있었다. 발안 셸터에서 어린 시절을 보낸 유이로서는 볼 수조차 없었던 풍요롭고 자유로운 풍경이었다. 그 풍경을 끝낸 건 대전쟁이었다. 2040년을 기점으로 세계 곳곳에서 위태롭게 타오르던 불씨가 차례차례 국지전으로 발화했고 전쟁은 국가 간의 전면전으로 불붙었다. 사람들은 대부분의 국가가 휩쓸린 이 전쟁에 '대전쟁'이라는 이름을 붙였다.

유이는 대전쟁 시대를 전시한 벽에서 시선을 떼지 못했다. 발안 셸터에서 마주했던 끔찍한 일들이 떠올라 현실의 풍경이 뭉개지는 듯했다. 그곳에는 폐허가 된 도시와 시멘트 가루를 뒤집어쓰고 울부짖는 사람들의 사진이 붙어 있었다. 불붙은 도시 너머에서 거대한 폭발이 일어나는 장면도 있었다. 유이는 한 노인의 사진 앞에서 걸음을 멈췄다. 온전한 건물이 하나도 남지 않은 유럽의 사거리 한복판이 배경인 사진이었다. 피가 묻은 정장을 입고 회색 먼지를 뒤집어쓴 노인은 입을 벌린 채 표정 없는 얼굴로 화창한 겨울 하늘을 올려다보고 있었다. 잘린 자리가 너덜거리는 어린아이의 발을 쥐고서.

대전쟁이 지나고 셸터의 시대가 이어졌다. 유이가 보고 자랐던 풍경이었다. 셸터의 시대는 아르굴의 시대이기도 했다. 참혹했던 대전쟁은 아르굴에 의해 흐지부지 끝났다. 아르굴은 골치아픈 시가전과 밀림 전투, 게릴라 세력 소탕에서 탁월한 효용을 증명한 생체 병기였다. 문제는 통제를 벗어나 본대로 복귀하지 않은 아르굴이었다. 번식능력을 제거했던 아르굴은 어느 순간부터 알을 낳기 시작했고 폭발적인 속도로 개체 수를 늘려갔다. 한 번에 수백 개의 알을 낳았는데 주먹만 한 알을 깨부수고 나오기까지 일주일, 늑대 크기로 자라나는 데는 석 달밖에 걸리지 않았다. 그때쯤에는 사람을 어렵지 않게 처치할 수 있었고 몸집이 승용차만 한 성체가 되면 자동소총 공격도 버텨냈다.

회색 괴물 아르굴은 네발짐승처럼 생겼으나 털과 꼬리가 없었다. 두꺼운 비늘로 덮인 탄탄한 몸은 육중했고 작은 뿔이 무질서하게 돋은 외골격이 머리를 감싸고 있었다. 두껍고 날카로운 발톱은 차의 보닛을 쉽사리 찢어발겼다. 주둥이 안쪽에는 날카로운 이빨이 그득했는데 윗송곳니가 턱 아래로 내려올 만큼 길었다. 아르굴은 총성과 포성, 엔진 소리에 예민하게 반응했고 총격을 받으면 미쳐 날뛰면서 악착같이 덤벼들었다. 아르굴은 동족을 해친 자들을 집요하게 쫓아 모조리 죽여버릴 만큼 영리했다. 움직임도 대단히 빨라서 아르굴의 공격 행태를 찍은 영상을 분석하려면 재생속도를 늦춰야 했다.

초창기에 북아메리카와 남아메리카 대륙에 출몰한 아르굴은 번지듯 점차 퍼져나갔다. 산과 들을 회색빛으로 뒤덮으며 도시를 장악하고 대전쟁으로 이미 파탄 난 국가들을 초토화시켰다. 무기와 에너지를 소진한 국가들은 파도처럼 밀려드는 아르굴 무리를 막을 수 없었다. 아메리카 대륙의 모든 도시와 국가가 아르굴의 이빨과 발톱에 맥없이 무너져 갔다. 몇 년 뒤, 아르굴은 남아프리카와 호주에서도 출현했다. 빠른 속도로 개체 수를 불린 아르굴은 아프리카와 오세아니아를 먹어치웠고 유라시아 대륙으로 진격해 올라왔다. 유라시아 대륙의 모든 국가는 거대한 메뚜기 떼처럼 인간의 터전을 잠식해 가는 아르굴을 막기 위해 여러 방안을 강구했으나 유의미한 효과가 있었던 건 최후의 보루로 구축한 셸터뿐이었다.

셸터의 시대는 시작부터 끔찍했다. 아르굴의 진격 속도는 예상보다 빨랐고 대부분의 셸터는 제대로 준비하지 못한 채 출입문을 걸어 잠가야 했다. 셸터에 들어가지 못한 사람들은 아르굴에 의해 남김없이 도륙당했다. 셸터에 가까스로 들어간 사람들도 식량과 자원 부족, 내분과 셸터 간의 약탈 전쟁으로 지쳐갔다. 방벽 너머의 세상은 죽음이었으므로 다른 곳으로 도망칠 수도 없었다. 한때 수백 개에 달했던 셸터는 2060년에 이르면서 급감하다가 2068년에는 전 세계 통틀어 76개만이 남게 되었다.

유이는 전시된 2068년의 유라시아 지도를 바라보았다. 셸터들의 위치가 까만 세계지도에 별처럼 박혀 있었다. 그중 두 개의 별이 한반도 중부와 남부에서 깜빡였다. 각각 발안 셸터와 마낙 셸터라는 이름이 영어로 적혀 있었다. 유이는 자신의 고향이었던 발안 셸터의 불빛으로 손을 뻗었다. 점멸하는 불빛은 유이의 검지 끝에 폭 덮일 만큼 작았다. 대륙에 남은 셸터들은 2070년 겨울을 넘기지 못하고 모두 멸망했고 일찌감치 섬에 구축한 다섯 개의 연합 셸터만이 살아남았다. 지구의 지배종으로 군림했던 인류는 아르굴에게 자리를 내어준 채 섬에 고립되었다.

유이는 대륙 셸터들의 자멸을 설명하는 기록으로 시선을 돌렸다.

2068년 9월. 한때 가장 강성한 셸터였던 한반도의 마낙 셸터와 발안 셸터가 알 수 없는 이유로 붕괴되었다. 두 셸터의 붕괴를 시작으로 버려진 땅에 남은 다른 셸터들도 자원과 식량 부족으로 하나둘씩 자멸해 갔다.

유이의 눈썹이 가파르게 안으로 기울었다. 알 수 없는 이유라니. 기록에서 느껴지는 무심함과 간결함에 기가 막혔다.

발안 셸터가 무너진 건 마낙 셸터의 공습 때문이었다. 당시 열아홉 살이었던 유이에게는 잊을 수 없는 기억이었다. 2068년 9월 3일 오후, 마낙 셸터의 수직 이착륙기와 수송기가 발안 셸터 상공으로 진입했고 곧이어 낙하산을 펼친 검고 커다란 상자가 곳곳에 내려앉았다. 검은 상자에서 튀어나온 건 아르굴이었다.

핸드폰 벨이 울렸다. 숨도 쉬지 못하고 공습 때의 기억에 빠져 있던 유이는 정신을 차리고 전화를 받았다. 핸드폰 너머에서 인솔 교사의 답답해하는 목소리가 들렸다. 유이는 금방 도착한다고 말하며 서둘러 걸었다.

길 안내 표시판을 따라 모퉁이를 두 번 돌자 기획 전시관이 보였다. 입구부터 사람들로 북적였다. 동굴을 본뜬 아치형 입구 위에 〈아르굴 : 쇠퇴하는 포식자〉라고 적힌 플래카드가 붙어 있었다. 어둑한 전시관 안에는 아르굴의 해골과 아르굴을 본뜬 조형물이 있었다. 현악기로 연주되는 음산한 곡이 전시관 안에 울려 퍼졌다. 유이를 발견한 인솔 교사가 손을 번쩍 들어 흔들었다. 유이는 사람들을 헤치고 인솔 교사에게 다가갔다. 인솔 교사가 말했다.

"들어가기 무섭다고 하는 아이들이 있어서요."

인솔 교사 옆에서 세 명의 아이가 딸꾹질하듯 울먹거리고 있었다. 이미 한바탕 울고 난 얼굴이었다. 인솔 교사는 땀에 젖은 이마를 손등으로 닦아내며 말했다.

"한 바퀴 돌고 나올 동안 애들 좀 맡아주세요."

유이는 그러겠다고 했다. 유이가 손을 뻗자 남자아이 둘과 여자아이 하나가 유이 옆에 섰다. 나머지 아이들은 들뜬 듯 흥분한 기색이었다. "난 하나도 안 무서워", "나도", "나도야" 하는 소리가 들렸다. 아이들은 컴컴한 동굴 같은 통로로 들어갔고 유이는 아이들 셋과 함께 전시관을 등지고 발걸음을 옮겼다. 유이의 손을 잡은 남자아이가 물었다.

"버스 기사님은 안 무서워요?"

"뭐가?"

"아르굴요."

유이는 고개를 들어 관람객들을 쳐다보았다. 앤서 시민들은 아르굴을 구경하면서 감탄을 연발했다. 아르굴을 영상으로만 접한 사람들이었다. 유이는 그들에게서 시선을 돌렸다. 속이 뒤틀리는 기분을 설명할 적당한 단어가 떠오르지 않았다.

유이는 남자아이를 내려다보며 말했다.

"나도 무서워."

옆에 있던 여자아이가 말했다.

"왜요? 어른들은 안 무섭다던데."

유이는 쓰게 웃으며 말했다.

"난 저놈들을 직접 봤거든."

3

파비언은 대만 작전에 성공했다. 앤서는 대만에 군대를 파견했고 화물선에 각종 물자를 실어 들여오기 시작했다. 처음에 유이는 무기도 변변치 않은 앤서의 군대가 아르굴을 물리치고 물자를 가져왔다는 말을 믿지 못했다. 그러나 앤서의 군대가 대만에서 가져온 것들을 보고 자신의 판단이 틀렸음을 인정해야만 했다.

아르굴이 예전 같지 않다는 파비언의 말은 사실인 듯했다. 대만 작전의 성공은 앤서에 전에 없던 활기를 불어넣었다. 앤서 포털에 대만에서 들여온 과거의 물자들이 공개되었다. 그릇과 조리 도구, 책, 의자 등 대부분 생활용품이었는데 개중에는 보석, 장신구, 옷, 명품 가방도 있었다. 분배는 경매로 이루어졌고 그때마다 사람들의 이목이 앤서 포털과 경매장에 쏠렸다.

파비언은 물품과 원자재를 실은 화물선 앞에서 명랑한 투로 말했다.

"앤서의 시민 여러분. 이제는 방벽 밖으로 나갈 때가 됐습니다. 솔직히 그동안 좀 지루했잖아요? 우리도 넓은 데서 살아봅시다!"

파비언은 웃기지도 않는 농담을 던지며 영상을 마무리했다. 〈솔직히 지루했잖아요?〉라는 가벼운 제목을 단 영상은 앤서 포털 메인에 꽤 오랫동안 걸려 있었다. 그 아래에 '앤서의 새로운 비전 선포 D-44'라는 문구가 아기자기한 캐릭터에 둘러싸인 채 현란한 색으로 반짝이고 있었다.

텔레비전에서는 앤서 정부가 운영하는 방송국에서 만든 예능 프로그램이 방영되고 있었다. 대만에서 가져온 잡다한 물품을 스튜디오 가득 늘어놓고 우스꽝스러운 퀴즈를 맞춘 참가자들이 하나씩 가져가는 프로그램이었다. 한 장년 남자는 푸른빛이 도는 가죽 가방에 당첨되자 잃어버린 물건을 되찾은 듯 가방을 품에 끌어안고 기뻐하다가 갑자기 울음을 터뜨렸다. 남자의 흐느끼는 울음 뒤로 감성적인 음악이 깔렸다. 잠시 뒤 진정된 그가 애틋한 감상에 젖은 목소리로 말했다.

"이것이 얼마나 귀하고 특별한 것인지 아십니까. 결코 돈이 많다고 가질 수 있는 물건이 아닙니다. 이 가방을 다시 품에 안을 수 있다니 정말 감사할 따름입니다."

유이는 거실에 놓인 작은 텔레비전을 꺼버렸다. 까맣게 변한 화면에 유이의 일그러진 얼굴이 비쳤다. 그의 울음과 넋두리와 회한에 잠긴 한가한 눈빛을 참을 수가 없었다. 발안 셸터에서 힘겹게 생존했던 지난날이 떠올랐다. 대륙의 셸터 사람들이 고통 속에서 절멸해 가는 동안 그는 가방 따위를 그리워했다는 말 아닌가.

유이는 의자에 앉아 빗물이 흐르는 베란다 유리창을 바라보며 널뛰는 감정을 다스리려 애썼다. 검은 창밖으로 빗소리가 요란했다. 오늘도 잠이 오지 않았다. 유이는 체온으로 미지근해진 핸드폰을 켜고 통화 목록을 살폈다. 화면 상단에 지아의 핸드폰 번호가 보였다. 나흘 전에 온 전화였다.

'우리 떠나서 잘 살고 있어?'

그렇게 묻던 지아의 목소리가 생각났다. 걱정하는 마음이 전해져서 일순간 가슴에 온기가 돌았다. 잘 살고 있다고 대답하자 지아는 냉큼 "아닌 것 같은데? 목소리가 컴컴한 게 내 마음에 쏙 드는데? 집에는 언제 올 거야?" 하며 약 올리듯 말했다.

4월이 되면서 기온이 조금 더 올라갔다. 앤서에는 풍부한 강수량과 온화한 기후 덕분에 숲이 우거지고 다양한 생물들이 서식했다. 폭포와 강과 아름다운 자연경관은 340킬로미터에 달하는 흉물스러운 방벽에도 불구하고 안온함을 풍겼다. 높은 곳에 자리 잡은 유이의 집에서 내려다보는 풍경 또한 대전쟁과 아르굴의 학살 같은 건 애초에 존재하지 않았다는 듯 마냥 평화로웠다. 그 안온함이 유이는 불편했다.

유이는 어두운 창밖을 쳐다보며 재건과 영광의 박물관에서 보았던 문장을 떠올렸다.

2068년 9월. 한때 가장 강성한 셸터였던 한반도의 마낙 셸터와 발안 셸터가 알 수 없는 이유로 붕괴되었다.

'알 수 없는 이유'. 그게 무얼까. 유이는 발안 셸터가 마낙 셸터의 공습에 무너지는 것을 똑똑히 목격했다. 느닷없는 침략이었다. 그날 마낙 셸터의 총통 마낙은 발안 셸터를 기습한 뒤 카메라 앞에서 아버지 장태섭 사령관을 죽였다. 그리고 마이크에 대고 쉰 목소리로 말했다.

"어디 있니, 킨?"

발안 셸터 전체에 아버지의 처형 장면과 킨을 찾는 마낙의 목소리가 생중계됐다. 마낙은 왜 그토록 킨을 찾았을까. 오랫동안 궁금했지만 이제는 그마저도 흐릿했다. 쿠니 지구의 사무국장으로 일하면서 발안 셸터 생존자들을 따로 만나 그때의 일을 물어보았지만 의미 없는 일이었다. 마낙이 킨을 찾았던 걸 기억하는 사람은 없었다. 아버지를 죽인 이가 마낙이 아니라 화이트 타운 사람이었다고 말하는 사람도 있었고, 아르굴로부터 도망치느라 방송을 전혀 보지 못한 이들도 있었다. 유이는 마낙이 킨을 찾앉던 자신의 기억이 맞는지 확인할 수 없었다.

눈물이 한쪽 뺨에 선을 그으며 내려갔다. 유이는 자신이 위태
로운 상태라는 것을 감지했다. 걷잡을 수 없이 번지는 생각을 진
작에 끊어냈어야 했다. 갑작스레 열이 오르는 것처럼 우울감이
피어나 유이의 마음을 집어삼켰다. 유이의 몸을 장악한 외로움
은 뼈가 저리는 통증마냥 생생했다. 살고 싶은 마음이 모두 증
발해 버렸다. 오랜 시간 누르고 달래왔던 음습한 기운이 지난 일
들을 타고 올라와 영혼을 습격한 것이었다.

유이는 의자에서 일어나 베란다 창 앞으로 걸어갔다. 8층 아
래를 내려다보는데 불쑥 떨어져 버리고 싶은 충동이 일었다. 쿠
니 지구를 떠나면 조금은 나아지리라 생각했으나 마음은 여전
히 너덜거렸다.

아버지가 보고 싶었고 얼굴이 생각나지 않는 엄마도 보고 싶
었다. 그리고 지난 18년 내내 애써 부정해 왔으나, 유이는 킨이
보고 싶었다. 킨이 죽었는지 살았는지, 살아 있다면 어디에 있는
지 알고 싶었다. 킨의 손을 잡고 킨의 체온을 느끼고 싶었다.

베란다 유리창에 비친 자신의 윤곽이 검은 구멍 같았다. 유이
는 베란다 창에 이마를 대고 아래로 눈길을 주었다. 이마가 닿
은 차가운 유리창에 흐린 김이 서렸다. 이대로 창을 열면 어떻게
될까 생각했다. 발안 셸터 시절, 굶주림과 두려움을 견디지 못
한 친구들이 높은 건물에서 몸을 던졌던 일이 떠올랐다.

그들보다 18년을 더 살았으나 여전히 세상은 암울했다. 앞으로도 다르지 않을 것이다. 더 끔찍할지도 모른다. 발안 셸터에서 겪었던 모든 일들이 앤서에서 반복될지도 모른다. 지금 벗어나지 않으면 영영 기회가 오지 않을 것 같았다. 검은 유리창에 비친 희고 가는 손가락이 유이의 뺨과 귀와 뒷머리를 감싸는 듯했다. 유이는 눈을 감았다. 이렇게 끝나면 모든 게 잠잠해질 것이다. 정말로 그러할 것이다. 유이는 한쪽 입가를 비스듬히 올리며 창틀의 손잡이에 왼손을 올렸다.

별안간 시끄러운 소리가 나며 정적이 깨졌다. 유이는 짧게 숨을 들이마시고 뒤로 반 발짝 물러섰다. 의자 아래에서 핸드폰이 자지러지게 울어대고 있었다. 정신을 차리자 악몽에서 빠져나온 기분이 들었다. 유이는 핸드폰을 집어 통화 버튼을 눌렀다.

핸드폰 너머에서 탁하고 완고한 음성이 들렸다.

"오랜만이군요, 유이."

오다 소장이었다. 단정하게 정리한 회색 턱수염과 동그란 검은테 안경 뒤에서 지그시 사물을 응시하던 담담한 눈빛이 떠올랐다. 유이가 실수하면 오다 소장은 꼬장꼬장한 말투로 "같은 실수를 반복했군요, 내가 뭐라고 했는지 벌써 잊었나요?" 하고 묻곤 했다.

오다 소장은 앤서에 한 곳뿐인 항공 응급 구조 센터의 책임자였다. 항공 응급 구조 센터를 지키는 사람은 오다 소장과 그의 손자인 부조종사 다이치, 대만 출신 정비사 레이까지 세 사람뿐이었다.

유이는 핸드폰 너머에 있는 소장에게 머리를 숙이며 말했다.

"오랜만이에요, 소장님. 잘 지내셨어요?"

오다 소장은 흠 하는 소리를 길게 내다가 불만스러운 투로 구시렁거렸다.

"정비사와 부조종사가 전혀 믿음직스럽지 않긴 하지만 그렇다고 뭐, 못 지낸다고 말하기는 어렵습니다. 유이는 잘 지냈나요?"

일본어와 영어가 뒤섞인 그의 말이 반가웠다. 유이가 응급 구조 헬리콥터를 조종했던 지난 10년간 오다 소장은 한결같이 깐깐했다. 그는 유이의 헬리콥터 조종 실력을 마뜩잖아했지만 야간 근무에 성실한 태도는 인정했다.

"그럭저럭요."

"아닌 것 같은데요."

유이는 피식 웃었다. 오다 소장은 다른 사람의 마음을 넘겨짚어 자기식대로 해석해 버리곤 했는데 틀릴 때보다는 맞을 때가 더 많았다. 유리창에 비친 유이의 표정이 한층 느슨해져 있었다.

오다 소장이 말했다.

"퇴근하고 할 일이 없습니까?"

"어떻게 아셨어요?"

"그러니까 이 시간에 전화를 했겠지요."

'네?' 하고 되물으려던 말이 쿡 하는 웃음으로 번졌다. 전화를 한 건 오다 소장이었다. '이런 능청스러운 할아버지 소장님 같으니' 하고 유이는 속으로 생각했다.

오다 소장은 유이의 시민권 획득을 축하해 준 몇 안 되는 사람이었다. 소장은 축하의 말과 함께 유이에게 응급 구조 헬리콥터 조종은 이제 그만두라고 했다. 이유를 묻는 유이에게 오다 소장은 냉랭한 어투로 말했다.

"머저리 같은 앤서의 윗대가리들은 노동에 정당한 대가를 지급해야 한다는 걸 모릅니다. 나는 그게 싫어요. 항공 응급 구조가 장난인가요? 기여도 점수 몇 점 주면서 사람을 부리려 드는 게 항상 괘씸했습니다. 유이에게 임금을 지급해야 한다고 여러 번 건의했지만 정부 놈들은 하나같이 멍청한 소리만 하더군요. 점수라면 필요한 만큼 채웠으니 이제 그만해요. 유이는 젊어요. 어둑한 곳에서 밤새우는 일 따위 그만하고 젊은 날을 누려야 합니다."

그 말이 서운하면서도 고마웠다. 핸드폰 너머에서 오다 소장이 흠흠 헛기침을 하고는 말을 이었다.

"응급 구조 헬리콥터 조종사로 복귀하고 싶은가요?"

"네?"

복귀를 생각해 본 적은 없었는데 질문을 받고 나니 상상만으로도 가슴이 뛰었다. 다시 헬리콥터를 조종하라는 걸까.

"유이는 앤서의 시민입니다. 이제는 정당한 보수를 받으며 일할 수 있어요. 지금은 무슨 일을 하며 삽니까? 심심하지 않습니까? 급여는 좀 어때요?"

버스 운전이 조금 지루하긴 했다. 급여는 형편없었고. 이런 상황을 전해 듣자 오다 소장은 마음에 들지 않는다는 듯 훈계조로 말했다.

"유이는 돈을 더 벌어야 해요. 그래야 결혼도 하고 아이도 낳지 않겠습니까. 남자를 고를 때도 반드시 경제적인 상황을 눈여겨보도록 하세요. 앤서가 망해가는 중이긴 하지만 가족이 있으면 얼마간은 버틸 수 있을 겁니다. 그리고……."

오다 소장은 흥 하고 콧소리를 내고는 불퉁한 목소리로 말을 이었다.

"다음 주에 대만에서 가져온 헬리콥터가 한 대 들어올 거예요. 앤서 정부는 물건 획득에 신이 나서 엉덩이춤이라도 출 기세예요. 격납고에서 상태가 나쁘지 않은 헬리콥터를 건졌다고 해요. 항공유 저장소도 확보했다고 하고요. 그걸 우리에게 맡길 모양입니다."

"새로운 헬리콥터가 온다고요?"

오다 소장은 낭랑한 목소리로 말을 이어갔다.

"앤서 시민 중에서 헬리콥터를 조종할 줄 아는 사람은 정말 손에 꼽을 만큼 적죠. 그중에 한 명이 유이, 당신이에요. 앤서가 보

유한 고급 인력이지요. 유이만 괜찮다면 내가 한번 정부에 얘기
해 보려고 합니다."

"제가 하게 될 일은요?"

오다 소장은 언성을 높여 말했다.

"조종사가 뭘 하겠습니까? 헬리콥터를 조종해야죠."

"할게요."

고민할 필요도 없었다. 오다 소장은 그럴 줄 알았다는 듯 만
족스러운 목소리로 말했다.

"아주 좋습니다."

4

앤서 정부는 오다 소장의 요청을 절반만 수용했다. 유이를 임시직으로 고용하겠다고 했다. 오다 소장은 "멍청이! 머저리 같으니!" 하고 화를 냈지만 유이는 아무래도 상관없었다.

유이는 스쿨버스 운전을 그만두고 항공 응급 구조 센터로 출근했다. 출근 이틀째에 응급 구조 센터 격납고로 대만에서 가져온 헬리콥터가 들어왔다. 새로 들여온 헬리콥터는 40년 전에 제작된 것이었다.

격납고에서 헬리콥터를 쳐다보던 다이치가 할아버지인 오다 소장에게 말했다.

"이거, 날 수는 있을까요?"

옆에 서 있던 레이가 양 볼을 불룩하게 만들고는 고개를 흔들었다. 유이도 걱정하던 차였다. 오랜 세월 정비 없이 방치된 듯했다. 오다 소장은 유이를 돌아보며 말했다.

"별명을 붙여보세요."

"제가요?"

"이 고철 덩어리에 애정을 갖는 건 다이치나 레이보다 유이일 것 같아서요."

오다 소장의 말에 다이치와 레이도 고개를 끄덕였다. 유이는 뚱뚱한 헬리콥터를 쳐다보다가 떠오르는 대로 중얼거렸다.

"곰탱이요."

오다 소장은 잘 못 알아들었다는 듯 "곰탱?"을 연발하며 유이를 쳐다보았고 다이치와 레이는 발음이 재밌는지 쿡 하고 웃었다. 발안 셸터에서 살던 어린 시절, 유이는 옛날 영상물을 보며 시간을 보냈다. 그래서인지 20세기와 21세기 만화 캐릭터들에 친근함을 느꼈다.

"혹시 '곰돌이 푸' 아세요?"

오다 소장의 얼굴에 어린아이 같은 표정이 둥실 떠올랐다.

"알다마다요. 통통하고 꿀 좋아하는 말하는 곰 아닙니까. 분홍 돼지 피글렛, 통통 튀는 티거도 기억합니다. 당나귀 이름이 아마 이요르였죠? 나는 푸를 가장 좋아했어요."

"곰탱이는 곰돌이 푸 같은 거예요."

유이가 "곰탱이" 하고 말하자 오다 소장과 레이, 다이치가 어눌한 발음으로 "곰탱이, 곰탱이" 하고 따라 중얼거렸다. 오다 소장은 어감이 나쁘지 않다며 만족스러워했다. 그가 헬리콥터로 시선을 옮기며 말했다.

"곰탱이를 살려봅시다. 하늘을 날도록."

곰탱이의 수리는 쉽지 않았다. 오다 소장은 자신의 지식을 총동원하여 수리에 매진했다. 유이는 838마력의 터보 메카 엔진 두 대가 미는 힘을 하루라도 빨리 맛보고 싶어 몸이 달았다. 그러나 몇 번의 시험 가동을 성공적으로 마친 후에도 오다 소장은 곰탱이의 실제 비행을 허락하지 않았다.

오다 소장은 들떠 있는 유이에게 말했다.

"정비가 끝나려면 아직 멀었어요. 안전하다는 확신이 들기 전까지는 조종석에 앉는 것만 허락합니다. 그때까지 조종 매뉴얼을 익히고 응급 출동에 충실하세요. 매뉴얼에 적힌 대만어는 레이한테 물어보고요."

유이는 아쉬움을 누르고 손날을 눈썹 옆에 붙이며 "네!" 하고 대답했다.

그날 퇴근하고 집으로 돌아온 유이는 거수경례를 붙이며 대답하던 자신의 모습을 떠올렸다. 저절로 튀어나온 동작이었다. 뜬금없이 경례를 붙이는 유이를 쳐다보며 한쪽 눈썹을 치켜올리던 오다 소장과 높고 넓은 격납고에 울려 퍼지던 자신의 우렁찬 목소리도 생각했다. 조금은 민망하고 조금은 반가웠다. 유이는 정자세를 취하고 욕실 거울을 마주 보았다. 그러고는 다시 한번 절도 있게 경례를 붙이며 외쳤다.

"네!"

거울 속 유이가 입가를 끌어당기며 웃었다. 오랜만에 보는 자신의 웃는 얼굴이었다. 나쁘지 않았다. 추구할 수 있는 새로운 목표가 생겼다. 하고 싶은 일이, 기대하는 일이 생겼다.

유이와 다이치는 레이의 도움을 받아 조종 매뉴얼을 차근차근 익혀나갔다. 레이가 매뉴얼을 영어로 번역해 한 문장씩 읽어 주면 헬리콥터 조종석에 앉은 유이와 다이치가 작동 방법을 확인해 보는 식이었다.

정비는 더디게 진행됐다. 수리 과정은 실험과 실패, 모험의 연속이었고 엔진을 날려먹을 뻔한 위기도 여러 번이었다. 오다 소장은 종종 작업을 중단한 채 못마땅한 얼굴로 메인 로터와 축 늘어진 회전날개를 뚫어지게 쳐다보기도 했다. 그러다 곰탱이가 들어온 지 한 달이 되었을 때, 마침내 유이와 다이치는 곰탱이와 함께 하늘로 날아올랐다. 조종간을 잡은 두 사람은 500미터 상공에서 환호성을 지르며 곰탱이의 비행을 만끽했다.

5

바다에서 구조 요청이 들어온 건 5월 말, 거친 비바람이 부는 오후였다.

오전 내내 출동 요청이 없었고 정비도 마친 터라 유이는 오랜만에 여유로운 시간을 보내고 있었다. 다이치와 레이는 격납고에서 배드민턴을 쳤고, 유이와 오다 소장은 격납고 내부에 마련된 사무실에서 빗소리를 즐기며 바둑을 두었다. 라켓이 바람을 가르는 소리, 셔틀콕이 팅기는 경쾌한 소리, 레이와 다이치의 기합 소리와 웃음소리가 높고 넓은 격납고에 울렸다.

유이는 흰 돌을 바둑판에 놓고 오다 소장의 다음 수를 기다렸다. 오다 소장은 주름진 입술을 뾰족하게 내밀고 옴 하는 소리를 냈다. 방금 유이가 바둑돌을 놓은 자리가 좋지 않다는 의미였다. 오다 소장은 유이의 바둑 스승이기도 했다. 유이는 아차 싶은 표정을 숨기며 바둑판을 내려다보았다. 오다 소장이 돌 놓을 자리를 고르며 말했다.

"여전히 희박합니까?"

희박. 그 말은 유이가 10년 전 오다 소장에게 했던 말이었다. 항공 응급 구조 센터에 처음 찾아갔을 때 소장은 유이에게 이 일을 왜 하려는 거냐고 물었고 유이는 희미한 목소리로 답했다. '모든 게 희박해서요'라고.

"기억하시네요. 희박하다는 말, 제가 딱 한 번 한 것 같은데."

"잊을 수 없죠, 그런 말은. 여전히 그런지 궁금하군요."

유이는 대답을 망설였다. 항공 응급 구조 센터로 오고 나서 일상과 마음이 안정되긴 했지만 이따금 쓸쓸한 기분에 사로잡힐 때면 시선이 허공에 머물곤 했다. 다이치와 웃으며 이야기하거나 곰탱이를 정비하다가도 고독이 손을 뻗어 유이의 영혼을 움켜쥐는 듯했다.

유이는 마지못해 대꾸했다.

"모르겠어요."

"아직도 멀었군요."

딱 하는 소리와 함께 검은 돌이 바둑판에 박혔다. 난감해하는 유이의 표정을 확인한 오다 소장은 만족스러운 얼굴로 예정된 승리를 만끽했다. 아이처럼 좋아하는 오다 소장의 얼굴에 유이는 웃지 않을 수 없었지만 그렇다고 섣불리 패배를 인정하고 싶지도 않았다. 오다 소장이라고 실수하지 말란 법이 있나?

라켓이 공기를 가르는 소리와 셔틀콕 튕기는 소리가 상쾌했다. 유이는 바둑돌 놓을 자리를 고르다 말고 고개를 격납고 쪽으로 돌렸다. 규칙적으로 네트를 오가던 셔틀콕이 다이치의 기합 소리와 함께 꽂히듯 날아갔다. 레이는 탕탕탕 소리를 내며 달려가 라켓을 뻗었으나 셔틀콕은 흰 선 안쪽에 떨어졌다. 다이치가 기운찬 외마디 소리를 질렀다. 유이는 흰 이를 보이며 건강하게 웃는 다이치를 쳐다보았다. 어깨를 드러낸 흰색 민소매와 검은 반바지 차림의 다이치는 젊고 활기가 넘쳤다. 고개를 돌리려는데 다이치와 눈이 마주쳤다. 유이는 서둘러 시선을 내리고 바둑돌을 놓았다.

"다이치가 있어서 든든하시겠어요."

"아무래도 녀석이 유이를 좋아하는 거 같아요."

예상치 못한 말에 유이는 "네?" 하고 놀랐다가 곧 웃고 말았다. 다이치는 유이보다 여덟 살이 어렸고 10년을 알고 지낸 사이였다.

"농담하지 마세요."

"정말입니다."

유이는 자기도 모르게 다이치를 돌아보다 또 눈이 마주쳤다. 오다 소장은 유이의 찻잔에 주전자를 기울이며 말했다.

"당연한 거 아닐까요? 젊은 남녀가 같이 일하고 같이 밥 먹고 성격도 대충 맞으면 연정이 싹트기 마련이죠."

유이는 멋쩍게 웃었다.

"정말 그렇다면 고마운 일이네요."

"고마운 건 내 쪽입니다."

오다 소장이 딱 소리가 나게 바둑돌을 놓으며 말을 이었다.

"저 녀석이 여자에게 마음을 주는 걸 본 적이 없어요. 사랑의 환희라는 게 있잖아요. 그 기쁨을 녀석이 느껴보았으면 했습니다. 나는 다이치가 살맛 나는 삶을 살기를 바랍니다. 그러려면 뭔가 좋은 게 있어야 해요. 다이치가 유이에게 엉큼한 감정을 품고 있다는 건 내 짐작일 뿐이지만 아마 맞을 거예요. 이런 직감은 틀린 적이 없거든요."

유이는 풋 웃고 말았다. 오다 소장이 장난스러운 표정을 지으며 눈알을 굴렸기 때문이었다.

"소장님이 좋은 분이어서 다이치도 잘 자란 것 같아요. 아무렴, 핏줄은 못 속이죠. 다이치는 제가 여기 처음 왔을 때부터 그늘이 없었어요."

"틀렸어요."

"네?"

오다 소장은 쓰게 웃으며 말했다.

"나는 좋은 사람이 아니고 실은 다이치도 내 친손자가 아닙니다. 유이가 다이치에게서 그늘을 보지 못한 건 녀석이 위장에 능하기 때문입니다."

처음 듣는 얘기였다. 오다 소장은 차를 한 모금 마시고는 말을 이었다.

"앤서에 온 최초의 이주자들은 모두 돈깨나 있고 힘깨나 쓰는 사람들이었어요. 뒤따라온 2차, 3차 이주자들은 적격 심사를 통과해야 했죠. 유전 질환이 있거나 장애가 있는 사람들은 철저히 배제됐어요. 그들이 가장 신경 쓴 건 대륙으로부터 안전하고 질서 정연하고 은밀하게 탈출하는 것이었어요.

지금은 믿기지 않겠지만 앤서로 이주가 진행되는 동안 유라시아 대륙의 사람들은 대다수가 아르굴을 퇴치할 수 있을 거라고 생각했어요. 언론이 작은 성공 사례를 부풀려서 보도했고 앤서로 이주하는 사람들을 겁쟁이에다 바보라는 식으로 매도했거든요. 그 말을 믿은 사람들은 대륙에 남아 떠나는 이들을 비웃으면서 그들이 남기고 간 땅과 재산을 싼 가격에 차지했어요. 물론 대전쟁의 여파가 상당해서 당장 살아남는 데 급급하기도 했고요.

대전쟁 때 나는 20대 후반이었어요. 앤서가 문을 열었을 때는 서른셋이었습니다. 도쿄에 아내와 딸이 있었죠. 대전쟁 때 헬리콥터 조종사로 복무했는데 부상으로 제대한 뒤에도 헬리콥터 조종을 계속했어요. 이주자들은 대부분 배를 타고 앤서로 이동했지만 이런저런 사정이 있어서 배에 오르지 못한 사람들이 많았습니다. 탑승하지 못한 이주자들을 헬리콥터로 이송하는데 탑승객 중에 예전에 같이 복무했던 군의관이 있었던 겁니다. 그 사람이 내리면서 그러더군요. 아르굴은 막지 못할 거라고요. 대륙에 남은 사람들은 결국 다 죽게 될 거라고 제게 귀띔해 주었습니다.

그 군의관은 고급 정보를 다루던 사람이었습니다. 아닌 게 아니라 이주하는 사람들에게서 느껴지는 분위기도 예상과 달라 찜찜하던 차였습니다. 남겨진 사람들을 동정하더군요. 그것도 진심으로 말이죠. 제가 곁에서 본 그들은 바보나 겁쟁이가 아니었습니다. 그들은 영리하고 이기적인 사람들이었어요.

아르굴은 막지 못하는 거였어요. 나는 그 사실을 사람들에게 알리려 했고 그걸 눈치챈 관리자들은 나를 쿠니 지구에 보내어 가뒀습니다. 나는 돌아가지 못했어요. 도쿄에 있던 가족들은 아마 다 죽었을 거예요. 어떻게 해서든 갔어야 했어요. 죽음을 무릅쓰고 갔어야 했죠. 나는 살아남은 게 죄스럽습니다.”

유이는 이제까지 오다 소장과 다이치가 처음부터 시민권을 가진 사람인 줄 알고 있었다. 다이치의 부모가 없는 이유는 몰랐다. 예전에는 항공 응급 구조 센터에서 야간 근무만 했기에 다이치는 어쩌다 얼굴을 보는 정도였다.

“다이치는요?”

오다 소장은 깊은 한숨을 내쉰 뒤 다시 말을 이었다.

“다이치는 교토에서 가족과 함께 밀항해 앤서에 들어왔어요. 막무가내로 밀고 들어온 사람들이 적지 않았죠. 앤서는 그들을 부적격자라는 이름으로 쿠니 지구에 수용했어요. 나도 다이치도 쿠니였습니다. 유이가 앤서에 들어오기 전에요.

앤서 정부는 항공 응급 구조 센터를 만들고 싶어 했습니다. 헬리콥터 조종사는 귀했고 자원자는 없었어요. 그 덕에 나는 시민권을 얻어 나올 수 있었습니다. 쿠니 지구를 나오면서 다이치를 데려가겠다고 했어요. 그래서 다이치와 함께 살게 된 겁니다. 다이치의 부모는 죽었습니다. 좋은 사람들이었는데……. 초창기 쿠니 지구는 지금보다 훨씬 더 열악했어요. 다이치가 잘 자라고 있다는 소식을 부모에게 전하려고 찾아갔는데 2년 전에 이미 죽었더군요. 묘지 같은 건 없었어요. 전염병이 돌았을 때 죽었다는 얘기만 전해 들었습니다. 유품이나 유언도 없었고요."

창밖의 빗살이 거세지기 시작했다. 유이는 격납고의 다이치와 레이를 쳐다보았다. 두 사람은 쉬어가듯 가볍게 셔틀콕을 주고받고 있었다.

오다 소장의 찻잔이 차받침에 놓이며 달카닥거렸다.

"그럼 이제 유이의 이야기를 들어볼까요? 왜 그렇게 종종 우거지상을 하는지 이야기해 주면 좋겠습니다."

유이는 찻잔을 입가에 대고 기울였다. 잔으로 어두워지려는 얼굴을 잠시나마 감추고 싶었다. 아픈 과거를 이야기하는 오다 소장의 얼굴은 지나온 길을 물끄러미 바라보는 것 같았다. 감정에 사로잡히지 않고 자신을 설명하는 오다 소장을 보며 '나도 언

젠가는 저럴 수 있을까' 하고 생각했다. 오다 소장의 말에 응답
해야 했다. 자신의 내면에 어둡고 습한 그림자가 들러붙은 이유
를 무엇부터 이야기해야 할까. 유이는 엄지로 찻잔의 곡선을 가
만히 문지르며 먼저 꺼낼 이야기를 골랐다. 그때 사무실의 전화
벨이 울렸다.

　응급 구조 요청을 수신하는 전화기였다. 오다 소장이 손을 뻗
어 바로 전화를 받았다.

　"응급 구조 센터입니다. 네, 네, 알겠습니다. 어디라고요?"

　전화를 받던 오다 소장의 얼굴에 내키지 않는 빛이 스쳐 지나
갔다. 유이는 오다 소장에게 펜과 종이를 건넸다. 오다 소장은
메모를 하고도 잠시 말없이 수화기만 들고 있었다. 전화 너머에
서 도움을 요청하는 목소리가 들렸다. 오다 소장이 낮은 목소리
로 말했다.

　"두 시간가량 걸립니다. 바로 출동하겠습니다."

　오다 소장이 전화를 끊자마자 유이는 일어서며 물었다.

　"무슨 일이죠?"

　오다 소장은 입술을 얇게 다물고 창밖을 쳐다보았다. 유이도
창가로 다가가 하늘을 올려다보았다. 오전보다는 빗줄기가 약해
졌으나 기세는 여전했다. 바람 소리도 심상치 않았다.

　오다 소장이 말했다.

　"구조 요청입니다."

"어디에서요?"

오다 소장은 바로 대답하지 않았다. "소장님?" 하고 유이가 재촉하자 오다 소장이 카랑카랑한 목소리로 입을 열었다.

"북쪽으로 400킬로미터 이상 올라가야 하는 지점입니다."

유이는 멈칫했다. 항공 응급 구조 센터에서 400킬로미터 북쪽이라면 바다 위였다. 바다에서 구조 요청이 들어온 적은 한 번도 없었다. 오다 소장이 말했다.

"밀수하는 사람들일지도 몰라요."

아르굴이 활보하는 대륙에서 목숨을 걸고 물건을 가져오는 사람들이 있다는 소문은 유이도 들은 적이 있었다. 대륙에서 물건을 가져오는 것은 불법이었다. 그러다가 배에 아르굴의 알이라도 실려 들어오면 큰일이었으니까.

오다 소장이 유이를 바라보며 말했다.

"위험한 상황에 놓일지도 모릅니다. 헬리콥터를 탈취하려는 수작일 수도 있으니까요. 그렇다고 안 가볼 수는 없습니다."

"보고하고 군의 지원을 받죠. 그러면 되잖아요."

오다 소장이 말했다.

"상부에는 보고하지 않습니다. 앤서는 그들을 사살할 거예요. 그러면 구하러 가는 의미가 없겠죠?"

"헬리콥터 비행 보고는요?"

"앤서에는 레이더가 없습니다. 방벽에 초병이 있을지도 모르겠지만 우리는 구름 위로 날아서 앤서를 벗어날 겁니다. 무엇보다."

오다 소장은 조소하며 말했다.

"앤서의 군대는 군대라고 하기도 어렵죠. 제대로 돌아가는 게 없을 테니 걱정하지 마세요. 하지만……."

유이는 오다 소장의 마음을 알아차렸다. '구조 비행에 같이 갈 사람이 필요하다. 동시에 유이를 위험에 빠뜨리고 싶지 않다.' 자신을 생각해 주는 오다 소장의 마음이 유이는 고마웠다.

"준비할게요. 설마, 혼자 갈 생각은 아니죠?"

창밖을 바라보던 오다 소장은 유이의 얼굴에 시선을 맞추고 말했다.

"좋습니다."

오다 소장은 늘 잠겨 있던 사무실 캐비닛을 열어 무언가를 꺼냈다. 자동소총이었다. 항공 응급 구조 센터에 허용될 물건이 아니었으니 개인 물품일 터였다.

앤서에서 개인의 총기 소지는 불법이었으나 총기를 감춰두고 사는 사람이 많았다. 유이도 집에 권총과 실탄을 보관하고 있었다. 오다 소장이 능숙한 솜씨로 탄창을 결합하고는 무심하게 말했다.

"다들 집에 자동소총 한 자루씩은 있지 않나요?"

오다 소장은 유이에게 총을 건네며 말했다.

"사용할 줄 알죠?"

유이는 고개를 끄덕이며 총을 받았다.

유이와 오다 소장은 곰탱이를 타고 북쪽 해상으로 날아갔다. 유이가 주 조종석에 앉고 오다 소장이 해도를 보며 비행경로를 알려주었다. 기상 상태가 좋지 않아 긴장 수위가 저절로 올라갔다. 시야 확보가 어려웠고 두꺼운 먹구름 때문에 하늘이 어두컴컴했다. 파도 거품이 일렁이는 바다마저 탁해서 하늘과 바다의 경계가 불분명했다. 왕복 800킬로미터가 넘는 거리를 비행하는 것은 처음이었다. 조종간을 잡은 유이의 손에 땀이 배어났다.

유이와 오다 소장은 출동한 지 한 시간 반 만에 목적지인 무인도 남쪽 해상에 도착했다. 구조 신호를 보낸 건 검고 길쭉한 형태의 태양광 요트였다. 배에 부착된 태양광 전지판은 규격이 서로 맞지 않아 삐뚤빼뚤했고 한눈에 봐도 세월의 흔적이 역력했다. 헬리콥터가 요트 위 15미터 상공에서 고도를 유지하자 요트를 중심으로 나이테 같은 흰 잔물결이 일어 끊임없이 바깥쪽으로 밀려났다. 회전날개가 내리누르는 공기의 힘에 잘게 부서진 물 알갱이들이 둥근 원을 그리며 튀어 날아갔다. 헤드셋으로 오다 소장과 요트 위의 남자가 주고받는 대화가 들렸다.

응급 환자는 52세 여성이었다. 어깨에 자상을 입었고 응급처치를 했으나 지혈이 되지 않는 상황이었다. 오다 소장이 부조종석에서 일어서면서 유이에게 소총을 건네주었다. 상황을 주시하다가 필요하면 사용하라는 뜻이었다. 유이는 고개를 끄덕였다.

오다 소장은 모터 케이블을 가동해 구조용 들것을 아래로 내려보냈다. 요트에 탄 사람들은 오다 소장과 수신호를 주고받으며 구조용 들것에 환자를 실었다. 유이는 소총에 손을 얹고 구조 상황을 주시했다. 요트 갑판에는 일곱 명의 사람이 있었는데 행색이 남루할 뿐 무장한 상태가 아니라서 경계 대상으로 보이지는 않았다. 케이블이 부상자를 실은 구조용 들것을 안정적으로 감아올리자 요트 갑판에 나와 있던 사람들이 손뼉을 쳤다.

오다 소장이 부상자를 헬리콥터에 들이고 문을 닫으며 유이에게 말했다.

"돌아갈 연료가 걱정되니 조종은 내가 하겠습니다. 환자를 맡아요."

유이는 조종간을 넘기고 부상자에게 다가갔다. 몸 전체를 반투명한 비닐로 둘둘 말고 있던 여자는 온통 물에 젖은 상태였다. 유이는 마른 수건으로 여자의 얼굴을 닦아주었다. 여자가 얼굴을 찡그리며 잔기침을 했다. 이미 혈액을 많이 잃었는지 상태가 좋지 않았다. 자세히 살피기 위해 비닐을 걷어낸 유이의 두 눈이 커졌다. 여자는 전투 슈트를 입고 있었다. 발안 셸터의 군인들이 입던 슈트가 분명했다. 여자의 얼굴로 시선을 돌린 유이는 조금 전보다 훨씬 더 놀라고 말았다.

"주하 중사님?"

주하 중사였다. 발안 셸터에서 킨과 라리와 함께 살았던, 유이에게 군사훈련을 시켰던 사람. 가늘게 뜬 눈으로 유이를 바라보던 여자의 입꼬리가 살며시 올라갔다. 고통으로 일그러진 얼굴에 번지는 미소가 말하는 바는 분명했다. 주하 중사도 유이를 알아본 거였다.

6

헬리콥터는 항공 응급 구조 센터에 무사히 도착했다. 그러나 주하 중사를 센터에 두거나 병원에 이송할 수는 없었다. 응급 구조 센터에는 필요한 의약품과 의료 장비가 없었고 병원에 가면 신원을 확인하는 과정에서 줄줄이 문제가 생길 터였다. 오다 소장이 어쩔 줄 몰라 하는 유이에게 말했다.

"의약품과 설비와 의사가 있으면 거기가 병원입니다. 환자를 유이의 집에 두고 치료하다가 급할 때 의사를 부르세요. 당장 필요한 의약품은 내가 구해서 갖다주겠습니다."

고맙다며 고개를 조아리는 유이를 향해서 오다 소장은 답답하다는 듯 목소리를 높였다.

"빨리 움직이세요!"

유이와 다이치는 환자용 침대와 각종 의료 물품을 준비한 뒤 사람들의 눈에 띄지 않게 조심하며 주하 중사를 유이의 집으로 옮겼다. 주하 중사는 고열에 괴로워하며 이따금 경련을 일으켰다. 벌어진 상처를 꿰맸으나 부상 부위의 조직이 괴사할 조짐을 보였다. 오다 소장이 구해다 준 영양제와 항생제를 투여했으나 그 정도로는 상태가 호전되지 않았다. 투약만으로는 고열과 통증을 가라앉힐 수 없었다. 오다 소장에게 상황을 설명하자 오다 소장은 쿠니 지구의 의사를 데려오자고 제안했다.

"지아라는 친구가 있댔죠? 쿠니가미 병원 응급실에서 일하는 간호사 친구. 그 친구에게 의사를 구해달라고 하세요. 빠져나올 방법은 내가 알아봐 주겠습니다."

유이는 곧바로 지아에게 연락해 약과 의사를 구해달라고 부탁했다. 유이의 사정을 들은 지아는 걱정하고 답답해하면서도 신속히 움직였다. 오다 소장은 평소 알고 지내던 쿠니 지구 경비대 장교에게 뇌물을 주고 의사가 유이의 집에 올 수 있도록 도왔다. 의사는 다른 종류의 진통제와 항생제를 주사했다. 상처 부위에 생긴 고름이 밖으로 잘 빠지도록 배농 치료를 하면서 패혈증이 의심된다고 말했다. 자칫하면 생명이 위태로울 수 있다고 덧붙였다.

나흘째 아침, 유이는 주하 중사의 연이은 기침 소리에 눈을 떴다. 주하 중사의 얼굴은 거뭇한 기운이 돌았고 양 뺨과 눈이 푹 꺼져 병색이 뚜렷했다. 기침은 전에 없던 증상이어서 걱정스러웠다. 유이는 청진기를 귀에 꽂고 폐 소리를 들어보았다. 숨을 들이쉬고 내쉴 때마다 불길한 소음이 들렸다. 전문가가 아니어도 폐에 문제가 생겼다는 걸 짐작할 수 있었다.

"좋아 보이네."

주하 중사가 유이를 올려다보며 쉰 목소리로 말했다.

"네가 살아 있어서 다행이야."

"몸은 좀 어떠세요?"

"살아 있느라 힘들어."

"뭐라도 좀 드셔야 해요."

유이는 주방에서 물과 미음을 가져오고 병상의 핸들을 돌려 침대 윗부분을 비스듬히 세웠다. 주하 중사는 물을 마시고 유이가 떠주는 미음을 받아먹다가 인상을 썼다.

"입안이 다 헐었어."

"그래도 먹어야 해요."

주하 중사는 유이를 쳐다보며 한쪽 입가를 올렸다.

"나도 이쪽 사정을 안다. 집에 병원을 차리다니. 의사도 부르고. 아무래도 좀 과한 느낌이야."

"뭐가요?"

"네가 나한테 하는 거."

"무슨 소리예요. 당연한 거죠."

"당연?"

하고 말끝을 올린 주하 중사는 옅은 소리로 웃음을 흘렸다.

"그것만이라기엔 집요해. 어떻게든 살리고 싶어 하는 걸 보니 내게 원하는 게 있는 것 같아. 그렇지?"

주하 중사가 쌕쌕거리는 소리를 내다가 기침을 터트렸다. 체온을 재자 37.9도가 찍혔다. 유이는 주하 중사의 말을 못 들은 척하며 거즈로 입가를 닦아주었다.

"원하는 게 뭐니?"

주하 중사를 간호하면서 어쩌면 킨도 살아 있을지 모른다는 생각을 하긴 했다. 주하 중사라면 킨이 어떻게 됐는지 어디에 있는지 알지 않을까. 아버지가 그토록 처참하게 죽은 이유와 마낙 셸터가 붕괴된 이유도 알 수 있지 않을까. 주하 중사가 나으면 기회를 봐서 꼭 묻고 싶었던 건 사실이었다.

"일단 낫고 나서 얘기해요."

주하 중사가 유이의 손목을 잡았다. 차갑고 마른 손이 불길했다. 주하 중사가 기침을 누르며 낮은 소리로 빠르게 말했다.

"내가 언제 죽을 줄 알고."

유이는 주하 중사를 바라보았다. 창백한 얼굴에 병색이 완연했다. 유이가 자세를 고쳐 앉으며 말했다.

"묻고 싶고, 듣고 싶은 게 있어요."

"물어봐. 이왕이면 쉬운 것부터."

말문을 떼려는데 입안이 바싹 마르는 듯했다. 알고 싶은 것이 너무도 많았다.

"발안 셸터는 왜 침략당한 거죠? 마낙 셸터가 갑자기 붕괴된 이유도 궁금해요."

주하 중사가 입가를 일그러트리며 말했다.

"그게 쉬운 질문이냐? 그리고 한 번에 하나씩 물어."

유이는 조급한 마음을 억누르며 차분히 물었다.

"킨은 살아 있나요?"

주하 중사는 턱을 치켜들고 유이와 시선을 맞추었다. 말해주어야 할지 입을 다물어야 할지 고민하는 듯했다. 유이는 달싹이는 주하 중사의 갈라진 입술을 주시했다.

"살아 있다."

유이는 눈을 질끈 감았다. 허탈한 기분이 먼저였다. 죽지 않아서 다행이었다. 그리움과 배신감이 뒤섞인 복잡한 마음이 올라왔다.

"어디 있죠?"

주하 중사는 입을 닫았다.

"말씀 좀 해보세요. 킨, 지금 어디 있어요?"

"잘 있을 거야. 나도 본 지 오래됐지만."

"도대체 어디서……."

주하 중사는 입을 다문 채 깊은 한숨을 내쉬며 시선을 돌렸다. 말 못 할 사연이라도 있는 걸까. 유이는 질문을 바꾸었다.

"마낙이 왜 아버지를 죽였는지도 알고 싶어요."

주하 중사는 기억을 더듬는 듯 아득한 눈길로 허공을 쏘아보았다. 눈이 힘겹게 반짝이는가 싶더니 다시 기침이 터졌다. 유이는 속이 탔다. 주하 중사의 입가를 닦아주는데 눈물이 날 것 같았다. 무슨 말을 듣게 될지 몰라 두려웠다. 주하 중사가 가까스로 기침을 멈추고 유이에게 시선을 옮겼다.

"안타깝게 가셨지만 장태섭 사령관님은 좋은 분이었어."

유이는 떨리는 목소리로 말했다.

"무능했던 건 아니고요? 혹시 아버지가 벌인 일이 실패하는 바람에 발안 셸터가 그렇게 된 건 아니죠?"

"무능이라니 무슨 말도 안 되는 소리를."

하고 말하며 주하 중사는 혀를 끌끌 찼다.

"그분이 아니었으면 발안 셸터는 더 일찍 끝장났을 거야. 장태섭 사령관님은 셸터 사람들을 살리려고 하셨어. 물론 진정성 따위는 중요하지 않아. 무수한 사람들의 생사를 놓고 벌이는 장기판이었으니 최종 결과가 중요했지. 결과가 처참하니 결과적으로는 실패한 게 맞다. 하지만 그게 과연 네 아버지 탓일까?"

"아버지가 하려던 게 정확히 뭐였죠?"

"사령관님은."

하고 말을 이어가려던 주하 중사가 다시 기침을 했다. 유이는 체온을 쟀다. 38.3도.

"네 아버지는 마낙으로부터 셸터들을 구하고 싶어 했다. 작전이 제대로 먹혔다면 대륙의 셸터들은 그렇게 멸망하지 않았을지도 몰라."

"실패했잖아요."

"실패했지."

주하 중사의 눈이 스르르 감기고 있었다. 이마에 솟은 땀이 뺨과 눈가 주름을 타고 흘러내렸다. 유이는 애타는 심정으로 마음에 품고 있던 질문을 던졌다.

"마낙이 공개 처형 자리에서 킨을 찾은 이유를 알고 싶어요. 기억하시죠? 아버지를 처형하고 나서 마낙이 킨을 찾았잖아요. 그렇죠? 왜 그런 거죠?"

주하 중사는 고통스러운 듯 눈썹 사이를 좁힐 뿐 입을 열지 못했다. 혈압과 심장박동수가 기준치 아래로 떨어지고 있었다. 이름을 불러도 반응이 없었다. 유이는 덜컥 겁이 났다. 주하 중사가 이 자리에서 세상을 떠날 것만 같아 미칠 지경이었다.

유이는 지아에게 전화를 걸었다. 지아는 전화를 받자마자 물었다.

"언니, 별일 없어? 괜찮아?"

"의사가 필요해. 저번에 구해준 의사, 지금 우리 집으로 좀 보내줘. 당장. 급해서 그래."

지아는 아무 대답이 없었다. 지아에게 또다시 무리한 도움을 요청하기엔 염치가 없었지만 그런 걸 따질 때가 아니었다.

"언니, 괜찮은 상황인 거 맞아? 그 사람 범죄자 아냐?"

"나중에 얘기해 줄게."

"정신 차려. 이거 작은 문제 아니야. 잘못되면 언니나 나나 처벌 대상이라고."

"환자 상태가 많이 안 좋아. 폐렴인 것 같아. 빨리 의사 좀 보내줘."

"나는 못 하겠어. 무슨 일인지 모르겠지만 언니도 이제 그만 둬. 그 사람 그대로 두면 나도 언니도 정말 위험해져."

"반드시 살려야 해. 의사 빨리 보내줘. 폐렴인 것 같다고 꼭 전하고. 부탁할게, 지아야."

"언니!"

유이는 핸드폰을 움켜쥐었다.

"의사 보내. 보내지 않으면 바로 앤서 경비대에 연락할 거야. 내가 밀수범을 숨겼고 너는 나를 적극적으로 도왔다고 자수할 거야."

전화기 너머에서 침묵이 흘렀다. 유이는 다시 한번 말했다.

"내가 못 할 거 같니?"

잠시 뒤 차가운 목소리가 건너왔다.

"알겠어."

전화는 그대로 끊어졌다.

7

쿠니 지구의 의사가 주하 중사에게 영양제와 주사를 놓았다. 녹색 산소통과 산소호흡기, 환자 모니터링 장비를 능숙한 손길로 연결한 의사는 위독해지는 상태를 막을 방법이 있을지 모르겠다고 했다. 의사는 진통제 앰풀을 상자째 건네면서 환자가 너무 고통스러워하면 수액 주머니에 10밀리리터씩 주사하라고 일렀다. 그러고는 마지막으로 유이의 집을 나서면서 말했다.

"저 사람 살리고 싶으면 본인부터 챙겨요. 그쪽이 쓰러지면 저 사람은 누가 챙깁니까."

의사의 치료 덕인지 주하 중사의 체온과 호흡은 정상으로 돌아왔고 얼굴도 아까보다 한결 편안해 보였다. 다음 날 아침이 되자 상태는 더욱 호전되어 유이가 건네는 미음도 받아먹을 수 있었다. 주하 중사가 잠긴 목소리로 말했다.

"또다시 살아나 버렸군."

유이도 지친 얼굴에 웃음을 띄우며 말했다. "죽게 내버려둘 걸 그랬나 봐요"라고.

지아에게 전화를 걸었으나 받지 않았다. 하는 수 없이 문자메시지로 미안하고 고마운 마음을 전했다. 답장은 오지 않았다. 다시 용서를 구하는 말을 적어 보내자 그제야 지아는 짧게 '알았어' 하고 회신했다.

유이는 지아의 짧은 문장을 내려다보다가 아랫입술을 지그시 깨물었다. 왜 그렇게 모질게 말했을까. 뒤늦은 후회가 밀려왔다. 절박한 심정이었지만 해서는 안 될 말을 쏘아댄 건 잘못이었다. 주하 중사가 온 뒤로 유이는 제정신이 아니었다. 잠을 제대로 못 잤고 주하 중사가 어떻게 될까 봐 불안했으며 발톱을 세우고 달려드는 옛 기억에 정신이 피폐해질 대로 피폐해져 있었다. 멍한 눈길로 집 안을 훑던 유이는 문득 며칠 동안 식사를 제대로 하지 않았다는 것을 떠올리고 주방에 들어가 허리에 앞치마를 둘렀다. 쌀을 안치고 계란을 굽고 토마토를 씻어 간단하면서도 균형 잡힌 식사를 준비했다. 전기밥솥에서 밥 짓는 냄새가 올라오자 극심하게 배가 고파졌다.

"혼자 먹기야?"

주하 중사가 방에서 물었다. 밥 냄새를 맡은 모양이었다.

"기다려봐요."

유이는 스크램블드에그를 만들어 주하 중사에게 가져갔다. 창밖으로 아침 하늘이 눈에 들어왔다. 드문드문 구름이 뜬 파랗고 깨끗한 하늘이 방벽 너머로 끝없이 펼쳐져 있었다. 주하 중사가 팔을 움찔거리며 말했다.

"보다시피 내가 팔을 못 들어서."

"가만히 있어요."

유이는 옆에 앉아 포크로 계란 조각을 찍어 주하 중사의 입에 넣어주었다. 주하 중사는 얼굴을 찡그리면서도 잘 받아먹었다.

"물."

물컵을 주하 중사의 입가에 대고 기울이자 턱 아래로 맑은 물이 흘러내렸다. 유이가 물을 닦아내며 물었다.

"어쩌다 다친 거예요?"

"일하다가. 아르굴한테 찔렸지."

"무슨 일을 했는데요?"

"무슨 일이긴. 주인 없는 물건 실어다가 앤서에 파는 일이지."

"밀수를 한 거예요?"

"먹고살아야 하니까."

주하 중사는 "운이 좋았지, 그동안은" 하고 말하면서 또 얼굴을 찡그렸다. 이마와 코끝에 땀이 맺혀 있었다. 유이는 거즈로 코와 이마의 땀을 닦아주었다.

"어디서 살았어요?"

"사람 몇 명이 살 만한 무인도가 있어. 넌 어떻게 살았니? 이게 몇 년 만이야?"

'지난 18년을 무인도에서?' 하는 의구심이 들었으나 유이는 캐묻지 않았다. 대신 그동안 살아온 이야기를 꺼냈다. 앤서에 온 뒤 재활용 공장에서 일했던 것과 무장봉기 때 협상했던 일, 응급 구조 헬기를 조종했던 일, 그리고 20년 가까운 세월이 흘렀음에도 여전히 마음에 못처럼 박혀 있는 질문에 관해서도 이야기했다.

주하 중사가 한숨을 내쉬며 말했다.

"이제 잊을 때도 되지 않았니?"

"알고 싶어요."

주하 중사는 고개를 옆으로 돌리고 긴 한숨을 내쉬었다.

"알아서 뭐 하려고?"

"저는 알 자격이 있어요. 아버지 얘기부터 해주세요."

유이의 감정을 알아차린 주하 중하는 진중한 얼굴로 유이의 말을 받았다.

"마낙이 죽였잖니."

"왜죠?"

"자기 계획에 방해가 되니까."

"마낙의 계획이 뭐였는데요?"

"영생이었을걸. 왕 같은 걸 하고 싶었는지도 모르지. 오염된 대륙의 왕."

유이는 실소하며 말했다.

"농담하지 마시고요."

그때였다. 밖에서 초인종 소리가 울렸다. '올 사람이 없는데'라고 생각하는 순간, 목덜미에 소름이 돋았다.

"잠시만요. 누가 왔는지 확인해 볼게요."

유이는 방문을 닫고 현관으로 나갔다. 인터폰 화면에 근심 어린 표정을 한 다이치가 비쳤다. 유이는 안도의 숨을 내쉬며 인터폰에 대고 말했다.

"급한 일?"

다이치의 안색이 단박에 밝아졌다.

"아뇨. 할아버지가 한번 가보라고 해서요."

자신을 걱정하며 여기까지 찾아와 준 마음이 고마웠다. 유이는 현관 옆 거울에 비친 자신의 모습을 보았다. 몰골이 그야말로 엉망이었다. 눈은 붉게 충혈되었고 뺨은 푹 꺼졌으며 산발이 된 머리칼은 봐줄 수가 없는 지경이었다. 다이치에게 이런 모습을 보이고 싶지 않았다.

"내가 일어난 지 얼마 안 돼서 준비하는 데 시간이 걸려. 괜찮으면 로비에 내려가서 기다려줄래? 준비하고 내려갈게."

"알겠어요. 별일 없는 거죠? 괜찮은 거죠?"

"응."

하고 대답하는데 가슴 한복판이 쿡 쑤셔왔다. 위로받는 듯해서, 그리고 걱정해 준 것이 고마워서. 유이는 서둘러 밥을 몇 숟가락 뜨고 샤워를 했다. 샤워기에서 쏟아진 따뜻한 물이 몸을 적시자 정신이 맑아지는 듯했다. 주하 중사를 살리고 싶으면 자신부터 챙기라고 했던 의사의 당부가 떠올랐다.

벌인 일을 끝까지 책임지려면 영리하게 굴어야 했다. 처벌을 걱정하는 지아의 경고는 허튼소리가 아니었다. 앤서의 법은 쿠니에게 가혹했다. 유이에게도 비슷하게 적용될 가능성이 높았다. 응급 구조 센터가 범법자를 구하고 숨겨준 것이나 다름없으니 오다 소장과 다이치, 레이에게도 불똥이 튈 수 있었다.

유이는 옷장에서 청색 바지와 흰 셔츠를 골랐다. 주하 중사가 있는 작은 방에서 텔레비전 소리가 들렸다. 잠시 나갔다 오겠다고 하자 주하 중사는 매일 하던 말인 것처럼 "너무 오래 있다 오지는 말고"라고 했다. 유이는 머리를 뒤로 묶고 깨끗한 운동화를 신었다. 현관 옆 거울을 보며 잔머리를 정리했다. 왜 이렇게 신경을 쓰나 하는 생각에 괜히 머리칼을 헝클었다가 자연스럽게 보이도록 다시 매만졌다.

유이는 복도로 나와 계단으로 한참을 내려간 뒤 낡은 것이 즐비한 로비에서 다이치를 찾아 두리번거렸다. 유이를 먼저 발견한 다이치가 빠른 걸음으로 다가오며 손을 흔들었다. 유이는 가붓하게 떠오르는 기분을 어이없어하면서도 다이치를 향해 웃는 낯으로 다가갔다.

다이치가 물었다.

"괜찮은 거 맞죠?"

"좋지는 않지만 나쁘지도 않아."

"할아버지가 많이 걱정하세요. 궁금해하시고요."

유이는 그 자리에서 바로 오다 소장에게 전화를 했다. 안정을 찾았지만 회복 여부는 불투명하다고 설명하자 오다 소장이 낮은 목소리로 말했다.

"신중하고 냉정한 태도로 임하는 게 좋겠어요."

오다 소장은 전화를 마무리하기 전에 한마디를 덧붙였다.

"나는 희박하다고 말하는 유이가 이제는 해답을 찾기를 바랍니다."

전화는 그대로 끊어졌다. 유이는 조금 웃었다. 자신의 속을 들여다보는 듯한 오다 소장의 말이 고마웠다. 유이는 다이치를 향해 말했다.

"오다 소장님은 정말 좋은 분이셔. 알고 있지?"

다이치는 하얀 이를 드러내고 웃으며 "그럼요" 하고 말했다.

유이는 다이치를 바라보았다. 어린 시절의 다이치와 남자가 된 다이치는 너무도 달라서 어느 순간 다른 사람으로 탈바꿈한 것 같았다. 유이의 눈에 시선을 고정한 다이치의 눈이 흔들렸다. 다이치가 유이에게 연정을 품고 있을 거라던 오다 소장의 말은 사실인 듯했다. 눈빛을 타고 건너온 감정이 유이의 가슴에 작은 파동을 일으켰다. 다이치가 다시 물었다.

"어떻게 지내고 있어요? 잘 있는 거 맞아요?"

반복되는 비슷한 질문에 유이는 조금 웃고 말았다. 다이치는 늘 유이의 안부를 확인했다. 자신을 향한 염려 섞인 시선이 고마웠으나 자신의 내부에 도사리고 있는 불안과 지친 마음을 드러낼 수는 없었다. 그 마음에 화답하기 위해, 그리고 현명한 거리를 유지하기 위해 유이는 미소를 지었다.

"올라가 봐야 해. 환자가 있어서."

"여기 엘리베이터가 멈췄던데."

"운동 되고 괜찮아."

"헬리콥터 한 대 몰고 와야겠다."

다이치는 입으로 두구두구두구 하는 소리를 내며 펼친 오른손을 위로 올렸다. 유이는 소리 내어 웃고 말았다. 다이치도 한결 편안해진 얼굴로 말했다.

"저도 이만 가볼게요. 무슨 일 있으면 언제든 연락해요."

유이는 알겠다고, 와줘서 고맙다고 말하며 다이치의 어깨를 손으로 툭 쳤다. 유이가 계단을 올라가면서 왼편을 돌아보자 그때까지도 로비에 서 있던 다이치가 제자리걸음을 흉내내며 두 팔을 우스꽝스럽게 흔들었다. 유이는 터지는 웃음을 어쩌지 못하고 계단을 올라갔다. 올라가면서도 웃음이 났다. 허벅지와 종아리가 땅기긴 했지만 한결 마음이 나아졌고 쉬고 난 후의 청량한 기분도 차올랐다.

유이는 8층 복도를 걸으며 주하 중사를 생각했다. 주하 중사의 몸 상태가 호전되어서 다행이었다. 다시 주하 중사를 만난 것만으로도 좋았다. 궁금했고 보고 싶었던 사람이었다. 주하 중사가 회복하면 서로를 의지하면서 살아갈 수 있을 것이었다.

자신의 밑바닥에서 조용히 차오르는 생의 의지를 느끼며 유이는 '삶이란 참 알 수가 없구나' 하고 생각했다. 유이는 걸음을 재촉했다. 얼굴도 모르는 이웃들이 완만하게 휘어진 복도를 걸어가고 있었다. 주하 중사가 회복하면 쿠니 지구로 돌아가는 게 좋을지, 앤서에 그대로 남을지 결정해야 했다. 주하 중사에게는 쿠니 지구가 좀 더 안전하겠지만 방금 전 다이치의 모습과 오다 소장, 곰탱이를 생각하면 앤서를 떠나고 싶지 않았다.

그때였다. 복도 이곳저곳에서 핸드폰 알림음이 시끄럽게 울렸다. 지나가던 사람들이 핸드폰을 들여다봤고 유이도 걸으면서 핸드폰을 내려다보았다. 핸드폰에 뜬 건 〈앤서의 새로운 비전 선포〉라는 알림이었다. 오래전부터 파비언이 예고했던 비전 발표 날이 오늘인 모양이었다. 흰 머리칼을 뒤로 넘겨 주름진 이마를 훤히 드러낸 파비언이 기분 좋게 웃으며 화면 중앙에 등장했다.

"안녕하십니까. 사랑하는 앤서 시민 여러분. 앤서의 대통령 파비언입니다. 간밤에 잠은 편안히 주무셨습니까?"

파비언의 연설이 시작됐다. 파비언은 재건과 영광의 박물관에 가보았느냐는 이야기로 말문을 연 뒤 대통령으로 반년간 일하면서 느낀 소회를 늘어놓았고 함께해 준 사람들에게 감사하다는 인사를 전했다. 밝은 분위기는 거기까지였다.

앤서의 위기를 강조하는 이야기가 시작되면서 파비언의 표정이 굳어졌다. 파비언은 목소리를 낮게 깔고 말했다.

"앤서의 미래가 불투명하다는 말은 현재를 그럴듯하게 포장하는 말입니다. 이대로라면 머지않아 앤서는 멸망할 것입니다. 앤서에는 새로운 비전과 대전환이 시급합니다. 대만에서 물자를 가져오는 것만으로는 다가올 재난을 극복할 수 없습니다."

파비언이 잠시 말을 멈추었다가 입을 열었다.

"하이난섬으로 이주해야 합니다."

유이는 걸음을 멈췄다. 하이난섬이라니. 하이난섬은 남중국해에 있는 섬이었다. 오래전에 아버지도 같은 말을 한 적이 있었다. 구원은 하이난섬에 있을 거라고, 그곳에서 인류가 새로이 출발하면 멸망을 피할 수 있을지 모른다고.

파비언의 말이 이어졌다.

"동아시아로 아르굴이 몰려오기 직전까지 중국 정부는 하이난섬에 700킬로미터 길이의 방벽을 세우는 대공사를 진행했습니다. 방벽 공사가 거의 마무리되어 갈 무렵에 좁은 해협을 건너 아르굴이 쳐들어왔고 하이난섬은 폐허가 되었습니다.

지금은 아르굴만 있을 겁니다. 하이난섬의 크기는 앤서 면적의 열다섯 배에 달합니다. 방사능 오염도 없습니다. 아르굴을 섬멸하고 방벽을 완성한 뒤 그곳으로 이주해서 새로운 출발을 모색해야 합니다."

파비언은 대만에서 얻은 에너지원과 무기로 하이난섬의 아르굴을 몰아내겠다는 계획을 설명하기 시작했다. 설명이 길어질 것 같았다. 유이는 핸드폰을 주머니에 넣고 집으로 향했다.

대만에 이어 하이난섬이라니. 짧은 시간에 내린 결정은 아닌 것 같았다. 파비언은 매사에 주도면밀한 사람이었다. 어쩌면 10여 년 전 펀메이커로서 명성을 쌓을 때부터 하이난섬 이주를 계획했을지도 몰랐다.

집으로 들어선 유이는 "다녀왔어요" 하고 큰 소리로 인사했다. 방 안에서 아무 기척도 들려오지 않았다. 텔레비전 소리마저 멈춘 듯했다. 가슴이 철렁 내려앉은 유이는 주하 중사의 방문을 두드렸다.

"중사님, 괜찮으세요?"

대답이 없었다. 유이는 급히 문을 열고 안으로 들어갔다. 주하 중사는 침대에 누운 채 창밖을 내다보고 있었다. 텔레비전은 꺼진 상태였다.

"왜 대답을 안 해요? 놀랐잖아요."

유이는 심전도 모니터를 확인하고 주하 중사의 체온을 쟀다. 바이털사인은 정상 범주에 가까웠으나 주하 중사의 표정이 예사롭지 않았다. 몸 상태 때문은 아닌 것 같았다. 유이가 물었다.

"무슨 일 있어요?"

주하 중사는 창밖에서 시선을 거두고 유이를 올려다보았다. 편안해 보였던 아까와 달리 불안한 눈빛이어서 섬찟한 기분마저 들었다.

주하 중사가 깊은 한숨을 내쉬며 희게 말라붙은 입을 열어 낮은 목소리로 말했다.

"같이 배 타던 친구들에게 연락해야겠다."

"왜요?"

"킨에게 전할 말이 생겨버렸어."

순간, 가슴이 욱신거렸다.

"킨이요? 킨이 어디 있는데요?"

"하이난섬에."

또다시 하이난섬. 연이어 등장하는 그 섬의 이름이 어쩐지 불길했다. 더군다나 킨이 그곳에 있다니. 주하 중사의 낯빛이 변한 것과 파비언의 하이난섬 이주 계획에 어떤 관련이 있는 듯했다. 유이는 더듬거리며 물었다.

"……킨이, 거기에 있어요? 왜요?"

"네가 궁금해하는 건."

그렇게 말하고 주하 중사는 목울대가 움직이도록 침을 삼켰다. 유이는 주하 중사의 다음 말을 기다렸다.

"킨에게 직접 듣는 게 좋겠어. 하지만 이거 하나는 알아둬라."

유이는 고개를 주억거렸다. 무슨 이야기든 들을 준비가 되었다는 듯이. 주하 중사가 서글픈 얼굴로 말문을 열었다.

"킨은 더 이상 네가 알던 그 애가 아니야."

✢

일주일 뒤, 앤서 포털 메인에 글 하나가 올라왔다.

제목은 〈킨의 일지〉, 18년 전 발안 셸터를 배경으로 한 2068년 9월 1일부터 9월 3일까지의 기록이었다. 킨의 시점에서 전개되는 킨이 쓴 글로, 유이와 함께했던 시절의 이야기였지만 유이는 존재하지 않은 것처럼 언급조차 되어 있지 않았다.

글은 사흘에 한 번꼴로 업로드되었다.

〈킨의 일지〉가 올라올 때마다 앤서 포털은 뜨겁게 달아올랐다. 각 편의 조회수는 앤서의 인구수를 훌쩍 넘었고 그 수치는 매일 경신됐다.

〈킨의 일지〉는 지진처럼 앤서에 균열을 일으켰다.

2부
킨의 일지

2068년 9월 1일 오전

잠에서 깨어난 건 총성 때문이었다. 감호소 바깥 먼 곳에서 울린 소리였다. 겨울잠을 반대하는 시위대와 발안 셸터 경비군 사이에서 또 총격전이 벌어진 모양이었다. 연이어 울리던 총성은 점점 간격을 벌리다가 차츰 잦아들었다. 감방 철창 사이로 들어오는 아침 햇살에 눈이 부셨다. 어느 방향으로든 세 걸음이면 벽에 닿는 감방의 공기는 차갑고 눅눅했다. 내가 갇힌 곳은 15세에서 19세 사이의 남자를 수용하는 감호소였다. 나는 좁은 매트리스에서 몸을 일으켰다.

나의 죄명은 핵 발전소 무단 침입이었다. 어제 발안 셸터 핵발전소 언덕에 올랐다가 군인에게 붙잡혔다. 금지 구역에 들어간 이유는 언덕 옆 구석진 곳에 자라난 꽃사과 나무를 보았기 때문이다. 늦은 밤을 틈타서 가지마다 주렁주렁 달린 빨간 구슬 같은 열매를 따려고 철조망을 넘다가 경비 군인에게 발각되고 말았다.

복도 저편에서 뚜벅거리는 간수의 발걸음 소리가 들렸다. 감호소 1층에 나 말고 다른 사람은 없으니 아마도 내게 오는 것일 터였다. 발걸음 소리는 내가 갇힌 감방 앞에서 멈췄다. 탕탕하는 소리와 함께 간수의 목소리가 울렸다.

"수감 번호 28759번. 이름 킨. 19세 남성. 9시 5분에 보호 감호 종료."

예정된 출소 시각은 12시였다. 문에 난 쇠창살 사이로 둥그스름한 간수의 얼굴이 보였다. 다미 아주머니였다. 다미 아주머니가 바깥을 향해 턱을 까닥거렸다.

"얼른 나와."

잠금장치가 해제되는 모터음과 함께 문이 열렸다. 나는 다미 아주머니를 따라 복도를 걸어 감호소 사무실에 들어섰다. 철문이 무거운 쇳소리를 내며 닫혔다. 사무실에는 나와 아주머니뿐이었다.

"아직 세 시간 남았을 텐데요."

"옜다, 세 시간."

다미 아주머니가 두툼한 주먹으로 머리를 쥐어박으려고 해서 재빠르게 고개를 뒤로 뺐다. 주먹이 허공을 긋자 다미 아주머니가 인상을 쓰며 으르는 시늉을 했다.

"라리 때문에 빼주는 줄 알아. 걔를 혼자 두면 되겠어? 그러게 금지 구역에는 왜 자꾸 가?"

아주머니는 불퉁거리며 잔소리를 몇 마디 건네고는 다시 말을 이었다.

"전진기지 파견부대가 곧 도착한대. 20분쯤 뒤에."

"벌써요?"

예정보다 사흘이나 일렀다.

"전진기지 공사에서 무슨 일이 생겼나 봐. 이번에는 아르굴한 테 50명쯤 당했다더라."

다미 아주머니의 표정이 어두웠다. 내가 걱정하는 것을 알아 차린 아주머니는 나긋한 투로 말했다.

"주하 중사는 괜찮대. 좀 있다가 남쪽 문으로 들어올 모양이 니까 마중 나가봐. 그리고 밖에 라리가 기다리고 있을 거야. 너 나올 거라고 했더니 굳이 따라오겠다고 해서 데려왔어. 이왕 하 는 오빠 노릇, 제대로 좀 하자. 응?"

감호소에 들어올 때 뺏긴 가방과 핸드폰을 돌려받았다. 가방 을 열어보니 빨간 꽃사과들이 그대로 담겨 있었다. 아주머니는 안내대를 돌아 나와 내 가방에 까만 비닐봉지를 쑤셔 넣었다.

비닐봉지에 든 건 빵이었다. 빵은 화이트 타운에서나 먹을 수 있는 고급 식품이었다. 다미 아주머니가 말했다.

"빚 갚는 거야."

3년 전 방벽 틈으로 아르굴이 침입했을 때 주하 중사는 아주 머니의 남편을 구했고 다미 아주머니는 그 일을 두고두고 고마워했다.

"셋이서 잘 살아봐. 주하 중사 그렇게 나쁜 사람 아냐. 정 없어 보이는 게 흠이긴 하지만."

나는 씁쓸히 웃으며 다미 아주머니에게 고개 숙여 인사했다.

감호소 건물을 나와 자갈이 드러난 콘크리트 길을 걸어 내려갔다. 분홍 점퍼 차림으로 정문 앞을 서성이는 라리가 보였다. 나를 발견한 라리가 오른팔을 위로 쭉 뻗어 흔들었다. 나도 손을 마주 흔들었다. 정문 밖으로 나가자 마스크를 쓴 라리가 빼꼼 보이는 눈꼬리를 휘며 다가왔다.

나는 라리의 마스크 매무새를 다시 만져주었다. 라리는 심각한 폐 질환을 앓고 있어서 밖을 쏘다닌 날에는 어김없이 심한 기침으로 그 대가를 치렀다.

"뭐 하러 나왔어? 약은 먹었어?"

라리가 나를 올려다보며 수화로 말했다.

- 먹었어. 오래 살아야지.

열세 살짜리 아이가 할 소리는 아니었다. 나는 피식 웃으며 말했다.

"밤에는 잘 있었어?"

라리가 오른손 손바닥으로 콧등을 쓸어내리며 주먹을 쥐었다. 마스크 밖으로 한숨 소리가 새어 나왔다.

- 따분했어.

아마도 혼자 집을 지키느라 지겨웠을 것이다. 건조식품을 물에 끓여 먹고 수십 년 전의 드라마나 만화를 보며 시간을 죽이는 게 고작이었을 테니.

"중사님 마중 가자. 오늘 복귀한대."

주하 중사 얘기에 라리가 멈칫했다. 나는 라리의 어깨를 톡톡 두드리며 말했다.

"괜찮아. 속으로는 네 걱정 많이 해."

라리는 어깨를 올렸다 내리며 후 하고 한숨을 쉬었다. 나는 라리의 손을 가만히 잡았다. 작은 손에서 이질적인 딱딱함이 느껴졌다. 라리의 오른손 엄지에 어제 아침에는 없었던 은색 반지가 끼어 있었다.

"이게 뭐야? 웬 반지야?"

— 저번에 시장에서 산 거야.

라리가 뿌듯한 얼굴로 손을 놀렸다.

— 이제 나한테도 무기가 있어.

"뭐? 무기?"

— 이거 봐.

라리가 장난기 어린 눈으로 반지를 들어 올렸다. 왼손으로 반지 테두리를 만지작거리다 무언가를 꾹 누르자 달칵 소리가 나면서 세모꼴의 작은 칼날이 튀어나왔다. 언뜻 보면 앙증맞은 장난감 같았으나 진짜 칼이었다. 나는 눈살을 찌푸리며 말했다.

"위험해. 다른 거 사줄게. 버려."

라리는 눈웃음을 치며 말했다.

－싫어. 나도 스스로를 지켜야지.

"다치면 어쩌려고?"

－안 다쳐. 이거 봐봐. 너무 예쁘지 않아?

"더 예쁜 거 많아."

－더 예쁜 거에도 칼 달려 있어?

나는 쓰읍 하고 눈을 부라렸지만 라리는 손을 쫙 펴고 흐뭇한 눈으로 반지를 바라보았다. 나는 눈을 위로 굴리며 한숨을 내쉬었다. 라리가 이런 식으로 고집을 부리면 당해낼 도리가 없었다.

주차장에는 뿌옇게 먼지 쌓인 자동차가 즐비했다. 교체할 부품이 없어 작동을 멈춘 전기 자동차들 사이에 우리 차가 주차되어 있었다. 라리가 먼저 승용차 문을 열고 들어갔고 나도 뒤따라 운전석에 앉았다. 차의 전원 버튼을 누르자 모터가 타닥타닥 소리를 내다가 식는 것처럼 꺼졌다. 라리가 기침을 하며 손으로 말했다.

－고장 난 거야?

나는 조심스레 전원 버튼을 다시 눌렀다. 몇 번의 시도 끝에 시동이 걸렸다. 나는 차가 기특해 운전대를 가볍게 두드렸다. 기침을 멈춘 라리도 대시보드를 두드리고는 엄지를 치켜세웠다. 와이퍼를 작동시켜 앞 유리창의 먼지를 닦아낸 뒤 핸드폰으로 주하 중사에게 전화를 걸었다. 통화 연결음이 중간에 툭 끊겼고 메시지가 핸드폰 화면에 떴다.

'곧 도착'

3주 만의 연락이었다.

'마중 갈게요'

나는 메시지를 보낸 뒤 차를 몰아 도로로 나섰다. 주하 중사로부터 '그럴 것 없어'라고 문자메시지가 왔지만 나는 7지구 남쪽 문으로 차를 몰았다.

차창 밖으로 보이는 발안 셸터의 풍경은 황량했다. 비닐봉지가 바람에 밀려와 도로와 인도 위에 굴러다녔고 사람들은 무기력한 모습으로 어딘가를 향해 걸어갔다. 쇠와 쇠가 맞닿는 모든 곳에서 붉은 녹물이 흘러내렸다.

라리가 톡톡 차창을 두드리고 손으로 말했다.

- 겨울잠 광고야.

나는 차창 밖을 곁눈질했다. 황량한 길거리의 건물 위에서 대형 디스플레이가 번득였다. 군데군데 이가 빠진 것처럼 검은 점이 박힌 디스플레이에서는 사흘 뒤에 있을 1차 겨울잠 축제를 홍보하는 광고물이 반복적으로 재생됐다. 거리를 지나던 사람들은 역동적인 영상이 교차하는 거대한 디스플레이에 시선을 빼앗겼다. 디스플레이에 비친 겨울잠 센터는 세련되고 깨끗해 보였다. 낙낙한 옷을 입은 잘생긴 중년 남자와 여자가 활짝 웃으며 겨울잠 센터와 겨울잠 축제를 홍보하고 있었다. 영상 아래쪽에 겨울잠을 홍보하는 문장이 지나갔다.

아르굴 없는 세상에서.
괴로운 과거를 잊고 새롭게 출발.
50년 동안 긴 잠을 자고 깨어나면 새 세상이 펼쳐질 거예요.

사거리 옆 언덕에 자리 잡은 겨울잠 센터가 보였다. 예전에는 각종 체육관과 공연장이 밀집한 도심 공원이 존재하던 곳이었다. 5미터 높이의 센터 담장 위로 경계 근무를 서는 군인들의 초소가 우뚝 솟아 있었다. 뉴스에 따르면 센터에 설치된 저체온 동면 시설은 3만 명을 수용할 만한 규모였다. 라리와 나도 겨울잠을 신청했으나 둘 다 떨어졌다. 1차 추첨에서 떨어지면 1년 뒤를 기약해야 했다.

광고를 유심히 보던 라리가 내 어깨를 두드렸다. 할 말이 있다는 의미였다. 나는 운전을 하면서 라리를 곁눈질했다.

- 내년에는 우리도 당첨될까?

"모르지. 내년에도 경쟁률이 높을 거라는데."

- 오빠까지 겨울잠을 신청할 필요는 없었는데.

나는 픽 웃으며 말했다.

"그런 소리 마. 나도 이러고 사는 게 지긋지긋하니까."

라리는 한숨을 푹 내쉬고 창밖으로 시선을 옮겼다. 라리의 그 늘진 모습에 마음이 아팠다. 라리에게 겨울잠 당첨은 말 그대로 죽고 사는 문제였다. 내년에도 당첨되지 않으면 라리는 어떻게 될까. 50년 뒤라고 상황이 얼마나 달라질지 알 수 없었으나 라리는 당장을 버티기가 힘들었다.

나는 돌파구를 찾느라 마음이 복여 밤에 잠이 오지 않았다. 저체온 동면을 하게 되면 장기가 더 건강해진다는 확인되지 않은 정보에도 마음이 혹하는 지경이었다. 나 역시 지쳤고 우울했고 도망치고 싶었다. 50년 뒤에 깨어나서 라리를 돌보는 지금의 삶을 이어가고 싶었다. 겨울잠에 드는 것으로 이 시대를 건너갈 수 있다면 그것도 괜찮을 것 같았다.

겨울잠 신청 경쟁률은 10 대 1을 넘었다. 반년 전부터 신청자를 받기 시작했는데 처음에는 얼마 없던 신청자가 지난 한 달 사이에 폭증했다. 최근 들어 기초 식량 배급이 제대로 이루어지지 않은 탓이었다. 사람들은 저체온 동면 기술을 의심하면서도 궁지에 몰려 어쩔 수 없이 겨울잠을 신청했다.

남쪽 문에 다다르자 파견 나간 군인을 마중 나온 가족들이 꽤 보였다. 그들 뒤로 100명쯤 되는 시위대가 겨울잠에 반대하는 플래카드를 들고 길거리를 행진하고 있었다.

오늘은 평화 행진을 하는 모양이었다. 겨울잠 반대 시위는 겨울잠 센터와 발안 셸터 행정 센터에 폭탄을 던지고 총을 쏘며 유혈 사태를 빚기도 했다. 그들은 겨울잠이 인구 부담을 줄이려는 음모라고 주장했다.

인파를 피해 갓길에 차를 댔다. 라리가 손으로 말했다.

- 겨울잠 자면 좋을까?

나는 장난스레 말했다.

"나중에 후회하기 없어. 겨울잠은 네가 먼저 신청하자고 했으니까."

라리가 진지한 표정으로 손을 놀렸다.

- 난 정말 겨울잠 자고 싶어. 지금은 숨 쉬는 게 힘들어서 잠도 자기 힘들단 말이야.

"배도 고프고."

- 맞아. 50년 뒤에는 먹을 게 많을지도 몰라.

"못 깨어나면 어떡해?"

라리가 해사하게 웃으며 손으로 말했다.

- 그대로 죽는 것도 나쁘지 않지!

"꼬맹이가 못 하는 말이 없어."

내가 연기하듯 험악한 표정을 지으며 주먹을 들자 라리는 소리 없이 웃었다.

사이렌 소리가 울리면서 남쪽 문이 열렸다. 저 멀리 셸터 안으로 들어오는 군용차량의 행렬이 보였다. 라리와 나는 차에서 내려 길가에 섰다. 전진기지 공사장에서 무사히 귀환한 장갑차 일곱 대와 건축자재 수송 트럭이 셸터 안으로 천천히 들어왔다. 라리가 내 팔을 툭툭 치며 손가락으로 장갑차 행렬의 꽁무니를 가리켰다. 수송 트럭의 조수석에 앉은 주하 중사가 눈에 들어왔다. 라리가 자기 앞을 지나가는 주하 중사를 향해 손을 흔들었다. 주하 중사의 시선이 나와 라리에게 닿았으나 지친 두 눈은 우리를 무심히 훑고 지나갈 뿐이었다.

주하 중사가 탄 수송 트럭의 꽁무니에서 눈을 떼지 못하던 라리가 내 팔을 톡톡 두드렸다.

-내가 이럴 줄 알았어.

라리의 말에 나는 맥없이 웃었다.

"그러게."

그래도 아무런 의미가 없지는 않았다. 지난 3주 동안 우리가 걱정하며 기다렸다는 걸 알렸으므로.

2068년 9월 2일 새벽

주하 중사는 자정이 넘어 집에 돌아왔다. 빌라 필로티에서 전기 오토바이 소리가 나는 듯하더니 곧이어 2층 계단으로 올라오는 발소리가 울렸다. 나는 라리가 별 탈 없이 잘 자고 있는지 확인한 뒤 주하 중사가 문을 두드리기 전에 현관으로 갔다. 문을 열어주자 가방에서 무언가를 찾던 주하 중사가 고개를 들어 나를 쳐다보았다.

"열쇠 잃어버렸어요?"

주하 중사는 한쪽 어깨에 가방을 멘 채 현관으로 들어섰다.

"안 잤어?"

"기다렸죠."

주하 중사의 군복에서 기름 냄새가 풍겼다. 복귀 후 장갑차 정비까지 마치고 돌아온 모양이었다. 주하 중사는 거실로 들어서며 물었다.

"라리는?"

"자요."

"약이 없을 텐데."

"구했어요."

주하 중사는 자기 방으로 들어가다가 나를 돌아보았다.

"방벽을 또 넘었어?"

방벽 너머에서 구해 온 물건을 약으로 교환하는 것 말고는 방법이 없었다. 어깨를 으쓱거리자 주하 중사는 더 이상 말을 보태지 않고 조용히 방문을 닫았다.

나는 다미 아주머니가 준 빵을 반쪽으로 잘라 식탁에 올려놓았다. 핵 발전소 울타리 안에서 따 온 꽃사과도 접시에 담아 옆에 두고 물컵도 올려두었다. 식탁을 차려놓고 보니 꽤 뿌듯했다. 이만하면 무사 귀환을 축하하는 밤참으로 그럴싸하지 않은가.

비로소 하루가 끝난 기분이 들었다. 나는 방으로 돌아와서 핸드폰을 확인했다. 화이트 타운에서 보낸 문자메시지가 와 있었다. 농작물 관리사 서류 전형을 통과했다는 문자였다. 나는 오 하는 소리를 내며 조금 웃었다. 화이트 타운 거주민들의 건강한 식생활을 위해 최선을 다하겠다는 자기소개서가 먹힌 모양이었다. 면접 날짜는 오늘 오후였고 면접 장소는 화이트 타운 지하 1층이었다. 몇 명이나 뽑는지 알 수 없었으나 면접만 잘 보면 좀 더 나은 보수를 받으며 일할 수 있었다. 화이트 타운에는 부유하고 느긋한 사람들이 많으니 은밀한 거래를 트기도 한결 수월

할 것이었다.

　침대에 누우려는데 라리 방에서 심상치 않은 기침 소리가 들렸다. 나는 라리의 방에 들어가 불을 켰다. 라리가 몸을 떨며 연신 기침을 하고 있었다. 얼른 호흡기 펌프를 꺼내어 침대 위에 올리고 투명한 플라스틱 마스크를 라리의 코와 입에 덮은 뒤 기침약 앰풀을 깨서 호흡기에 넣었다. 전원 버튼을 누르자 탁탁탁탁 하는 펌프 소리와 함께 호흡기 마스크 안쪽에 흰 김이 차올랐다.

　"라리야. 숨 쉬어, 숨."

　라리가 거뭇한 눈꺼풀을 간신히 들고 천천히 고개를 끄덕였다. 나는 아랫입술을 지그시 물고 라리의 이마에 배어난 땀을 손으로 닦았다. 커가면서 좋아지길 바랐지만 망가진 라리의 폐는 호전될 기미가 보이지 않았다. 이렇다 할 치료법도 없고 치료제도 없어서 이대로면 앞으로 닥칠 일은 빤했다. 기침을 가라앉히는 약을 제때 투여하는 게 지금으로선 최선이었으나 주하 중사와 나의 임금으로는 약값을 감당하기 버거웠다.

　약효가 도는지 라리에게서 기침이 잦아들었다. 지쳐 잠든 라리 머리에 베개를 받쳐주고 이불을 덮어준 뒤 방에서 나왔다. 새벽 1시가 넘은 시각이었다. 달빛이 밝힌 거실과 주방이 쓸쓸하고 고요했다.

　"너무 정 주지 마."

컴컴한 식탁에 앉은 주하 중사의 윤곽이 보였다. 나는 수도꼭지를 틀어 컵에 물을 받아 주하 중사 맞은편에 앉았다. 물에서 나는 소독약 냄새가 어제보다 더 진했다. 나는 주하 중사에게 꽃사과 접시를 밀며 말을 돌렸다.

"이거 먹어봐요. 이거 딴다고 감호소까지 들어갔다 왔어요."

주하 중사는 꽃사과와 나를 물끄러미 바라보다가 두어 박자 늦게 물었다.

"감호소?"

"귀한 거예요. 하룻밤을 들여 얻은 거니까."

주하 중사는 빵을 집어 들고 냄새를 맡았다.

"빵은 다미 아주머니가 주신 건가?"

"네. 빚 갚는 거라고 하시던데요."

"빚은 무슨."

나는 꽃사과를 하나 집어 입안에 넣었다. 어금니에 힘을 주어 과육을 부수자 새콤한 향에 침샘이 찌르르 울렸다. 주하 중사도 꽃사과를 으적거렸다. 주하 중사가 콧등을 찡그리며 말했다.

"엄청 시다."

나는 침을 삼키며 대꾸했다.

"와, 진짜."

주하 중사는 온 얼굴을 우그러뜨린 모습이었다. 나도 비슷했다. 눈이 마주쳤고 별안간 웃음이 터졌다. 주하 중사가 꽃사과

를 하나 더 집어 으적거리며 먹고는 꽃사과 접시를 내 앞으로 밀
었다.

"맛이 괜찮네."

듣기 좋은 말이었다.

"파견은 어땠어요?"

"어려웠어. 이번에는 유독."

"왜요?"

"많이 죽었으니까."

"얼마나요?"

"예순다섯 명이 파견 나갔는데 살아 돌아온 건 아홉 명뿐이
야. 앞으로 전진기지 공사는 어려울 거야. 추가 농지 확보도 어
려워질 거고."

쉰여섯 명이 죽었다는 건 예삿일이 아니었다. 전진기지 공사
는 10미터 높이의 방벽을 세운 상태에서 하는 것이라 이렇게 많
은 사람이 죽는 일은 없었다.

"무슨 일 있었어요?"

주하 중사는 입을 다물었다. 낯빛이 컴컴했다. 저런 표정일 때
는 물어도 대답이 없을 때가 많아서 말을 걸지 않는 게 나았다.

꽃사과를 하나 더 입에 넣고 씹는데 라리 방에서 다시 기침 소
리가 들려왔다. 오래 이어질 기침은 아니었다. 주하 중사가 라리
의 방문을 쳐다보며 깊은 한숨을 내쉬었다. 이제 남은 앰풀은 세

개뿐이었다. 약을 구하려면 오늘 밤에라도 방벽을 넘어서 뭔가를 구해 와야 했다.

방으로 들어가 방벽을 넘는 데 필요한 준비물을 챙겼다. 주하 중사는 내가 뭘 하려는지 알면서도 모른 체했다. 나는 집을 나선 뒤 주차장으로 내려가 운전석에 올라탔다. 이번에는 한 번에 시동이 걸렸다.

방벽을 넘을 때면 주로 서쪽 끝에 있는 아파트 단지를 이용했다. 그곳에는 사람이 없었다. 7년 전, 새로운 전염병이 돌기 시작하자 장태섭 사령관은 지역을 폐쇄하고 격벽을 둘렀다. 완치된 사람들만 밖으로 나오게 할 방침이었으나 격리 구역은 그대로 무덤이 되었다.

격벽 앞에 차를 대고 배낭을 꺼냈다. 격벽 틈으로 들어가 아파트 단지를 가로질렀다. 하늘에는 반쯤 이지러진 달과 별이 빛나고 있었다. 벽을 넘어온 바람에 풀과 나뭇가지가 흔들렸다. 검은 창문은 흉흉하고 으스스했다. 이따금 작은 동물을 사냥하기 위해 격리 구역을 들락거리는 사람이 있었지만 이 시간에는 아무도 없었다.

미리 봐둔 CCTV 사각지대를 다시 한번 살핀 뒤 초소로 가는 계단을 따라 방벽 위로 올라갔다. 그다음에는 성벽 위에 삐죽 솟아난 철근에 밧줄을 걸고 성벽 밖으로 내려갔다. 신발에서 나뭇잎과 흙 밟는 소리가 났다. 사이렌이 울리지 않았으니 이번에도 성공이었다. 방벽을 넘는 건 언제나 발각될 위험이 있었고 그건 장태섭 사령관과의 약속을 어기는 일이었다.

폐허가 된 도심을 향해 가볍게 달렸다. 달빛이 비치는 마을은 쓸쓸하고 고요했다. 빌라 단지에 작은 상가 건물이 군데군데 자리 잡은 동네였다. 풀과 나무가 삼킨 길을 걸어 빌라 단지를 가로지르는데 건물 사이 수풀에서 아르굴이 보였다.

아르굴 10여 마리가 길가에 자란 풀을 뜯어 먹고 있었다. 달빛에 드러난 단단한 몸들이 반질거렸다. 무리 중에는 새끼로 보이는 놈도 서넛 있었다. 나는 몸을 낮추고 조용히 움직였다. 아르굴은 나를 보고도 풀만 씹을 뿐 적의를 드러내지 않았다. 아르굴을 자극하지 않는 특질로 조작한 유전자 덕분이었다. 내가 먼저 공격하지 않는 이상 아르굴은 덤벼들지 않았지만 경계는 해야 했다.

나는 배낭에서 자루를 꺼냈다. 숲이 되어버린 거리를 돌며 빈 건물에 들어가 옷과 신발, 전구 등 쓸 만한 것을 자루에 담았다. 대전쟁 뒤로 모두가 궁핍에 시달린 탓에 가져갈 만한 게 많지는 않았다. 바꿀 물건을 다 구한 나는 빽빽하게 자라난 도심의 숲속에서 나무 열매를 채집했다. 나무를 오르자 작은 설치류들이 재빨리 지나가며 몸을 숨겼고 이따금 새들이 푸덕거리며 날아올랐다. 나무에서 내려오는데 아래에서 부스럭거리는 소리가 났다. 나는 신경을 곤두세우고 주변을 둘러보았다. 작은 개만 한 오소리 한 마리가 건너편 사거리의 수풀 속에서 무언가를 먹고 있었다. 아르굴이 살아 움직이는 것을 모조리 쓸어버리는 중에도 동물들은 나름의 방식으로 종족을 보존했다.

나는 조용히 배낭에서 접이식 석궁을 꺼냈다. 타이어가 터진 트럭 뒤에 몸을 숨긴 뒤 석궁을 펴고 화살을 걸었다. 가을 열매를 충분히 섭취한 탓인지 오소리 몸집이 실했다. 오소리 고기는 지방층이 두껍긴 했으나 전체적으로 먹을 만했다. 오소리를 가져가면 며칠 동안은 식량을 걱정하지 않아도 되고 라리의 기력을 보충하는 데도 도움이 될 터였다. 나는 석궁의 개머리판을 어깨에 대고 조준경으로 오소리를 겨냥했다. 가능하면 한 방에 끝내야 했다. 자칫하여 소란이 일면 주변의 아르굴이 모여들 수 있었다. 오소리를 두고 아르굴과 다투는 상황은 피하고 싶었다.

나는 호흡을 조절한 뒤 침을 삼키고 방아쇠에 손가락을 걸었다. 바람이 등 뒤에서 불어왔고 오소리가 수그렸던 고개를 쳐들었다. 나는 망설이지 않고 방아쇠를 당겼다.

현 튕기는 소리와 함께 화살이 날아갔다. 몸통에 화살이 박힌 오소리는 날카로운 비명을 내지르고는 바로 잠잠해졌다. 성공이었다. 나는 트럭 뒤에서 나와 좌우를 경계하며 오소리 쪽으로 걸어갔다.

그때였다. 왼쪽에서 클클거리는 소리가 들렸다. 아르굴이 공격

할 대상에게 내는 소리였다. 나는 사거리 왼편을 쳐다보았다. 아르굴 한 마리가 오소리와 나를 번갈아 보며 다가오고 있었다. 낭패였다. 상대는 중형 승용차 크기에 날카로운 이빨과 발톱, 괴력과 민첩성을 갖춘 괴물이다. 접이식 석궁으로는 맞설 수 없었다. 조용히 몸을 피하는 게 상책이었다. 라리와 주하 중사에게 푸짐한 저녁 식탁을 차려주려던 계획은 접어야 했다.

나는 달빛에 드러난 아르굴을 노려보며 석궁을 거뒀다. 뒤로 물러서면서 자리를 피하는데 놈의 외형이 눈길을 끌었다.

'돌연변이?'

놈은 보통 아르굴보다 앞발이 길고 뒷다리가 짧았다. 보통 아르굴보다 몸피가 좀 더 크고 머리 크기는 다소 작았다. 아르굴은 유전적으로 불안정한 생명체여서 돌연변이가 자주 나타났다. 돌연변이는 쉽게 도태되었고 무리에서 떨어져 나와 홀로 돌아다니곤 했다.

주의를 집중하자 녀석의 생김새가 더 분명히 눈에 들어왔다. 몸통을 덮은 비늘의 색도 보통 놈들보다 짙었다. 앞발이 팔이라 불러도 좋을 만큼 길었다. 발가락도 길어서 무언가를 쥘 수도 있을 것 같았다. 아르굴은 나에게 두 눈을 맞추고 다가오다가 목을 곧추세우고 "우왁! 우왁!" 하고 소리쳤다.

동료를 부르는 소리였다. 5층 상가 건물의 깨진 창문으로 다른 아르굴이 고개를 내미는 게 보였다. 같은 건물 현관에서 예닐

곱 마리의 아르굴이 나왔고 두 마리는 2층과 3층에서 도로로 바로 뛰어내렸다. 녀석은 혼자가 아니었다. 같은 외형을 가진 아르굴이 열 마리 넘게 모여들었는데 움직임이 보통 아르굴과 달랐다. 나는 빠른 걸음으로 자리를 피했다. 아르굴 두 마리가 한 입거리도 안 되는 오소리를 두고 괴성을 지르며 다투기 시작했다.

돌연변이라고 하기에는 개체 수가 많았다. 나는 다시 트럭 뒤로 돌아가 석궁을 배낭에 집어넣고 핸드폰을 꺼냈다. 핸드폰 카메라로 돌연변이 아르굴을 촬영했다. 동영상을 찍고 사진으로도 담았다. 이제까지 아르굴과 여러 번 마주쳤지만 돌연변이가 이렇게 무리 지어 다니는 경우는 처음이었다. 나는 주하 중사에게 사진과 동영상을 전송했다.

어둠이 서서히 옅어졌다. 곧 새벽이 올 터였다. 배낭을 메고 방벽을 향해 가볍게 달려가는데 핸드폰이 울렸다. 주하 중사였다. 주하 중사가 먼저 전화하는 건 드문 일이었다. 라리에게 무슨 일이 생겼나 싶어 걱정이 앞섰다. 나는 목소리를 낮춰 전화를 받았다.

"무슨 일이에요?"

"어디에서 찍은 거야?"

돌연변이 아르굴을 찍은 사진과 동영상을 말하는 것이었다.

"서쪽 방벽 바깥이요."

"지금?"

"방금요."

"혹시 변종이 더 있었나?"

선뜻 변종이라고 말하는 걸 보니 처음 본 게 아닌 듯했다.

"그건 몰라요."

"너에 대한 공격성은?"

"가까이에서는 어떨지 모르겠는데 저를 보고도 덤벼들진 않았어요."

"불필요하게 접근하지 말고 빨리 돌아와."

전화가 그대로 끊어졌다. 나는 방벽을 다시 넘어 집으로 돌아왔다.

2068년 9월 2일 오후

점심을 먹고 나와 북쪽으로 차를 몰았다. 앞 유리창에 모래 알갱이가 부딪쳐 따닥따닥 작은 소리가 났다. 옆 도로로 장갑차 네 대가 줄지어 지나갔다. 오늘 아침에 시작된 겨울잠 반대 시위는 점심을 지나면서 폭동으로 번졌다. 진압 과정에서 군인과 시민들이 목숨을 잃었다는 뉴스가 핸드폰에 속보로 떴다. 나는 화이트 타운으로 이어지는 북쪽 거리로 들어섰다. 거리에는 헐벗고 굶주리고 지친 사람들이 멍한 얼굴로 벽에 기대어 있었다.

이 혼란과 궁핍이 언제까지 계속될까. 50만 명이 갇혀 사는 셸터 안에서는 사람이 계속 죽어나갔고 아기가 태어나는 일은 드물었다. 죽음이 임박한 가족이 함께 자살하거나 먼저 떠난 가족을 뒤따라 죽는 일이 잦았다. 셸터 안의 농지와 실내 농장에서 생산하는 식량은 턱없이 부족했다. 마낙 셸터에서 식량을 지원해 주지 않으면 발안 셸터는 대규모 아사를 피할 방도가 없었다. 어쩌면 대안은 겨울잠뿐인지도 몰랐다.

발안 셸터의 중심지를 벗어나자 2지구가 나왔고, 2지구를 통과한 후에는 철거하다가 만 판자촌이 양쪽으로 늘어선 도로가 이어졌다. 언덕길을 넘자 판자촌 너머로 은은한 광채를 띤 상앗빛 방벽이 보였다. 발안 셸터의 최상류층이 모여 사는 곳, '화이트 타운'이었다. 화이트 타운을 곡선으로 두른 콘크리트 벽은 거대한 예술작품 같았다. 멸망하는 세상이 아니었다면 아름답다고 여길 만한 건축물이었다.

화이트 타운 정문으로 들어가려면 여러 겹의 바리케이드를 돌아야 했다. 나는 바리케이드를 돌아 정문 초소 앞에 차를 세웠다. 상앗빛 군복을 입고 머리 전체를 헬멧으로 감싼 군인이 다가와 신원을 확인했다. 화이트 타운 이사회의 명령만 따르는 직속 군대였다. 발안 셸터 군인들과 다르게 무기와 전투복 상태가 깔끔했다. 이들이 지키는 것은 오직 화이트 타운뿐이었다. 발안 셸터의 군인들처럼 방벽 밖으로 나가 일하거나 치안을 유지하기 위해 배고프고 불만에 가득 찬 사람들을 상대할 필요도 없었다.

신원 조회를 마치자 차단봉이 올라가고 작은 문이 열렸다. 나는 정문 초소를 지나 화이트 타운의 방벽을 뒤로 한 채 더 안쪽으로 차를 몰아 들어갔다. 이윽고 지하 주차장으로 들어가는 길목에서 차단봉이 나타났다. 차단봉이 올라가길 기다리며 잠시 멈춘 사이, 나는 방벽 안쪽의 둥근 면을 따라 부착된 초대형 디스플레이로 눈길을 옮겼다.

잔잔한 파도가 밀려드는 해안의 생생한 모습, 황금빛 털이 풍성한 큰 개를 껴안고 잔디밭을 뒹구는 어린아이의 모습, 갓난아이를 바라보며 감격스러워하는 엄마의 미소, 산꼭대기에서 내려다본 장엄한 풍경이 차례로 지나갔다. 공사 비용이 엄청났음에도 화이트 타운 사람들이 아낌없이 돈을 지불했다던 소문의 그 디스플레이였다. 수리를 위한 부품도 수십 년 치를 미리 쟁여두었다고 했다.

아름답고 장엄한 영상에 압도당하는 듯 했다. 벅차오르는 감격 또한 함께였으나 잠시뿐이었다. 나는 운전대를 잡고 앞을 보았다. 지글거리는 불쾌한 감정의 정체는 위화감이었다.

차단봉이 올라갔고 나는 빈 곳에 차를 대고 내렸다. 넓고 여유로운 주차장에는 먼지를 뒤집어쓴 고급 승용차들이 즐비했는데 그 사이로 화이트 타운과 어울리지 않는 낡은 차가 몇 대 주차되어 있었다. 면접을 보러 온 다른 면접자들의 차 같았다. 지하 주차장 현관에 설치된 화면에 면접 안내문이 떠 있었다. 나는 안내문을 따라 지하 1층 면접자 대기실로 이동했다.

50명가량이 앉을 수 있는 대기실에는 서늘한 기운이 돌았다. 면접을 기다리는 사람은 나를 포함해서 여섯 명이었다. 대기실 앞의 전자 칠판에 '화이트 타운에 오신 것을 환영합니다'라는 문구가 떠 있었다.

나는 의자에 앉아 순서를 기다리면서 핸드폰을 꺼냈다. 핸드폰으로 발안 셸터 인터넷 게시판을 훑어보는데 대기실 앞문이 열리더니 나이 지긋한 남자가 들어왔다. 마른 체구의 남자는 전자 칠판 앞에 서서 고개도 들지 않은 채 태블릿PC를 손끝으로 툭툭 건드리며 말했다.

"면접에 온 걸 환영하고요. 너무 좋아는 말아요. 여기 앉아 있는 여섯 명 중에 우리에게 필요한 건 단 두 명이니까."

나는 손을 들었다. 남자가 의아한 얼굴로 나를 쳐다보았다.

"합격하면 어떻게 되나요?"

"뭐?"

"임금과 노동조건이 어떻게 되는지 몰라서요. 공고문에도 안 나와 있고요."

남자가 눈을 위로 굴리고는 입을 열었다.

"돈을 주진 않아요. 대신 집에 갈 때 농작물을 제공합니다. 그걸 팔아먹든 끓여 먹든 알아서 해요. 노동시간은 아침부터 밤까지. 이 농장은 24시간 돌아가니까 많이 일하면 많이 가져갈 수 있는 거지. 물론 제멋대로 이파리를 뜯어 먹거나 열매를 훔치는 건 금지. 걸리면 뒷감당은 자기가 하는 거고."

나는 다시 손을 들었다. 남자가 내리깐 눈으로 쳐다보았다.

"어떤 사람이 뽑히죠?"

남자가 픽 웃으며 말했다.

"고분고분하고 입이 무거운 사람?"

남자는 5분 뒤에 면접이 시작될 거라는 말을 덧붙이고 대기실을 나가버렸다.

　일순간 정적이 감돌았다. 나는 지원자 여섯 명 중 가장 나이가 어려 보였다. 아저씨 둘에 아주머니 둘, 머리가 허연 할아버지가 한 명 있었다. 청바지를 입고 온 나와 달리 모두 정장을 입고 왔는데 화이트 타운에서는 그 모습이 오히려 후줄근하고 촌스러워 보였다. 다들 아무렇지 않은 척했으나 긴장하고 주눅 든 모습을 완전히 감추지는 못했다. 나는 허리와 어깨를 펴고 꼿꼿하게 앉았다.

　면접실은 바로 옆, 내 순서는 네 번째였다. 한 명씩 면접실로 향했다. 합격 여부는 면접 자리에서 바로 알려주는 모양이었다. 문이 열리고 마른 남자가 얼굴을 들이밀더니 나에게 따라오라고 턱짓했다. 나는 옷매무시를 가다듬으며 면접실로 들어갔다.

　면접실은 대기실과 똑같은 크기였는데 휑한 공간에 책상 하나와 의자 두 개만 놓여 있었다. 책상 뒤에는 백인 남자가 앉아 있었다. 금발에 푸른 눈을 한 남자는 30대 중반으로 보였고 화이트 타운 사람들의 상앗빛 유니폼을 입고 있었다.

　남자가 턱 끝으로 책상 앞쪽을 가리키며 능숙한 한국어로 말했다.

　"앉아. 네 면접관은 나야."

　나는 그가 시키는 대로 의자에 앉았다.

"반갑다. 킨."

나는 남자를 쳐다보았다. 초면인데도 친근한 투로 이름을 부르는 남자의 태도가 예사롭지 않았다.

"일단 합격. 다음 주부터 나와. 우리 친하게 지내자고. 자주 보면 좋겠어."

"네?"

"내 이름은 애셔. 화이트 타운의 중간 관리자라고 생각하면 된다."

지나치게 거침없는 태도에 경계심이 일었다. 애셔는 입가를 비스듬히 올리며 물었다.

"너 뭐야?"

"무슨 소리죠?"

애셔는 양 팔꿈치를 책상에 올리며 다시 물었다.

"어째서 아르굴이 너를 물어뜯지 않지? 잘하면 아르굴에 올라탈 수도 있겠던데?"

나는 무슨 말인지 모르겠다는 표정을 지어 보였다. 애셔는 "능청맞기는" 하고 중얼거리며 책상 위에 올려둔 태블릿PC 화면을 두드렸다. 태블릿PC에서 어둑한 동영상이 재생됐다.

화면에 비친 건 방벽 바깥을 거니는 나의 모습이었다. 아르굴 근처를 유유히 지나 나무에 오르는 모습, 주위를 두리번거리다가 방벽으로 달려가는 모습이 고스란히 찍혀 있었다. 영상은 위

135

에서 촬영한 것이어서 얼굴은 보이지 않았다. 어제 찍힌 건 아니었다. 열흘 전 방벽 밖에 나갔을 때의 모습이었다. 애셔는 빙글거리며 말했다.

"무소음 드론으로 찍은 거야. 밤인데도 화질이 제법 좋지?"

"이게 누군데요?"

애셔는 비웃듯이 말했다.

"이거 너잖아. 너."

애셔는 화면을 슥슥 밀어 다른 영상을 재생했다. 줄을 잡고 방벽을 올라오는 모습, 내려가는 모습, 차에 타는 모습이 작은 클립 영상으로 나뉘어 저장되어 있었다.

나는 태연한 목소리로 말했다.

"그러니까 이게 누구냐고요."

애셔는 픽 웃으며 말했다.

"거짓말을 하려면 좀 제대로 하든지."

끝까지 잡아떼야 했다. 내가 유전자 조작으로 태어난 덕분에 아르굴로부터 안전하다는 사실과 마낙 셸터에서 도망쳤다는 건 비밀이어야 했다. 이는 장태섭 사령관이 여러 차례 당부한 것이었다. 무엇보다 화이트 타운 사람에게 나의 정체가 알려지는 건 반드시 피해야 했다. 화이트 타운은 발안 셸터보다 마낙 셸터와 더 가까웠으니까.

애셔가 펜을 책상에 톡톡 두드리며 말했다.

"너에 대해 좀 알아봤지."

애셔는 발안 셸터의 행정 정보 시스템에서 찾아낸 사실을 늘어놓았다. 내가 1년 전 발안 셸터에 도착한 것과 아무 연고도 없는 주하 중사와 함께 살고 있는 것, 겨울잠을 신청했다가 떨어진 것까지.

"이게 말이 돼? 2년 전까지 아무 기록도 없던 사람이 이렇게 존재하는 게 가능하냐고. 그런데 심지어 아르굴이 공격도 안 해. 당연히 관심이 갈 수밖에 없겠지?"

애셔는 반짝이는 눈으로 나를 응시했다.

"넌 대체 어디서 온 거지? 누구야, 너?"

나는 입을 다물었다. 협박하는 것 같지는 않았다. 단순한 호기심 같지도 않았다. 내가 아무 말도 하지 않자 애셔는 답답하다는 듯 얼굴을 찡그렸다.

"난 너랑 뭘 해보려는 거지, 널 곤란하게 하려는 게 아니야. 그러니까 솔직하게 말해봐."

잡아뗀다고 해서 나에 대한 확신을 거둘 것 같지 않았다. 내게 원하는 게 있다는 말에 안심이 되기도 했다.

"나랑 뭘 하겠다는 거죠?"

애셔는 자리에서 일어서더니 팔짱을 끼고 면접실을 왔다 갔다 했다. 초조하고 어두운 분위기여서 불안했다. 애셔는 우뚝 서서 진지한 투로 내게 말했다.

"이대로 가다간 다 끝장이야. 조만간 대륙에서는 누구도 살아남을 수 없게 될 거야."

나 역시 걱정하던 바였지만 그 말을 애셔에게서 들으니 어쩐지 우스웠다.

"여기서 잘 먹고 잘살면서 뭐가 끝장이라는 거예요?"

"여기? 화이트 타운?"

애셔는 발로 바닥을 탁탁 두드리며 말했다.

"이게 얼마나 갈 거 같아? 아르굴이 방벽 안으로 들어오면 여긴 진흣빛 무덤이 될 거야. 설사 건물은 오래간다고 해도 화이트 타운 사람들은 자기들끼리 알아서 끝장날 거야. 여기 사람들은 정말이지 죄다……."

애셔는 거기서 말을 멈추고는 참았던 숨을 토하듯이 말했다.

"죄다 오물덩어리들이야."

나는 속으로 웃었다. 시원시원하게 말해버리는 애셔의 말투가 마음에 들었다. 나는 애셔가 받아들일 리 없다는 것을 알면서도 그가 어떻게 반응하는지 궁금해서 물어보았다.

"그럼 겨울잠에 들어가면 되잖아요. 당신이라면 어렵지 않을 거 같은데."

애셔는 "겨울잠? 겨울잠?" 하고 말끝을 올리며 기막히다는 듯 허리춤에 양손을 댔다.

"넌 믿니? 저체온 동면 기술이 완성됐다는 걸 믿어? 50년을 정말 버틸 수 있을 것 같아?"

나는 아무렇지도 않은 척 애셔의 말을 받아쳤다.

"그럼 어쩌겠다는 거예요?"

"앤서로 가야 해."

"앤서요?"

항공기를 이용한다면 모를까, 앤서는 가고 싶다고 쉽게 갈 수 있는 곳이 아니었다. 장거리 비행이 가능한 항공기를 보유한 셸터는 공군기지를 기반으로 세운 마낙 셸터뿐이었다. 애셔는 눈가에 웃음 주름을 잡으며 놀리듯이 말했다.

"너의 구원도 앤서에 있을걸?"

애셔는 태블릿PC 화면에 한반도 지도를 띄우고 "외부 도움 없이 앤서로 가려면" 하고 말하고는 지도의 이곳저곳을 찍어가며 선을 그렸다. 애셔가 그린 노란 선은 발안 셸터를 빠져나와 산을 넘고 강을 건넌 뒤, 해안선이 복잡하고 섬이 수두룩한 한반도의 남서쪽 해안에 멈췄다. 애셔는 해안의 한 지점을 손으로 콕 찍으며 말했다.

"여기."

그곳은 항구였다.

"여기라면 제대로 된 배가 있을 거야. 대전쟁 전에 돈깨나 있는 사람들이 여기에 요트를 두곤 했거든. 폭풍우가 몰아치는 지역이라 배를 육지로 올려 보관하는 시설도 있었어. 지금은 당연히 폐허가 되었겠지만 쇠와 플라스틱은 금방 닳아 없어지는 게 아니잖아? 더군다나 여기에는 태양광 요트가 많았어. 분명 쓸 만한 게 있을 거야. 배 하나 골라 타고 푸른 바다를 헤쳐 나가면 순식간에 앤서에 도착할 거라고."

나는 엉겁결에 묻고 말았다.

"앤서에 가는 게 가능해요?"

"가야 해."

"몇 명이서요?"

"나랑 너 둘만. 여긴 내 가족이 없어. 같이 가자고. 도보 여행을 떠나는 거야."

내가 계획에 긍정적인 관심을 보인다고 생각했는지 애셔는 가지런한 이를 드러내며 만족스레 웃었다.

"저는 앤서에 안 가요."

애셔는 "왜?" 하고 물었다가 아 하는 소리를 길게 빼고 고개를 주억거렸다.

"그 꼬맹이 때문에?"

나는 입술을 얇게 다물고 가타부타 반응하지 않았다. 애셔는 그럴 줄 알았다는 듯이 웃으며 말했다.

"해결책은 있어. 겨울잠 캡슐에 들어가면 몸이 어느 정도 회복된다는 소문 들었지? 그건 믿을 만한 사실이야. 그 애를 잠깐 겨울잠 센터에 보내자고. 두어 달 맡겨두는 거야."

애셔의 생각의 속도를 따라잡기가 힘들었다. 내가 흔들리는 것을 알아차린 애셔는 눈을 반짝이며 자기 이야기를 밀어붙였다.

"나랑 같이 앤서로 가는 길을 뚫자. 앤서에 갔다가 발안 셸터로 돌아와서 겨울잠에 든 네 동생을 데리고 다시 앤서로 가는 거야. 앤서에는 약도 많을걸? 어쩌면 완치를 노려볼 수 있을지도 몰라. 어때?"

듣고 보니 귀가 혹하지 않을 수 없었다. 완치가 가능할 수 있다는 말에는 마른침이 넘어갈 지경이었다.

"겨울잠에 들어갈 수가 없잖아요."

"겨울잠 떨어진 거? 그건 걱정하지 마."

애셔는 핸드폰으로 어딘가에 전화를 걸었다. 그는 "팀장님?" 하고 반갑게 말문을 뗀 뒤, 곧이어 겨울잠 추가 당첨자 얘기를 꺼냈다. 태블릿PC의 화면을 슥슥 넘기며 라리의 이름과 관련 정보를 줄줄 읊더니 당첨자 명단에 올려달라고 했다. 상대의 반응이 시원치 않은지 눙치는 듯한 투로 내가 알아듣지 못할 말을 한참이나 늘어놓았다. 잠시 뒤 애셔는 핸드폰을 끊고 말끔한 얼굴로 내게 말했다.

"해결 완료. 이제 당첨 문자가 갈 거야."

이렇게 쉽게? 나는 무어라 대꾸도 하지 못했다. 그는 정색하고 입을 열었다.

"날 믿어. 이 땅에는 희망이 없어. 앤서는 넓고 풍요로운 곳이야. 산이 있고 바다가 있고 강이 있는 땅이란 말이야. 식량이 충분하고 아르굴로부터도 안전하지. 대륙의 셸터와는 차원이 다른 곳이라고. 이곳은 얼마 못 버틸 거야. 다른 셸터도 마찬가지지. 마낙 셸터도 오래 못 갈걸? 다 망해버릴 게 불 보듯 빤한데 과연 가만히 있는 게 최선일까? 적어도 너와 나는 살아야 하지 않겠어?"

나는 애셔를 쳐다보았다. 그는 반박할 수 있으면 해보라는 듯 턱을 슬며시 쳐들었다. 빙글거리는 얼굴이 불쾌했다. 무엇보다도 그는 예감이 좋지 않은 사람이었다. 아무리 그럴싸한 제안이라도 이 자리에서 수락할 수는 없었다.

"글쎄요."

애셔는 눈을 가늘게 뜨고 자신만만한 얼굴로 입을 열었다.

"그래. 그럼 일단 가봐. 생각 한번 해보라고."

나는 자리에서 일어나 면접실을 나왔다. 등 뒤에서 애셔의 목소리가 들렸다.

"난 널 지켜볼 거야."

2068년 9월 3일 새벽

자고 있는데 누군가 방문을 두드렸다. 문밖에서 주하 중사의 목소리가 들렸다. 나는 핸드폰 시계를 확인했다. 새벽 1시였다. 문을 열자 주하 중사가 커다란 비닐봉지를 내밀었다. 비닐봉지 안에는 군복과 군화가 들어 있었다.

"옷 입어."

"군복을요?"

"서둘러."

"어디 가는데요?"

"장태섭 사령관님을 만날 거야."

갑자기 장태섭 사령관이라니. 당황스러웠다. 그분은 아무나 만날 수 있는 사람이 아니었다. 직접 대면한 건 1년 전 발안 셸터에 왔을 때뿐이었다.

"군복은 왜 입어요?"

"평범하게 보이려고."

"왜 가는데요?"

"설명은 가면서 듣도록 해."

나는 군복을 입고 차에 올랐다. 운전대는 주하 중사가 잡았다. 차는 행정 센터로 향했다. 주하 중사는 평소와 달랐다. 치렁치렁한 머리를 뒤로 모아 묶었고 군화도 반질거렸다. 평소 부대에 출근할 때와는 다른 모습이었다.

"무슨 일로 가는 거예요?"

주하 중사는 핸들을 돌리며 말했다.

"어제 네가 보낸 아르굴 영상 때문이야."

"그걸 장태섭 사령관한테 보냈어요?"

"응."

"내가 방벽 밖에 나간 것도 얘기했어요?"

방벽 밖에 나가는 건 감호소에 가는 정도로 끝나지 않는 중죄였다. 장태섭 사령관의 당부를 저버린 것이기도 했다.

"그런 건 상관없어. 다만……."

주하 중사는 굳은 얼굴로 말을 이었다.

"장태섭 사령관님이 널 받아준 건 공짜가 아니야."

값을 치러야 한다는 의미로 들렸다. 1년 전 발안 셸터에 왔을 때 나는 그야말로 오갈 데 없는 처지였다. 장태섭 사령관은 마낙 셸터와 척질 수 있는 위험을 무릅쓰고 나를 받아주었다. 은혜를 입었다고 생각했는데 그게 실상은 계산을 미뤄둔 빚이었다는 말인가.

셸터 중심부에 있는 행정 센터까지는 20분 거리였다. 차는 빌라 단지를 빠져나가 중앙 도로를 탔다. 새벽 거리에는 사람도 차도 없었다. 주하 중사는 운전하는 내내 말이 없었다. 두 블록 앞에 행정 센터 빌딩이 보였다. 행정 센터는 20층짜리 건물이었는데 건물 앞에 군대가 도열할 수 있는 연병장이 마련되어 있었다. 주변 건물 옥상에는 대공 미사일과 기관포가 설치되어 있었고 행정 센터 진입로 곳곳에 기관총을 내건 벙커와 초소가 배치되어 있었다. 순찰하는 군인과 장갑차도 보였다.

우리는 지상 주차장에 차를 대고 별관 쪽으로 이동했다. 목적지가 별관은 아닌지 주하 중사는 그곳을 지나쳐 1층짜리 단독주택으로 나를 데리고 갔다. 담장과 대문이 있는 집이었다. 여기는 어디냐는 내 물음에 주하 중사가 대답했다.

"장태섭 사령관님의 공관이야."

자정이 넘은 시간에 여기에는 왜 온 걸까. 잠시 뒤 대문이 열렸고 나와 주하 중사는 작은 마당을 지나 현관으로 향했다. 현관문 앞에서 우리를 맞이한 장태섭 사령관은 군복 차림이었다. 그가 물었다.

"오랜만이죠?"

나는 어색하게 웃으며 고개를 숙였다. 장태섭 사령관은 머리가 희끗희끗하고 얼굴이 핼쑥해져 작년보다 더 지쳐 보였지만 반짝이는 눈빛만큼은 변함이 없었다. 굵은 목소리에 얹힌 부드러운 말씨도 조화롭게 들렸다. 그는 여전히 아늑하고 고요한 기운을 풍기는 사람이었다.

장태섭 사령관은 우리를 서재로 인도했다. 회의실 용도로 쓰는 곳인 듯했다. 서재 중앙에 탁자가 놓여 있었고 벽에는 모니터 세 대가 붙어 있었다. 주하 중사와 나는 탁자 맞은편에 앉았다. 장태섭 사령관이 입을 열었다.

"먼저 변종 아르굴 얘기부터 하죠."

'변종'이라는 말이 도드라졌다. 주하 중사가 했던 말이었다. 나는 방벽 밖에서 목격한 돌연변이 아르굴에 관해 이야기했다. 장태섭 사령관이 내게 물었다.

"전진기지 공사장이 아르굴에게 습격당했다는 이야기는 들었겠죠?"

나는 고개를 끄덕였다. 장태섭 사령관이 말을 이었다.

"변종 아르굴이 처음 발견된 건 두 달 전입니다. 단순한 돌연변이라고 생각했는데 아니었어요. 개체 수가 짧은 시간에 많이 늘어났습니다. 어느 정도인지 파악조차 어려운 상황이고요."

내가 물었다.

"변종이 늘어나는 게 뭐가 문제죠? 방벽이 있으면 아르굴이건 변종이건 상관없지 않아요?"

서재에 침묵이 흘렀다. 잠시 뒤 장태섭 사령관의 입에서 나온 말은 충격 그 자체였다.

"변종은 방벽을 넘습니다."

나는 너무 놀라 아무 말도 하지 못했다. 주하 중사도 이미 아는 사실인 듯했다. 장태섭 사령관이 다시 말했다.

"앞발의 구조가 보통 아르굴과는 다르더군요. 발안 셸터의 방벽 보강 공사도 그래서 하는 겁니다."

나는 확인하듯이 되물었다.

"방벽을 넘는다고요?"

주하 중사가 조용히 속삭였다.

"우리도 나흘 전에 알았다. 전진기지가 궤멸에 가까운 피해를 본 것도 그래서야."

"셸터의 방벽은요?"

"장담할 수 없어."

장태섭 사령관이 말했다.

"변종 아르굴의 번식력은 일반 아르굴과 비슷한 것 같아요. 너무 걱정은 말아요. 방벽을 보강하면 당장은 막을 수 있을 테니까. 다른 셸터에도 관련 정보를 보냈으니 대비할 겁니다. 하지만 얼마나 버틸 수 있을지 현재로선 아무도 몰라요. 위험이 증가한 것은 분명하고요. 더 큰 문제는 이 일이 다른 일과 연관된다는데 있습니다."

장태섭 사령관의 표정이 방금보다 더 어두워졌다. 방벽을 넘는 변종 아르굴이 출현한 것보다 더 심각한 일이 뭐가 있을까.

장태섭 사령관이 나를 쳐다보며 물었다.

"마낙 셸터에 대해 잘 알죠?"

내가 태어나고 자란 곳이니까 잘 알 수밖에 없었다. 장태섭 사령관이 다시 입을 열었다.

"마낙 셸터에 가는 걸 도와줘요."

"네?"

"주하 중사와 특공대가 마낙 셸터로 잠입하는 걸 도와달라는 겁니다."

"잠입요?"

주하 중사는 이미 이 상황을 다 아는 듯 전혀 동요하지 않았다. 장태섭 사령관이 전화기 옆에 세워놓았던 금속 액자를 집어 탁자 가운데에 눕혔다. 액자 안에는 둥그스름한 초록색 섬의 항공사진이 있었다.

"우리의 최종 목표는 하이난섬으로 가는 길을 여는 겁니다. 하이난섬은 남중국해에 위치한 섬이에요. 크기가 앤서의 열다섯 배쯤 되죠. 발안 셸터의 400배가 넘어요. 기반 시설도 잘 갖추어져 있는데 방벽 공사를 완성하기 직전에 아르굴이 들어와서 쑥대밭이 됐습니다. 지금은 아르굴이 득실거리겠지만 어차피 갇힌 놈들입니다. 전략을 세워서 차근차근 진격하면 정리하지 못할 것도 없어요. 환경 적응이 빠른 놈들이니 생식능력이 저하됐을 가능성도 충분합니다.

우리의 계획은 단순합니다. 하이난섬에서 아르굴을 섬멸하고 사람들을 이주시키는 거예요. 대륙의 셸터들이 힘을 모으면 가능합니다."

하이난섬에 관해 이야기하는 장태섭 사령관의 눈빛에 생기가 돌았다.

"문제는 마낙이 이 계획을 반대하고 있다는 겁니다. 마낙은 셸터의 사람들이 죽건 말건 상관하지 않습니다. 반면에 우리는 절박한 상황이에요. 유일한 활로는 앤서나 하이난섬으로 이주하는 것인데 그걸 막는 게 마낙이죠. 마낙을 제거하고 셸터들을 규합한 뒤 하이난섬으로 가야 합니다."

나는 내 귀를 의심했다.

"제거요? 죽인다고요?"

장태섭 사령관이 말했다.

"네. 죽입니다."

서재에 정적이 흘렀다. 내가 물었다.

"가능할까요?"

주하 중사가 말했다.

"도박이란 걸 알면서도 할 수밖에 없는 거다. 변종 아르굴의 확산이 확인된 지금은 더더욱 서두르지 않을 수 없어. 식량 부족 사태도 영영 해결되지 않을 거다. 게다가 마낙은 작년부터 반쯤 미쳐버린 사람처럼 굴고 있어. 재미 삼아 다른 셸터를 약탈하고 아무나 죽이고 있다. 이대로는 마낙의 눈치만 보다가 모두가 죽을 판이야."

"하지만 어떻게요?"

주하 중사가 말했다.

"장갑차를 타고 마낙 셸터 근처까지 이동할 거야. 안전한 곳에 장갑차를 세우고 걸어서 방벽에 접근할 거고. 우리가 도보로 이동하는 동안 아르굴에게 습격당하지 않도록 네가 동행해 주었으면 해. 잠입할 수 있는 곳이 있으면 알려주고."

장태섭 사령관이 깍지 낀 두 손을 턱에 괴고 조용히 물었다.

"도와주겠습니까?"

가슴 깊은 곳에서 뜨거운 감정이 끓어올랐다. 마낙은 군수산업으로 힘을 키웠고 세상을 거머쥐고 싶어서 대전쟁을 부추겼다. 아르굴의 개발과 투입을 승인한 것도 마낙이었다. 그렇게 세상을 끝장내놓고 마낙은 자신의 이름을 딴 셸터에서 대륙의 왕처럼 굴었다. 일곱 자식의 추앙과 아첨을 받으며 갖은 패악을 일삼았다. 새로운 종교를 만들겠다면서 괴이하고 추악하고 잔인한 짓도 서슴지 않았다. 내가 마낙 셸터를 탈출할 때 내 동생들을 죽인 것도 마낙이었다. 그는 인류의 적이자 나의 원수였다. 할 수만 있다면 마낙을 내 손으로 죽이고 싶었다.

그때 탁자에 올려둔 내 핸드폰이 울렸다. 문자메시지 알림이

떴다. 겨울잠 센터에서 보낸 추가 당첨 통보였다. 추가 당첨자는 라리. 입소는 오늘 오후 5시.

횟횟하게 달아올랐던 마음이 차분히 식었다. 앞으로의 계획이 일목요연하게 정리되는 듯했다.

1. 라리가 겨울잠 센터에 있는 동안 마낙 암살 작전을 돕는다.
2. 애셔와 함께 앤서로 가는 방법을 찾는다.
3. 다시 겨울잠 센터로 돌아와 라리를 깨워 앤서로 간다.

나는 장태섭 사령관과 주하 중사를 번갈아 바라보며 말했다.
"할게요."

겨울잠 추가 당첨 소식을 전해 들은 라리는 눈물이 글썽일 만
큼 좋아하면서도 자기만 당첨되어 내가 같이 갈 수 없음을 안타
까워했다.

주하 중사에게도 라리의 소식을 전했다. 주하 중사는 일순간
당황한 표정을 지었으나 이내 무심한 목소리로 "잘됐네" 하고 말
했다.

잠들지 못한 채 오전 내내 침대에 누워만 있다가 정오가 지나
거실로 나갔다. 출근이 늦은 날인지 군복을 입은 주하 중사가
식탁에 앉아 물을 마시고 있었다.

"라리는요?"

주하 중사가 턱으로 라리의 방을 가리켰다. 나는 방문을 두드
렸다. 방 안에서 툭툭 소리가 들렸다. 들어와도 된다는 신호였
다. 나는 조심스레 문을 열었다.

라리는 겨울잠 센터에 가져갈 짐을 챙기고 있었다. 센터에 입

소한다고 해서 바로 겨울잠 캡슐에 들어가는 것은 아니었다. 신체검사를 받고 숙소에서 대기하다가 순서가 되면 동면에 든다고 했다.

"다 챙겼어?"

라리가 쓸쓸한 얼굴로 고개를 끄덕였다. 나는 놀리듯 말했다.

"입소하면 환영 축제에서 맛있는 것도 먹고 공연도 볼 텐데 왜 울상이야?"

라리는 대꾸 없이 짐만 챙길 뿐이었다. 어린 얼굴에 어울리지 않는 심란한 표정이 마음에 걸렸다. 라리의 오른손 엄지에 은색 반지가 끼어 있었다. 겨울잠 센터까지 가져가는 걸 보면 어지간히 아끼는 장신구인 모양이었다. 내 뒤에서 주하 중사가 라리에게 말했다.

"잘 가라."

메마른 인사에 나도 모르게 한숨이 나왔다. 고개를 들고 눈을 깜박거리던 라리가 발딱 일어섰다. 주하 중사와의 마지막 인사라는 데 생각이 미친 것이리라. 라리는 현관으로 달려가 군화를 신는 주하 중사를 향해 깊이 허리를 숙였다. 그러고는 손으로 말했다.

-살려주셔서 감사했습니다

주하 중사가 나를 쳐다보며 물었다.

"뭐가 고맙다는 거지?"

나는 라리의 말을 전해주었다.

"살려줘서 고마웠대요."

3년 전 벌어진 방벽 틈으로 아르굴 세 마리가 침입했던 날의 일을 말하는 것이었다. 주하 중사의 부대가 아르굴을 모두 처치할 때까지 수백 명의 사람이 죽었는데 라리 부모님도 그날 세상을 떠났다. 고아가 된 라리를 집으로 데리고 온 사람이 주하 중사였다.

주하 중사는 가만히 서서 라리를 내려다보았다. 표정은 평소처럼 무뚝뚝했으나 턱 근육이 불룩 솟았다가 가라앉았다. 주하 중사의 눈빛에서 용기를 얻었는지 라리는 스스럼없이 다가가 주하 중사의 허리를 끌어안았다. 주하 중사는 라리를 내려다보며 입술을 열고 닫기를 반복하다가 주춤거리며 팔을 뻗어 라리의 작은 등을 자기 쪽으로 끌어당겼다. 라리는 주하 중사의 품에 안겨 소리 없이 어깨를 들썩였다. 라리가 우는 모습을 보는데 나도 목이 메었다.

주하 중사에게 라리와 함께 앤서로 갈 계획임을 알리는 건 마냥 암살 작전을 마친 뒤에 할 생각이었다. 셋이 함께 가면 안 될까 생각해 보기도 했으나 주하 중사가 발안 셸터와 장태섭 사령관 곁을 떠날 리가 없었다.

주하 중사는 라리의 뒷머리와 등을 쓰다듬으며 나에게 당부했다.

"라리 잘 보내."

나는 고개를 끄덕였다. 라리를 가만히 밀어낸 주하 중사는 모자를 눌러쓰고 몸을 돌려 현관문 밖으로 나갔다.

먼 곳에서 폭음이 울렸다. 겨울잠 반대 시위가 한창이었다. 정신을 붙들어야 했다. 감상에 잠길 여유 따윈 없었다. 나는 바삐 움직였다.

라리와 마지막 점심을 먹고 챙겨갈 짐을 점검한 뒤 겨울잠 센터로 출발했다. 울먹거리며 집을 나서는 라리에게 아직 마지막 인사를 할 때가 아니라고 일렀다. 운이 나쁘면 신체검사에서 탈락할 수도 있으니 눈물을 아껴두라고 이야기했다. 속 깊은 라리는 내 말을 알아듣고 금세 밝은 표정을 지어 보였다.

입소 시각은 오후 5시였고 센터는 차로 10분이면 갈 수 있는 거리였다. 차를 타고 큰길로 들어서자 멀리 언덕 자락에 자리 잡은 겨울잠 센터가 보였다. 거리는 입소를 위해 겨울잠 센터로 향하는 사람들로 북적였다. 옷차림에 신경을 쓰지 않은 우리와 달리 몸단장을 한 사람들이 많았다.

센터 입소자와 그들의 가족 말고도 겨울잠을 반대하는 시위대가 거리로 몰려들었다. 차들은 인파에 가로막혀 앞으로 나아가지 못했다. 잠시 기다려보았으나 사람과 차로 뒤엉킨 도로는 뚫릴 기미가 보이지 않았다. 경적이 앞뒤에서 울렸고 고함과 노랫소리, 겨울잠을 반대하는 구호 소리까지 더해졌다. "겨울잠은 살인이다!", "인구를 줄이려는 음모다!". 플래카드에는 시위대가 외치는 구호와 동일한 문구가 적혀 있었다. 시위는 꽤 격렬했다. 인도에서 불길이 일었고 이따금 총성도 들려왔다.

라리는 험악한 거리 분위기에 겁을 먹은 듯했다. 나는 라리의 어깨를 쓸어주며 말했다.

"괜찮을 거야. 걱정하지 마."

라리는 억지웃음을 지으며 손으로 대꾸했다.

- 이러다가 지각해서 못 들어가겠어.

초조하기는 나도 마찬가지였다. 주위를 둘러보았다. 질서가 사라진 거리는 점점 아수라장이 되어갔다. 사람들은 차에서 내려 걷기 시작했다.

"잠깐만 여기에서 기다려. 나오지 말고. 알았지?"

내 말에 라리가 고개를 끄덕였다. 나는 차 문을 열고 밖으로 나왔다. 밀려드는 사람들과 사방에서 울리는 고함과 경적과 총성에 정신이 없었다. 나는 차의 보닛 위에 올라섰다. 멀리 사거리에 총을 든 셸터 경비대가 대기하고 있었다. 밀려드는 인파에 비해 일렬로 늘어선 경비대는 초라해 보였다. 도로를 완전히 점령한 시위 행렬이 빠른 속도로 불어나는 중이었다. 골목마다 시위대가 쏟아져 나왔고 개중에는 소총과 권총을 든 사람도 있었다.

위태로운 상황이었다. 나는 서둘러 차에 탑승했다. 라리가 불안한 얼굴로 나를 쳐다보았다. 당장 움직여야 했다. 금방이라도 무슨 일이 벌어질 것 같았다.

"잘 들어. 우리는 차를 버리고 갈 거야. 골목을 통과해서 겨울 잠 센터로 가자."

– 나가자고? 지금?

"당장."

나는 라리의 배낭을 메고 차에서 내려 라리의 손을 잡았다. 삽시간에 불어난 시위 행렬은 확성기 소리에 맞춰 구호를 합창 했다. "겨울잠은! 죽음이다!", "거짓말에! 속지 말자!", "군대 통 치! 끔찍하다!", "장태섭에게! 죽음을!" 같은 구호들이 파도처럼 밀려들었다가 가라앉기를 반복했다. 반대편 거리에서 증원 병력 이 다가오고 있었다. 나는 라리의 손을 잡고 걸음을 재촉했다.

터진 것은 구호만이 아니었다. 건물 사이 골목으로 들어서는 데 사거리 쪽에서 쾅! 하는 폭발음이 울렸다. 폭발음에 놀라 일 순간 움츠렸던 사람들이 곧 비명을 지르며 뛰기 시작했다. 우리 도 달려야 했다. 어물쩍거리다가는 골목으로 밀려드는 사람들에 게 깔릴 지경이었다. 나는 라리를 안아 들고 겨울잠 센터 쪽으 로 달렸다. 뒤에서 또 한 번 폭발하는 소리가 울렸고 사방에서 비명과 총성이 들렸다. 시위대와 경비대 사이에 교전이 벌어진 것 같았다.

나는 달렸다. 가족을 소리쳐 부르며 우는 사람들을 지나 앞으 로 내달렸다. 폭발음으로 땅이 진동하는 듯했고 건물 사이를 오가는 총성이 무시무시했다. 옆을 지나가던 몇몇 사람이 날아드는 총탄에 힘없이 쓰러졌다. 라리는 가냘픈 팔에 힘을 주고 내 양어깨를 부둥켜안았다. 겨울잠 센터로 이어지는 가파른 언덕길이 보였다. 센터 근처에서 야영하던 사람들이 버리고 간 텐트가 허물처럼 축 처져 있었다.

정신없이 달린 탓에 가슴이 찢어질 듯 아팠고 목에서 피 맛이 올라왔다. 언덕길에 다다르자 도저히 속도를 낼 수 없었다. 주변 사람들도 모두 지쳐 간신히 걸음을 옮겼다. 나와 라리는 마침내 정문 앞으로 길게 늘어선 줄에 합류했다. 머리부터 발끝까지 땀에 젖었고 걷기조차 힘들었다.

나는 헐떡이며 라리를 내려놓았다.

"괜찮아?"

라리의 얼굴이 창백했다. 곧 기침이 터질 것 같았다. 나는 얼른 라리에게 물을 건넸다. 라리는 땀에 젖은 얼굴을 닦으며 물을 삼키고 안심하라는 듯 조금 웃어 보였다. 나도 숨을 고르며 마주 웃었다.

정문에서 군인들이 밀려드는 사람들을 차례차례 안내했다. 겨울잠 센터를 두른 탄탄한 회색 벽이 믿음직스러웠다. 우리는 줄을 따라 느릿느릿 겨울잠 센터 쪽으로 걸었다. 어깨에 다른 사람의 몸이 닿았고 더운 숨결과 땀 냄새가 느껴졌다. 사람들은 폭음이 울릴 때마다 움찔거리면서도 질서 있게 정문을 통과했다. 벽 안으로 들어서자 비로소 안도감이 들면서 다리에 힘이 풀렸다. 사람들은 잔디밭에 주저앉았다. 멍하니 하늘을 쳐다보는 사람도 있었고 두 손으로 얼굴을 가린 채 흐느끼는 사람도 보였다. 입장을 관리하는 군인들이 겨울잠 당첨자는 센터로 들어와 등록 절차를 밟으라고 소리쳤다.

이제는 라리를 보내야 했다. 나는 무릎을 꿇고 앉아 라리의 흐트러진 머리칼과 엉망이 된 옷매무시를 바로잡았다. 눈에 땀이 들어가서 앞이 잘 보이지 않았다. 나는 손바닥으로 눈가를 닦고 라리에게 물을 먹였다. 라리가 입가에 흐른 물을 손등으로 닦고는 말했다.

─오빠, 이제 우리 괜찮아?

"괜찮아. 안전해. 걱정하지 마."

라리의 얼굴은 먼지가 섞인 눈물과 땀으로 지저분했다. 나는 물을 마시고 라리의 얼굴을 옷소매로 닦았다. 라리가 두려움이 깃든 눈길로 나를 올려다보며 손으로 말했다.

─이제 마지막 인사하는 거야?

나는 라리를 이끌고 사람이 드문 소나무 아래로 갔다. 마른 솔잎이 깔린 그늘에 앉자 라리가 손으로 말했다.

─무서워.

나는 라리의 두 손을 감싸 쥐고 작은 소리로 속삭였다.

"잘 들어. 우리는 다시 만날 거야. 곧."

라리가 무슨 말이냐는 듯 눈을 깜박였다.

"일단 겨울잠에 들어가. 몇 달 뒤에 내가 돌아와서 널 깨울 거야. 그때 함께 떠나자."

- 떠나? 어디로? 같이?

나는 라리의 귀에 대고 속삭였다.

"응. 같이. 앤서로. 앤서로 가자."

라리의 얼굴에 화색이 돌았다. 얼굴에 깃들었던 어두움이 순식간에 사라졌다. 나는 북받치는 감정을 누르기 위해 아랫입술을 지그시 깨물었다. 길게 이야기할 시간은 없었다. 곳곳에 설치된 스피커에서 입소를 재촉하는 안내 방송이 나왔다. 나는 낮고 빠르게 말했다.

"자세한 얘기는 지금 못 해. 하지만 반드시 널 다시 찾으러 올 거야. 약속해."

라리의 눈이 기쁨으로 반짝였다. 그 반짝임이 서러워서 나도 모르게 라리를 끌어안았다. 라리도 나를 마주 안았다. 라리의 작은 몸이 딸꾹질하듯 떨렸다. 불안하고 무섭고 미안했다. 입소자들을 모으는 방송이 다시 울렸다. 나는 라리의 양어깨를 잡고 눈을 바라보며 다시 한번 말했다.

"돌아올게. 반드시."

라리는 눈물로 번들거리는 얼굴을 닦고는 고개를 힘차게 끄덕이며 손으로 답했다.

－기다릴게. 쿨쿨 자면서.

라리가 웃었다. 나도 웃어주고 싶었으나 마음대로 되지 않았다. 먼저 일어선 건 라리였다. 소나무 그늘을 벗어난 라리는 겨울잠 센터 안으로 들어가면서 몇 번이고 나를 돌아보면서 손을 쭉 뻗어 인사했다. 나는 일어서서 고개를 빼고 눈으로 라리를 좇았다. 라리가 나를 힐끗 돌아보며 손으로 말하는 게 보였다.

－오빠. 빨리 와.

나도 손으로 말했다.

－빨리 올게. 금방.

내 말을 보았을까. 라리는 사람들에 밀려 센터 체육관으로 사라졌다. 나는 잔디밭 쪽으로 걸음을 옮겼다. 우는 사람이 많았다. 나무를 붙들고 우는 여자와 벤치에 걸터앉아 두 팔을 축 늘어뜨리고 흐느끼는 노인이 눈에 들어왔다. 서로를 끌어안고 우는 젊은 남자와 여자도 보였다. 울컥하는 감정을 내리눌렀으나 사람들의 울음소리를 견디기 힘들었다. 나는 소나무 등걸에 등을 기대고 주저앉아 두 손으로 얼굴을 감싸고 조용히 흐느꼈다.

다시 만날 결심으로 라리를 보냈지만 마음이 아픈 건 어쩔 수 없었다. 나는 라리를 돌보는 일상이 좋았다. 라리와 함께 있으면 외롭지 않았다. 마낙 셸터를 탈출한 뒤로 마음을 잡지 못했던 내가 발안 셸터에 뿌리내릴 수 있었던 건 라리 덕분이었다. 라리와 함께 걸으면 뿌듯했고 숨이 끊어질 듯 기침할 때면 나도 가슴이 아파 어찌할 바를 몰랐다. 살아 있다는 걸 깨닫게 하는 의미 있는 통증이었다. 라리를 돌보는 건 나를 돌보는 일이었다. 라리는 살고 싶어 했다. 30분이나 계속되는 기침을 견디고 가슴을 누르는 압박감에 숨 쉬기 힘들어하면서도 악착같이 버텼다. 병증을 누르는 데 도움이 된다고 하면 뭐든지 따랐다. 라리의 파리한 얼굴에 뜬 옅은 미소를 볼 때마다 내 영혼 깊은 곳에서 살고 싶은 마음이 꿈틀거렸다.

그건 실패와 후회, 배신감과 분노, 세상을 향한 저주 속으로 서서히 익사해 가던 나에게 꼭 필요한 것이었다. 라리가 건강했으면 했고 언젠가는 라리의 목소리를 듣고 싶었다. 라리는 내게 다른 누군가를 사랑하는 것으로 구원에 이를 수 있다는 걸 알려준 아이였다.

흐린 하늘에서 빛의 기운이 탁해졌다. 겨울잠 센터 밖에서 울리던 폭음과 총성도 가라앉았다. 겨울잠 센터의 가로등이 팟 하고 켜졌다. 나는 팔뚝으로 얼굴을 훔치고 늦은 오후의 흐린 하늘을 올려다보았다. 라리에게 돌아오려면 움직여야 했다. 하루빨리 주하 중사와 군인들을 마낙 셸터로 인도하고 싶었다. 마낙을 처단하는 일이었다. 그를 응징하는 건 정의였다. 나는 점퍼 주머니에서 핸드폰을 꺼내어 주하 중사에게 전화를 걸었다.

주하 중사가 전화를 바로 받았다.

"저예요."

"라리는?"

"잘 들어갔어요."

무어라 말을 더 이으려는데 통화가 갑자기 끊겼다. 다시 전화를 걸었으나 핸드폰이 먹통이었다. 나만 그런 게 아닌 모양이었다. 전화가 안 된다며 이상하다는 듯 주변을 살피는 사람들이 여럿이었다. 그리고 바로 그 순간, 겨울잠 센터의 가로등과 디스플레이가 한꺼번에 꺼졌다. 그러고는 남쪽 하늘에서 굉음이 울려왔다.

하늘 전체가 우그러지는 듯한 소리였다. 수직 이착륙기들이 방벽을 넘어 발안 셸터를 가로질러 들어오고 있었다. 삼각형 형태에 네 개의 제트엔진을 단 수송기 주위에 작은 수직 이착륙기 다섯 대가 떠 있었다.

마낙 셸터의 항공기들이었다. 마낙의 항공기가 발안 셸터 상공에 왜 떠 있는 걸까. 적대적인 상황이라면 발안 셸터의 대공포가 발사됐을 터였다. 그러나 방공 사이렌도, 대피 방송도 울리지 않았다. 그때 누군가가 소리쳤다.

"공습이다!"

상공을 가로지르는 수송기가 꽁무니 틈으로 검고 각진 커다란 상자를 투하했다. 온몸에 소름이 돋았다. 나는 그것이 무엇인지 알고 있었다.

아르굴이었다. 상자 안에 아르굴이 한 마리씩 들어 있을 터였다. 낙하산을 펼친 검은 상자가 발안 셸터 곳곳에 떨어졌다. 상자가 떨어진 곳에서 아르굴의 괴성과 사람들의 비명과 총성이 울려 퍼졌다.

나는 라리가 들어간 겨울잠 센터를 돌아보았다. 라리를 찾아야 했다. 당장 이곳을 벗어나야 했다. 수송기를 호위하듯 비행하던 수직 이착륙기들이 폭탄을 투하하며 겨울잠 센터 쪽으로 다가오고 있었다. 폭음과 함께 발안 셸터 곳곳에서 불길이 일었다. 공포에 질린 사람들이 사방으로 흩어졌다.

"라리야!"

나는 라리를 소리쳐 부르며 센터 체육관으로 달렸다. 사람들이 울부짖으며 숨을 곳을 찾아 우왕좌왕했다. 머리 위에서 굉음이 울렸고 가까이에서 엄청난 소리와 함께 폭탄이 터졌다.

하늘과 땅이 뒤집어지는 것 같았다. 건물이 부서지면서 화염에 휩싸였다. 폭발력에 밀려 쓰러졌던 나는 다시 일어나 달렸다. 다시 폭발음이 들리는가 싶더니 이번에는 왼쪽에서 거센 충격이 들이닥쳤다. 나는 반대쪽으로 내동댕이쳐졌고 그대로 정신을 잃었다.

2068년 9월 3일 밤

사위가 어두웠다. 밤하늘에는 보름달이 떠 있었다. 먼 곳 어딘가에서 총성과 폭음이, 그리고 아르굴이 포효하는 소리가 연이어 들렸다. 나는 비틀거리며 일어섰다. 입에서 피 맛이 느껴졌고 누군가가 머리를 잡고 흔드는 것처럼 어지러웠다. 모든 게 혼란스러운 상황에서도 한 가지만은 또렷했다.

'라리를 찾아야 해.'

보름달 아래로 보이는 광경은 참혹했다. 사방에 시체가 널려 있었고 잔디밭과 나뭇등걸, 건물 벽마다 피가 튄 자국이 보였다. 아르굴이 휩쓸고 지나간 흔적이었다.

마낙의 수송기가 내려보낸 아르굴은 사람들이 모여 있는 이곳으로 달려들었을 것이다. 지옥에서 올라온 괴물처럼, 사람을 죽이는 게 고유한 임무인 것처럼 악착같이 사람을 노렸을 것이다. 이빨과 발톱, 강한 힘, 눈으로도 따라잡기 어려운 속도로 철문 뒤에 숨지 못한 사람을 남김없이 도륙했을 것이다. 아르굴이 괴성을 지르며 덤벼드는 광경만으로도 기절한 사람들이 여럿이었을 것이다.

라리가 아르굴에게 당했을지도 모른다는 생각에 견딜 수가 없었다. 주하 중사에게 전화하려 했으나 핸드폰 전파가 잡히지 않았다.

"라리야!"

나는 라리의 이름을 소리쳐 불렀다. 시신들 사이에서 라리를 발견하게 될까 봐 두려웠다. 턱이 덜덜 떨렸고 눈물이 뺨을 타고 흘러내렸다. 나는 부서진 콘크리트 조각과 훼손된 시체가 즐비한 겨울잠 센터를 걸으며 라리를 찾았다. 역한 냄새에 구역질이 났다. 이토록 많은 사람이 학살당한 현장은 처음이었다.

겨울잠이고 뭐고 다 끝이었다. 살아 있는 사람은 없어 보였다. 나는 겨울잠 축제가 열릴 예정이었던 체육관으로 들어가 라리를 찾았다. 영리한 아이니까 아르굴이 들어올 수 없는 철문 뒤에 숨어 화를 피했을지도 모른다. 주황색 비상등이 비춘 체육관 내부는 너무 어두워서 사물을 또렷이 분간하기가 어려웠다.

체육관 안은 바깥보다 훨씬 더 끔찍했다. 긴 식탁에 차려졌을 음식들은 바닥에 흐트러져 있었고 겨울잠 입소를 축하하는 문구가 적힌 플래카드들도 피범벅이 된 채 갈기갈기 찢겨 바닥에 늘어져 있었다. 라리와 비슷한 옷차림의 시체라도 찾으려 했으나 모두 피범벅이어서 알아볼 수가 없었다. 비상구에 몰린 채 죽어간 사람이 한둘이 아니었다.

나는 다시 체육관을 나와 "라리야! 라리야!" 하고 소리쳐 부르며 걸었다. 겨울잠 센터 공원에는 아르굴도, 사람도 보이지 않았다. 멀리서 간간이 총성과 포성이 울렸다.

피 묻은 벤치에 앉아 얼굴을 두 손에 묻었다. 숨이 가빠지면서 목이 메어왔다. 모든 게 끔찍했고 저주스러웠다. 나는 어깨를 들썩이며 소리 내 울었다. 칼로 쓰는 것처럼 가슴이 아팠다. 주먹으로 가슴을 두드려 봐도 아픔은 가시지 않았다.

그때였다.

탁, 탁, 탁 소리를 내며 가로등이 켜졌다. 겨울잠 센터 주변의 건물들에도 불이 들어왔다. 푸른 가로등 빛에 처참한 광경이 적나라하게 드러났다.

별안간 셸터 전체에 힘찬 팡파르로 시작하는 익숙한 연주곡이 울려 펴졌다. 마낙 셸터에서 매일 듣던 '마낙 총통의 노래'였다. 곧이어 거리와 빌딩 옥상과 겨울잠 센터 곳곳에 설치된 대형 디스플레이가 동시에 켜졌다. 갑작스러운 빛에 눈이 부셨다. 나는 손 그늘을 만들며 체육관 외부의 대형 디스플레이 화면을 올려다보았다.

화면에 화이트 타운의 옥상과 사람들의 모습이 나타났다. 발안 셸터의 군인들 20여 명이 손이 뒤로 묶인 채 무릎을 꿇고 있었고 그 왼쪽으로는 화이트 타운 유니폼 차림의 이들이 빳빳한 자세로 서 있었다. 나는 무릎 꿇은 군인들 뒤에서 단상 쪽으로 걸어 나오는 사람을 알아보았다.

마낙이었다. 카메라가 마낙을 클로즈업했다. 흰 머리칼을 뒤로 넘겨 훤히 드러낸 각진 이마와 빨간 줄이 들어간 노란 재킷에 피가 묻어 있었다. 아흔이 넘은 나이에도 마낙은 건장해 보였다.

마낙이 단상에 올라 마이크를 잡았다.

"나는 마낙이다."

오랜만에 듣는 탁한 음성에 머리털이 곤두섰다.

"오늘의 공격은 발안 셸터가 자초했다."

분하다는 듯 마낙의 뺨이 신경질적으로 실룩거렸다.

"반역이야! 이 난장판은 다 너희들의 우두머리 때문이다!"

마낙이 검은 장갑을 끼자 옆에 서 있던 군인이 검집에 담긴 검을 건네주었다. 검집에서 검을 빼는 소리가 발안 셸터 전체에 울려 퍼지고 마낙의 길고 흰 머리칼이 바람에 나부꼈다. 마낙은 길고 두꺼운 검을 들고 꿇어앉은 발안 셸터의 군인들에게 다가갔다. 군인들의 모습이 화면에 하나하나 드러났다. 한 명씩 클로즈업되는 얼굴을 보다가 나는 그만 신음을 토하고 말았다.

오른쪽 맨 끝에 장태섭 사령관이 있었다. 지친 표정으로 시선을 내리깐 장태섭 사령관의 얼굴은 구타 흔적으로 엉망이었다. 터진 입술이 피로 번들거렸고 왼쪽 눈두덩은 부풀어 올라 눈이 보이지 않았다. 마낙이 말했다.

168

"이제 발안 셸터는 화이트 타운이 관리한다."

카메라가 마낙의 왼편에 일렬로 서 있는 상앗빛 유니폼을 입은 사람들을 비췄다. 가끔 뉴스에서 보았던 화이트 타운의 최고 위층들이었다. 대체로 겁먹은 듯 보였지만 자부심 넘치는 얼굴로 턱 끝을 치켜든 사람도 있었다. 화면을 주시하던 내 눈이 커졌다. 그들 사이에 아는 얼굴이 있었다.

애셔였다. 애셔가 저기 있다는 건 마낙에게 협력했다는 의미였다. 무슨 상황인지 생각할 틈이 없었다. 마낙은 능숙한 자세로 길고 큰 검을 휘두르며 몸을 풀었다. 마낙이 다시 말했다.

"내 말을 듣지 않으면 죽는다."

화면에 무릎 꿇은 사람들의 얼굴이 차례차례 비쳤다. 마낙의 음산한 목소리가 발안 셸터 곳곳에 메아리쳤다.

"이 작자들은 내 말을 듣지 않을 놈들이라 죽는 거야."

말을 마치기가 무섭게 마낙은 커다란 검을 위에서 아래로 비스듬히 휘둘렀다. 가장 왼쪽에 있던 군인이 쓰러졌고 발안 셸터 곳곳에서 비명이 울렸다. 나는 질끈 눈을 감았다가 떴다. 마낙 셸터에서 이따금 보던 장면이었다.

마낙의 칼이 조명을 반사하며 번득일 때마다 목이 떨어져 나가고 피가 솟구쳤다. 칼이 바람을 가르는 소리와 피에 취한 마낙이 내뱉는 더러운 욕설이 발안 셸터에 울려 퍼졌다. 처형당한 사람이 늘어갈수록 마낙의 얼굴은 기이한 빛으로 번들거렸다.

홉뜬 눈에서 발산하는 광기는 발톱을 세우고 이빨을 드러낸 아르굴의 모습과 비슷했다.

모두의 목이 잘리고 이제 남은 건 장태섭 사령관뿐이었다. 마낙이 건들거리는 몸짓으로 자신의 군인들에게 말했다.

"이거, 세워봐."

장태섭 사령관을 일으켜 세우라는 말이었다. 마낙의 옷에 붙은 금장식이 붉게 변한 채 번들거렸다. 피범벅이 된 마낙의 얼굴에서 눈자위가 유난히도 하얗게 번득였고 흰 머리칼 끝에서는 피가 방울져 떨어졌다. 마낙은 장태섭 사령관의 뺨을 손으로 툭툭 치며 취한 듯한 목소리로 말했다.

"이게, 이게 아주 나쁜 놈이야."

클로즈업된 화면 속 장태섭 사령관이 입술을 달싹였다. 마낙이 쉰 목소리로 물었다.

"뭐? 뭐라는 거야, 곧 죽을 놈이."

마낙은 한 걸음 뒤로 물러서서 장태섭 사령관을 향해 긴 검을 겨누었다. 마낙의 눈에 살기가 번득였다. 장태섭 사령관은 담담한 표정으로 조용히 웃었다. 마낙이 어깨 뒤로 검을 들어 넘겼고 나는 눈을 감았다. 마낙의 기합 소리, 바람을 가르는 소리, 묵직한 것이 떨어지는 소리가 발안 셸터에 퍼졌고, 이곳저곳에서 비명과 울음이 터져 나왔다.

장태섭 사령관을 죽인 마낙은 왼쪽을 향해 손짓했다. 화면에 애셔가 등장했다. 애셔가 자기 뒤에 있던 아이를 끌어내자 군인들이 아이를 마낙 옆으로 데려갔다. 내 입에서 비명 같은 외침이 튀어 나갔다.

"라리야!"

라리였다. 겁에 질렸고 피투성이였으나 살아 있었다. 마낙이 피가 흐르는 칼을 라리 목에 갖다 댔다. 얼어붙은 채 서 있는 라리가 어깨를 들썩이며 눈물을 흘렸다. 마낙이 카메라를 정면으로 바라보면서 물었다.

"이것도 죽일까?"

마낙이 칼을 높이 치켜들었다. 나는 디스플레이 화면을 향해 소리를 지르고 말았다.

"안 돼!"

마낙이 내 목소리를 듣기라도 한 것처럼 이를 드러내고 클클거리며 웃었다. 마낙은 칼을 옆으로 던지고 권총을 꺼냈다. 뺨을 타고 눈물이 흘렀고 머릿속이 새하얗게 타버리는 것 같았다. 마낙이 라리의 뒤에 서서 작은 양어깨에 피투성이 손을 얹었다.

"자, 말해봐. 마낙 총통 만세."

라리의 숨소리가 위태로웠다. 숨이 가쁜지 입만 벙긋거렸다. 마낙은 라리의 어깨에 턱을 얹고 나긋한 목소리로 다시 말했다.

"말해보라니까? 해봐. 얼른."

라리는 겁에 질린 얼굴로 눈물만 흘렸다.

"얼른!"

악을 쓰는 마낙의 목소리가 발안 셸터에 울려 퍼졌다. 마낙은 손바닥으로 자신의 뺨을 문지르고 피식피식 웃으며 혀로 피 묻은 입술을 핥았다. 라리를 헐떡거리며 울고 있었다. 마낙은 어울리지 않는 사근사근한 목소리로 말했다.

"내 말을 안 듣네? 너도 죽고 싶어?"

라리는 세차게 고개를 도리질했다.

"그럼 말해. '총통 만세'. 문장도 짧잖아?"

흙먼지와 피로 얼룩진 라리의 뺨이 온통 눈물에 젖어 있었다. 마낙이 눈가를 찌푸리며 다시 말했다.

"내가 방금 법을 말했잖아. 내 말을 안 들으면 죽는다고. 그런데 너같이 작은 여자애부터 내 말을 안 들으면 내 입장이 뭐가 되겠어?"

마낙은 총구를 위로 향한 뒤 권총을 발사했다. 탕! 하는 소리가 발안 셸터 곳곳에 메아리쳤다. 마낙은 뒤에서 팔뚝으로 라리의 목을 조르고 턱으로 라리의 정수리를 찍어 눌렀다. 라리는 하염없이 울기만 했다. 마낙이 라리의 관자놀이에 총구를 겨누고 다시 소리를 질렀다.

"말해!"

순간, 몸에서 피가 빠져나가는 것 같았다. 대형 디스플레이 화면에 가득 찬 라리의 얼굴이 무언가를 결심한 듯 의미심장해졌기 때문이었다. 라리가 내쉬는 긴 숨소리가 스피커를 통해 울렸다. 라리는 카메라를 향해 떨리는 손으로 말했다.

— 오빠.

라리는 카메라를 정면으로 바라보며 오른손 손날로 왼손 손등을 두 번 두드렸다.

— 고마워.

라리의 오른손 엄지에 은색 반지가 보였다. 나는 더듬거리며 중얼거렸다.

"안 돼……."

라리는 눈을 꾹 감았다. 눈꼬리에서 눈물이 굵은 선을 그으며 흘러내렸고 달칵하는 작은 소리가 들렸다.

"안 돼!"

라리는 작은 손을 올려 마낙의 뺨을 아래에서 위로 그어버렸다. 내 외침과 동시에 마낙의 비명과 총성이 울렸다. 예리하게 베인 마낙의 뺨에 피가 맺혔다. 마낙은 축 늘어진 라리를 밀쳐내고 얼굴에 흐르는 피를 닦으며 혀를 찼다.

"이런. 죽어버렸네?"

마낙은 얼굴을 찡그리고 총구를 내려 탄창이 빌 때까지 방아쇠를 연이어 당겼다. 온 세상에 울리는 총성이 내게로 쏟아지는 것 같았다. 나는 그 자리에서 정신을 잃고 쓰러졌다.

3부
유이의 선택

1

"안녕하세요. 하이난섬에서 홀로 살아가는 킨입니다. 간밤에 잘 주무셨습니까? 오늘은 하이난섬의 폐허를 보여드리려고 합니다."

레이가 신기하다는 얼굴로 휴게실 벽에 붙은 텔레비전 화면을 바라보고 있었다. 어제 이미 앤서를 휩쓴, 킨이 세 번째로 올린 영상이었다. 헬리콥터의 내부 청소와 점검을 마친 유이는 텔레비전을 흘끗 보고는 탁자에 놓인 태블릿PC에 점검 결과를 기록했다.

아무렇지 않은 척 일에 집중하려 했으나 등 뒤에서 들리는 킨의 목소리에 정신이 산란했다. 등장인물은 킨 혼자였고 배경은 하이난섬이었다. 영상 속 풍경은 밀림이나 다름없었는데 킨은 풀과 나무로 뒤덮인 폐허 한복판에서 카메라가 달린 긴 막대를 들고 자신의 모습과 풍경을 촬영해 보여주었다.

〈킨의 일지〉는 앤서를 뒤흔들어 놓았다. 나이 든 사람들은 모두 대륙의 기억을 간직한 채 살아가고 있었고 앤서에서 태어나

176

고 자란 사람들도 대전쟁 뒤의 역사를 어렴풋이는 알고 있었다. 그런 사람들에게 〈킨의 일지〉는 대륙이 어떻게 멸망했는지를 알려주는 이야기였다. 이야기 자체도 흥미를 끌었다. 라리의 죽음은 비극적인 서사의 총성과도 같았다. 사람들은 라리의 죽음을 안타까워했고 헌신적으로 돌보던 동생을 잃은 킨을 가엾게 여겼다. 사람들은 이후의 이야기를 궁금해했으나 사흘에 한 번 앤서 포털에 올라오던 〈킨의 일지〉는 더 이상 업로드되지 않았다.

〈킨의 일지〉가 그럴싸한 이야기를 꾸며낸 것에 불과하다며 믿지 않는 사람도 많았다. 마낙이 라리를 죽인 이유와 상황이 납득되지 않는다며 개연성이 떨어진다고 주장하는 이도 있었다. 앤서 포털에서는 〈킨의 일지〉를 둘러싸고 여러 이야기가 활발히 오갔다. 믿는 사람들과 믿지 않는 사람으로 갈려서 다투거나 킨의 일지에 나온 세세한 내용을 두고 시시비비를 가리기도 했다. 〈킨의 일지〉에 대한 앤서 사람들의 반응은 제각각이었으나 다음 이야기가 궁금하다는 점에서는 모두가 같은 입장이었다.

발안 셸터가 마낙 셸터에게 공격당한 뒤에 어떤 일이 벌어졌을까. 킨과 주하 중사는 어떻게 됐을까. 어째서 마낙 셸터가 갑자기 붕괴된 걸까. 앤서 시민 모두가 다음 이야기를 기다리던 중에 느닷없이 킨의 영상이 올라온 것이었다.

영상 속 킨은 쑥스러운 얼굴로 앤서의 사람들에게 인사했다.

"처음으로 인사드립니다. 앤서 시민 여러분. 〈킨의 일지〉를 쓴 킨입니다. 저는 실존하는 사람입니다."

　단출하고 깨끗한 해변의 오두막을 배경으로 찍은 영상이었다. 오두막 뒤에는 낯선 방벽과 하이난섬의 유명한 건물들이 있었다. 일주일 전 첫 영상을 보았을 때 유이는 숨도 제대로 쉬지 못했다. 18년 만에 본 서른일곱 살의 킨은 낯설었다. 얼굴이 기억과 달라서 처음에는 킨이 맞나 싶었다. 신경 써서 정돈한 머리칼과 멋스레 다듬은 수염이 먼저 눈길을 끌었다. 얼굴에 뜬 빛은 맑고 밝았으며 초췌해 보이거나 외로움에 지쳐 보이지도 않았다. 말쑥한 모습이 앤서의 부유층 시민을 연상케 할 정도였다. 첫 영상에서 킨은 자신의 글에 벅찬 관심을 보내줘서 감사하다고, 하이난섬과 앤서를 연결하는 해저 광케이블이 건재해서 앤서 포털에 접속할 수 있었다며 접속 요청을 받아준 앤서 정부에 감사하다고 말했다.

　〈킨의 일지〉에 나오는 사건은 유이의 기억과 대부분 일치했다. 킨이 화이트 타운에 면접을 보러 가던 날, 유이는 전화로 "잘될 거야"라고 응원하며 합격을 기원했다. 킨과 주하 중사가 새벽에 사령관 공관으로 찾아왔을 때는 다과를 준비해 서재로 가져갔고 9월 3일 오후, 마낙의 공습이 시작될 때는 거리에서 시위대와 대치하며 시가전을 벌이고 있었다.

　유이는 〈킨의 일지〉를 읽는 내내 궁금했다. 왜 킨은 일지에서 자신을 깨끗하게 들어냈을까. 마치 처음부터 존재하지 않았던 것처럼. 우습게도 서운한 감정이 앞섰다. 일지는 그렇다 하더라도 주하 중사를 통해 따로 올 거라 기대했던 연락도 전혀 없었다. 자신이 살아 있다는 걸 안 킨이 어떻게 반응했는지 주하 중사에게 넌지시 떠보았으나 주하 중사는 더는 질문하지 말라는 듯 입을 다물어버렸다.

〈킨의 일지〉에 빠진 건 또 있었다. 화이트 타운 옥상에서 마낙이 라리를 끌어낸 건 킨을 부르기 위해서였다. 라리는 킨을 잡기 위한 인질이었으며 라리는 킨을 구하려고 스스로 죽음을 선택했다. 〈킨의 일지〉에는 왜 그 장면이 빠져 있을까. 혹시 유이가 착각한 것일까. 스스로 만들어낸 기억이었을까. 잘못 이해한 맥락이 엉뚱한 기억으로 자리 잡아버린 걸까. 유이는 혼란스러웠다.

휴게실에 킨의 목소리가 울렸다.

"오늘은 그저께 예고해 드린 대로 하이난섬의 아르굴을 보여 드리겠습니다. 아시다시피 아르굴은 변이를 잘 일으킵니다. 애초부터 병기로 만들어진 놈들이라 공격력은 무시무시하지만 종 자체는 건강하지 않죠. 수명도 대단히 짧고 죽을 때쯤에는 온갖 병을 앓다가 비참하게 죽습니다. 아르굴이 돌연변이를 거듭하다가 결국 종 자체가 허약해지는 수순을 밟을 거라고 예측한 유전공학자들도 있었는데요, 결론부터 말씀드리자면 그 예측은 틀렸습니다. 아르굴은 여전히 포악하고 잔인합니다. 대만은 어떤지 몰라도 이곳 하이난섬에 서식하는 아르굴은 변한 게 없습니다. 다만 아르굴 안에서도 분화가 일어나는 것 같아요. 예전보다 작아진 놈들도 있고 더 강하고 커진 아르굴도 있습니다. 한번 직접 보실까요?"

킨은 따라오라는 듯 손을 흔들며 밀림으로 들어갔다. 레이가 말했다.

"유이 선배, 이거 봤어요? 진짜 짜릿하지 않아요?"

유이는 대답하지 않았다. 어제 유이도 세 번이나 돌려본 영상이었다. 킨은 숲속에서 발견한 아르굴에게 다가가 등과 목덜미를 쓸어주고 무언가를 속삭이는 것처럼 얼굴을 가까이 갖다 대기도 했다. 하이난섬의 아르굴이 여전히 건재하다는 킨의 말은 사실이었다. 영상 속 아르굴은 유이가 기억하는 것보다 더 크고 강해 보였다. 입 밖으로 길게 삐져나온 송곳니도 더 두껍고 날카로웠다. 앤서 사람들은 신기해하며 탄성을 질렀으나 유이는 무서워서 화면을 똑바로 바라보기조차 어려웠다.

그때 다이치가 휴게실로 들어왔다. 다이치는 텔레비전에 나오는 영상을 보더니 리모컨으로 화면을 꺼버렸다. 레이가 왜 그러냐고 묻자 다이치는 정비가 덜 됐다고 핀잔을 주면서 일이나 마저 끝내라고 신경질을 부렸다. 레이가 투덜거리며 나가자 다이치가 유이의 얼굴을 살피며 물었다.

"괜찮은 거죠?"

유이는 입가를 끌어 올려 애써 웃어 보였다.

유이는 집에 들어오자마자 주하 중사부터 살폈다. 주하 중사
는 잠들어 있었다. 한 달이 지났지만 회복의 징후는 보이지 않
았다. 부기는 가라앉았으나 볼과 눈이 움푹 들어갔다. 말하는
것도 힘겨워서 진통제를 달고 살았다. 이따금 정신이 돌아오
면 희미하게 웃거나 고맙다고 말하곤 했다. 유이가 〈킨의 일지〉
를 읽어주면 회한 섞인 눈길로 창밖을 바라보다가 눈을 감아버
렸다. 킨이 왜 이러는지 아느냐고 물어보고 싶었으나 주하 중사
는 이야기를 나눌 상태가 아니었다.

유이는 주하 중사의 방문을 닫고 주방으로 걸어갔다. 보통 때
라면 집에 오자마자 침대에 누웠겠지만 지금은 무엇이라도 하지
않으면 불안정한 감정에 사로잡힐 것 같았다. 유이는 냉장고를
열고 저녁 식사로 요리할 식재료를 골랐다.

시민이 되고 나서 사는 게 달라졌다. 식탁에 올릴 수 있는 채
소가 한두 가지 더 늘었고 마음에 드는 옷을 고를 여유가 생겼
다. 가장 큰 차이는 냄새였다. 쿠니 지구에서 살 때는 무어라 지
칭할 수 없는 군내가 사방에서 풍겼다. 어쩔 수 없어 참아야 했
던 그 냄새는 앤서의 시민이 되고 나서야 벗어날 수 있었다. 외
로움에 지쳐 다시 쿠니 지구로 돌아갈까 고민하는 밤이면 의식
저편에서 쿠니 지구의 냄새가 떠오르곤 했다.

유이는 냉장고에서 초록색 파파야와 주홍색 당근을 꺼내 도
마에 올려놓았다. 적당한 크기로 잘라 소금과 감미료를 뿌려 기

름에 볶으면 반찬으로 먹을 만했다. 파파야를 써는데 갑자기 눈앞이 흐려졌다. '왜 이러지?' 생각하는데 도마 위로 눈물이 뚝 떨어졌다. 자신이 울고 있다는 걸 뒤늦게 알아챈 유이는 헛웃음을 흘렸다. 〈킨의 일지〉를 읽은 뒤로 이따금 눈물이 났다.

처음 〈킨의 일지〉를 읽었을 때는 치솟는 감정을 견디지 못하고 한밤중에 집을 뛰쳐나갔다. 걸어가는 내내 하염없이 눈물을 흘리다가 아무도 없는 컴컴한 산 아래 공원에 이르러서야 소리를 지르며 울어버렸다. 발안 셸터에서의 끔찍한 기억들이 자꾸 머릿속에서 끌려 나왔다. 라리가 죽었다는 걸 알고 있었지만 킨의 문장으로 그 죽음을 다시 확인하고 나니 어제 일인 양 그때의 일들이 되살아났다. 아버지의 처참한 죽음은 묻어두고 싶었던 기억이었다. 마낙을 향한 증오와 복수심이 일기도 했으나 이제 와 유이가 할 수 있는 일은 없었다.

킨은 그동안 어떻게 산 걸까. 그동안 하이난섬에서 살았단 말인가? 왜? 무엇을 위해서? 지금의 킨은 뭘 원하는 걸까.

동영상 속 킨은 유이가 알던 킨과 달랐다. 겉모습은 비슷했지만 왠지 모르게 위화감이 들었다. 동영상 속 킨의 말은 경쾌함과 진중함을 능숙하게 오갔다. 리듬을 섞어가며 말하다가 다음 말을 잇기 전에 적당한 간격을 두어 주의를 집중시키기도 했다. 이따금 높은 목소리로 이야기하기도 했는데 그럴 때면 유이도 귀를 기울이지 않을 수 없었다. 킨은 말하는 도중에 자연스럽게

182

손을 사용했고 눈알을 굴렸고 다채로운 표정을 지어 보였다. 동영상 속 킨은 능수능란한 펀메이커였다.

주하 중사의 방에서 기침 소리가 들렸다. 유이는 미음을 그릇에 담아 방으로 들어갔다. 유이를 본 주하 중사가 힘없이 늘어지는 목소리로 말했다.

"뭐가 또 고민이야?"

주하 중사가 먼저 말을 걸어온 건 꽤 오랜만이었다. 유이는 그가 조금 회복된 것 같아 기뻤다.

"몸은 좀 어때요?"

"죽어가느라 바빠."

주하 중사는 침대를 세워달라고 했다. 유이는 침대 레버를 돌려 주하 중사의 상반신을 비스듬히 일으키고 미음을 떠먹여 주었다. 주하 중사는 주는 것을 받아먹으려 애썼지만 목으로 넘어간 건 세 숟가락이 다였다. 유이가 한 숟가락 더 권했으나 주하 중사는 쓴웃음을 지으며 고개를 저었다.

주하 중사가 물었다.

"마음이 시끄러워?"

유이는 주하 중사를 바라보았다. 눈만 반짝이는 퀭한 얼굴과 초록색 산소 튜브를 코에 넣은 모습이 안타까웠다. 주하 중사가 유이를 바라보며 희미하게 웃었다.

"묻고 싶은 거 물어봐. 궁금한 게 한둘이 아닐 텐데. 지금은 정신이 좀 나니까 대답할 수 있겠다. 너도 알 건 알아야지 싶고."

마음이 바뀐 걸까. 주하 중사는 유이를 안타깝게 바라보고 있었다. 지금이라면 이야기를 해줄 것 같았다. 유이는 주저하다가 입을 열었다.

"그때 마낙이 킨을 찾지 않았어요?"

"무슨 소리야?"

"옥상에서요. 그날."

주하 중사가 무슨 말인지 알겠다는 듯이 고개를 끄덕였다.

"그날 기억은 정확하지 않아. 아르굴과 싸우느라 바빴으니까. 나는 네 아버지가 돌아가시는 것도, 라리가 죽는 것도 못 봤어."

킨을 찾던 마낙의 모습이 유이의 뇌리에 잔상처럼 남아 어른거렸다. 답답했다. 그 기억은 있었던 일이 맞을까?

주하 중사가 물었다.

"뭐가 마음에 걸리는데? 저번에도 같은 걸 묻지 않았어?"

유이는 한숨을 내쉬며 주하 중사 옆에 앉았다.

"킨이 갑자기 왜 이러죠?"

주하 중사가 쿨럭거리다가 입가를 닦으며 말했다.

"나름의 이유가 있겠지."

"무슨 이유요?"

"그러게. 뭘까?"

주하 중사의 거뭇한 눈가에 웃음기가 서려 있었다. 유이는 약이 올랐다.

"지금 재밌죠?"

"곧 죽을 텐데 재미 좀 있으면 안 되니?"

유이는 눈을 흘기며 말했다.

"마음에 안 들면 산소호흡기 꺼버릴 수도 있어요."

주하 중사는 큭큭거리다가 정말로 아픈 듯 얼굴을 구겼다. 유이는 가슴이 내려앉는 듯했다.

"안 끌게요. 엄살 좀 그만 떨어요."

주하 중사가 신음을 섞어 숨을 내쉬며 말했다.

"나는 모르겠다. 무엇이 옳은 것인지."

유이는 주하 중사를 바라보았다. 통증은 가라앉은 듯했으나 낯빛은 여전히 창백했다. 하고 싶은 말이 있어 보였다. 주하 중사는 창밖 풍경을 바라보며 입술을 뗐다.

"킨에게는 지켜야 할 게 있었다. 그게 이유라면 이유겠지."

"킨이 지켜야 할 것이 있어요? 무슨 말씀이시죠?"

주하 중사는 배 위에 얹은 두 손을 부드럽게 맞잡았다. 기도하는 것처럼. 유이는 주하 중사를 가만히 바라보았다. 주하 중사에게서 낙담과 상실의 분위기가 흘렀다. 18년 전에는 없던 모습이었다. 발안 셸터의 주하 중사는 단단하고 충성스러운 군인이었다. 냉정하고 용맹했다. 달려드는 아르굴에게서 부하를 구출하기 위해 경기관총을 쏘며 돌격하던 그의 모습을 유이는 생생히 기억하고 있었다.

주하 중사가 얼른 말을 잇지 않아서 유이는 재촉하듯이 다시 한번 물었다.

"뭐였는데요?"

주하 중사는 흐릿한 눈으로 허공을 올려다보며 말을 이었다.

"마낙 셸터에는 킨의 동생들이 있었어. 그리고⋯⋯."

주하 중사가 무엇을 떠올렸는지 설핏 웃으며 말을 이었다.

"유전자 조작으로 태어난 어린아이들이 있었다. 300명이 넘었지. 모두 아르굴로부터 안전한 특질을 타고난 아이들이었어. 마낙이 마침내 성공했던 거야. 아르굴로부터 안전한 신인류를 만들어낸 거지."

문득 오래전 킨이 했던 말이 떠올랐다.

'노화된 장기를 대신하기 위해 키워진 아이들이 있어.'

등줄기에 소름이 돋았다. 유이는 자기도 모르게 의자에서 일어섰다.

"하이난섬에 킨 혼자 있는 게 아니군요?"

주하 중사는 유이를 물끄러미 바라보기만 할 뿐 부정하지 않았다. 유이는 킨이 자신의 동생들과 일구었을 마을을 상상했다. 18년 전에 하이난섬에 도착한 수백의 아이들은 지금쯤 어른으로 성장했을 것이다. 가정을 꾸린 이들도 있을 것이다. 이제야 알 것 같았다. 킨이 갑자기 왜 모습을 드러냈는지.

지켜야 할 것이 있어서였다. 동생들과 아이들과 그들이 사는 하이난섬을.

누구로부터? 앤서로부터.

킨은 앤서의 하이난섬 이주를 막으려는 것이었다.

그러나 어떻게? 겁을 줘서?

생각이 거기에 미치자 또 답답해졌다. 파비언 대통령의 하이난섬 진출 선언은 절박했다. 생존이 달린 문제였다. 겁을 먹는다고 그만둘 일이 아니었다. 갈피를 잡지 못한 생각들이 의식 표면에 떠올랐다가 가라앉았다.

유이는 주하 중사를 바라보며 자신의 추론을 확인했다.

"킨은 붕괴된 마낙 셸터에서 그 애들을 구출해 하이난섬으로 갔어요. 거기에서 그 애들을 돌보고 키웠죠. 중사님은 그걸 지켜봤고요. 하지만 같이 살 수는 없었어요. 그곳에는 아르굴이 득실거리고 있었으니까."

주하 중사가 고개를 저었다.

"아르굴은 얼마 되지 않았어. 하이난섬에 갇힌 아르굴들은 수가 적었고 번식력도 고만고만했다. 그곳의 아르굴은 우리가 겪은 아르굴과는 달랐어. 최상위 포식자였을 뿐, 무턱대고 덤비는 포악성은 사그라든 뒤였지. 하이난섬의 생태계는 나름대로 조화를 이룬 상태였다. 다른 동물들도 다양했지. 킨과 킨의 아이들이 일군 마을에 있으면 나도 아르굴로부터 안전했어. 내가 하이난섬을 떠난 건 몇 년 전이야."

"그러면 왜 떠나신 거예요?"

"킨과 지내는 게 쉽지 않았다. 킨은……."

주하 중사는 밭은기침을 하고 천천히 입을 열었다.

"킨은 변했어. 아니, 변해버렸어. 킨을 지켜주고 싶었지만 생각
만큼 잘되지 않았다. 나는 그곳의 사람들을 좋아했다. 알고 보
니 나는 총질보다 밭을 가는 게 더 잘 맞는 사람이더라. 취미 삼
아 그림을 그리기도 했어. 실력은 변변치 않았지만 색을 만드는
게 재미있었다. 하이난섬을 떠나고 싶지 않았어. 거기에는 내가
좋아하는 사람들이, 내가 거두고 돌봤던 사람들이 있었으니까.
생각하니 다들 보고 싶군. 아무튼 하이난섬에 처음 왔을 때, 아
이들은 여러모로 혼란스러운 상태였다. 돌봄과 가르침이 필요했
어. 그리고 보니 이제는 아이도 아니겠네. 처음에 데려올 때는
어린애들이었는데 말이야. 그들과 함께 살고 싶었지만 킨은 그
애들이 날 좋아하고 따르는 걸 받아들이지 못했지."

"그래서요?"

"쫓겨났다고 해야 할까. 아니, 도망친 거나 다름없지."

도망치듯이 하이난섬을 떠났다는 건 결과였다. 과정이 생략된
주하 중사의 말이 섬뜩했다. 누구로부터 도망친 것이냐고 물을
필요도 없었다. 주하 중사는 변해버린 킨을 감당하지 못했던 거
였다.

"우리가 함께였던 시절에 킨은 믿을 만한 사람이었어. 그렇지? 너도 기억하지? 멍하니 있는 킨을 보면 멍청해 보이기도 하고 한 대 쿡 쥐어박고 싶기도 하고 괜한 호감이 일기도 했지. 상대방을 풀어지게 만드는 녀석이었어. 라리를 돌보는 모습을 보면 갸륵하기도 했고."

"지금은요?"

주하 중사는 눈길을 돌려 창밖을 바라보며 입을 다물어버렸다. 더는 이야기할 수 없다는 것처럼.

"마낙 셸터는 어떻게 된 거예요?"

고개를 돌린 주하 중사가 흠칫 놀라는 기색을 보였다. 유이는 다시 물었다.

"킨이랑 특공대를 이끌고 마낙 셸터에 갔죠?"

주하 중사의 안색이 더 어두워졌다. 어금니를 꼭 물었는지 턱 근육이 불룩 솟았고 눈빛과 표정이 무섭게 굳었다. 더 물으려는데 핸드폰이 울렸다. 지아였다. 전화를 받자 지아가 흥분한 목소리로 물었다.

"언니, 봤어?"

"뭘?"

"못 봤구나?"

지아 주변에 사람이 여럿 있는 듯했다. 지아가 누군가에게 "유이 언니는 모르나 봐요!" 하고 말했고 뒤이어 탄식인지 놀라움인지 모를 소리들이 들려왔다. 알 수 없는 불안이 차올랐다. 도대체 무슨 말인지 짐작할 수 없었다.

지아가 또다시 물었다.

"언니, 발안 셸터에 있을 때 킨이랑 아는 사이였어? 나한텐 그런 얘기 안 했잖아."

"갑자기 그게 무슨 소리야?"

"발안 셸터 출신 쿠니 중에 언니를 아는 사람이 있어. 언니가 장태섭 사령관의 딸이라고 그러던데, 사실이야?"

유이는 말문이 막혔다. 지아의 말이 이어졌다.

"펀메이커가 발안 셸터 생존자랑 인터뷰를 했어. 킨이랑 언니가 친했다고 하던데? 그것도 아주 많이."

유이가 선뜻 대답하지 못하자 지아는 "어쩜, 어쩜" 하는 소리를 연발하다가 흥분한 목소리로 말했다.

"언니. 언니 떴어. 떴다고!"

지아가 앤서 포털을 빨리 확인해 보라고 소리쳤다. 유이는 통화를 끊고 핸드폰에 포털 화면을 띄웠다.

'이게 뭐야?'

메인 화면에는 유이의 이름을 단 게시물이 이미 여럿 있었다. 어디에서 구했는지 유이의 사진도 올라와 있었다. 유이가 맨 처음 확인한 게시물의 제목은 〈킨이 사랑한 아름다운 그녀의 이름은 유이〉였다.

2

유이는 하루아침에 앤서의 유명 인사가 되었다. 다음 날 출근 준비를 하던 유이는 베란다에서 아래를 내려다보다가 흠칫 놀라 몸을 뒤로 뺐다. 공동주택 아래에 수십 명의 사람이 몰려와 있었다. 펀메이커들이었다.

펀메이커들은 카메라로 유이가 사는 곳을 찍고 주변 사람들을 인터뷰했다. 유이를 만나봐야겠다며 소란을 떨다가 공동주택 사람들과 다툼을 벌이기도 했다.

유이는 비상구를 통해 지하 주차장으로 내려갔다. 조용히 빠져나가려 했으나 펀메이커들은 출근하는 유이의 차에 따라붙었다. 해안 도로를 타고 달리는 유이의 모습이 앤서 포털에 실시간으로 중계됐다. 이대로는 출근이 무리라고 생각해 오다 소장에게 연락하자 그는 "돌아갈 수나 있겠어요?" 하고 반문하며 일단 항공 응급 구조 센터에 들어와 있으라고 말했다.

항공 응급 구조 센터에도 이미 수많은 펀메이커가 진을 치고 있었다. 100개도 넘는 듯한 카메라가 센터로 들어가는 유이를 찍어대는 통에 주변이 북새통이었다. 앤서 포털에 〈킨의 그녀가 일하는 곳〉, 〈모든 것을 지켜본 사람 유이〉, 〈유이의 진실〉 같은 제목을 단 동영상이 연이어 올라왔다. 가장 높은 조회 수를 기록한 동영상에는 〈킨과 유이의 슬프고도 뜨거운 사랑, 그 종말은?〉이라는 제목이 붙어 있었다.

다이치와 레이는 헬리콥터 이착륙장에 들어온 펀메이커들을 쫓아내느라 분주했다. 오다 소장은 유이가 들어오고 난 뒤 격납고의 셔터를 내려버렸다. 유이는 사무실 탁자 앞에 앉아 정신을 가다듬었다. 주차장에서 격납고로 들어오는 동안 펀메이커들은 "앤서에 들어온 뒤로 킨을 만난 적이 있습니까?", "킨과 사랑하는 사이였다는 추측이 사실인가요?", "킨과 당신 사이에 아이가 있다는 말도 돌던데요. 진짜인가요?" 하는 질문을 퍼부어 댔다. 유이를 감싸고 들어오던 다이치가 제발 그만 좀 하라며 큰 소리로 화를 냈는데도 펀메이커들은 그 기세에 눌려 잠시 수그러들었을 뿐, 곧 카메라를 다이치에게 돌려 질문을 쏟아냈다. "왜 화를 내는 겁니까?", "장유이와는 무슨 관계죠?", "혹시 질투를 하는 건가요?" 등등.

"괜찮습니까?"

오다 소장이 사무실로 들어서면서 말을 걸었다.

"괜찮을 리가 있나요."

유이는 CCTV 화면을 쳐다보았다. 경광봉을 쥔 다이치와 레이가 호루라기를 불면서 펀메이커들을 항공 응급 구조 센터 밖으로 쫓아내는 모습이 보였다.

"죄송해요."

오다 소장이 수도꼭지를 틀어 전기 주전자에 물을 담으면서 말했다.

"아뇨. 괜찮습니다. 덕분에 평소에 못 보던 광경도 보고. 아주 재미있어요."

유이는 자리에서 일어나 오다 소장에게 전기 주전자를 달라고 했다. 오다 소장은 유이에게 주전자를 건네주고 탁자 맞은편에 앉아 유이가 물을 끓이고 차를 우리는 모습을 지켜보았다.

오다 소장이 말했다.

"순식간에 앤서의 유명 인사가 됐군요."

유이는 두 개의 잔에 차를 담아 탁자 위에 올렸다.

"킨과 친했습니까?"

"네."

"일지에는 그 얘기가 없던데요."

"일부러 뺀 것 같아요."

오다 소장은 입술을 뾰족하게 내밀고 유이의 얼굴을 유심히 쳐다보았다.

"장태섭 사령관의 딸이 맞습니까?"

유이가 고개를 끄덕였다. 오다 소장은 팔짱을 끼고 천장을 올려다보았다. 유이는 입바람으로 차를 식혀 조금 마셨다. 익숙한 차의 온도와 향기에 마음이 진정됐다. 오다 소장은 유이의 얼굴을 쳐다보며 물었다.

"킨은 좋은 사람인가요?"

답할 자신이 없었다. 함께했고 사랑했던 그때에도 킨은 자기 속내를 다 털어놓지 않았다. 주하 중사는 킨이 변했다고 했다. 킨과 함께 사는 게 힘들어서 도망치듯 하이난섬을 떠났다고 했다. 유이가 18년 전과 다르듯, 킨도 그때의 킨이 아닐 것이다. 지금의 킨은 어떤 사람일까.

유이가 얼른 대답하지 않자 오다 소장이 눈가를 찌푸리며 말했다.

"야심이 있는 사람 같아요."

"야심요?"

"집요하고 머리가 좋은 사람입니다. 목표가 뚜렷하고 그걸 이루기 위해 전략적으로 움직이고 있어요. 원하는 게 복합적일 것 같다는 직감이 듭니다."

"킨이 원하는 게 뭔데요?"

"알 수 없죠. 왜냐하면."

오다 소장은 호로록거리며 차를 한 모금 들이켰다. 유이가 물었다.

"왜냐하면?"

"킨이 이야기해 주지 않거든요. 우리는 킨이 이야기해 주는 것만 알 수 있습니다. 킨의 입만 쳐다보고 있어요. 앤서의 관심이 유이에게 이토록 폭발적으로 쏠린 건 답답해서이기도 해요. 킨이 이야기해 주지 않는 것들이 궁금한 겁니다. 더군다나 장태섭 사령관의 딸이니 말 다 했죠."

사무실 문이 열리고 다이치와 레이가 들어왔다. 센터 주변 CCTV 화면에 소형 카메라를 든 펀메이커들이 비쳤다. 갖가지 화려한 차림의 사람들이 카메라 앞에서 희한한 포즈를 취해가며 열을 올렸다. 대체 무슨 이야기를 저렇게 신나게 떠드는 걸까. 온갖 소품을 가져와 짤막한 상황극을 하는 이도 있었고 손수건으로 눈물을 닦으며 격정을 토로하는 이도 있었다. 화를 내는 사람도, 폴짝폴짝 뛰면서 노래를 부르는 사람도 보였다. 진한 화장을 한 남자는 몸에 달라붙는 무용복을 입고 열정적인 춤을 추기도 했다.

다이치는 지친 얼굴로 말했다.

"앤서 정부에서 파견한 경비대가 도착했어요. 이제 한숨 돌려도 될 것 같아요."

오다 소장이 흥 소리를 내며 말했다.

"이런 일에는 빠릿빠릿하군."

레이가 갑작스레 물었다.

"그런데 유이, 정말로 킨과 사랑하는 사이였어요?"

유이는 레이를 쳐다보았다. 불쾌한 질문에 신경이 곤두섰다. 어떻게 반응해야 좋을까 생각하는데 오다 소장이 "잠깐만요, 유이" 하며 일어났다.

오다 소장이 다가가자 레이가 움찔거리며 뒤로 물러섰다. 오다 소장은 레이의 정비복 앞주머니에서 무언가를 잡아 뜯어냈다. 레이는 순간 외마디 소리를 질렀지만 이내 고개를 푹 숙이고 어쩔 줄 몰라 했다. 오다 소장은 뜯어낸 걸 탁자 위에 올려놓았다. 단추로 위장한 소형 카메라였다. 유이는 눈을 감고 고개를 쳐들었다. 다이치가 거칠게 다가가 레이의 멱살을 움켜쥐고 일본 말로 알아들을 수 없는 소리를 퍼부어 댔다. 오다 소장은 다이치에게 말했다.

"물러서라. 다이치."

다이치는 레이를 놓고 거친 숨을 내쉬며 의자에 앉았다. 오다 소장이 물었다.

"실시간 중계입니까?"

레이가 고개를 내저었다. 오다 소장은 레이에게 다가가 주머니와 옷을 뒤지며 "녹음기나 다른 카메라는 없나요?" 하고 물었다. 레이는 손을 내저으며 더는 없다고 카메라도 다른 사람들에게 보여주려는 게 아니라 간직하고 싶어서 가져온 거라고 둘러댔다. 말도 안 되는 변명에 유이는 기가 찼다. 레이 앞에 오다 소장이 꼿꼿이 섰고 잠시 뒤, 짝 하는 소리와 함께 레이의 얼굴이 왼쪽으로 돌아갔다.

오다 소장이 말했다.

"그따위 변명을 하다니 한심하군요! 유이를 찍어 펀메이커에게 팔아먹으려던 수작으로 보입니다. 유이에게 저지른 파렴치한 행동을 사죄하고 저와 다이치에게도 사과하세요. 만약 유이가 용서하지 않는다면 그때는 여기를 떠나야 할 겁니다."

레이의 눈에 물기가 어른거리는가 싶더니 눈물이 바닥으로 툭 떨어졌다. 레이는 뺨을 감쌌던 손을 내리고 유이에게 고개를 숙였다.

"죄송합니다."

배신감이 들었으나 유이는 마음을 다잡았다. 오다 소장이 레이를 받아주라고 눈짓을 보내온 것도 감정적으로 치닫는 마음을 누르는 데 도움이 됐다.

"이제는 그러지 마."

레이는 고개를 주억거리며 다시 한번 사과했다. 울먹이는 모습이 가증스러웠으나 지금은 일단 넘겨야 했다. 오다 소장은 레이를 데리고 밖으로 나가면서 유이에게 말했다.

"킨이 〈킨의 일지〉에 유이를 넣지 않은 건 이런 사태를 예견했기 때문일 겁니다. 어쨌거나 킨은 앤서를 지나가는 태풍입니다. 태풍에 휘말리지 않도록 우리 모두 정신을 똑바로 차려야 할 거예요. 킨의 목표가 무엇인지 몰라도 그 목표는 앤서를 흔들어야 이룰 수 있는 것일 겁니다.”

탁 하는 소리와 함께 문이 닫혔다. 사무실에는 다이치와 유이뿐이었다. 다이치가 물었다.

“괜찮아요?”

유이는 소파에 앉아 고개를 뒤로 젖혔다.

“괜찮을 수가 있겠어?”

“힘들 것 같아요.”

“다 힘들어. 나만 힘드니? 다 지난 일이야. 지난 일이어야 하고.”

다이치가 힘주어 말했다.

“18년 전이라고 해도 난 못 잊을 것 같아요. 그렇게 비참하고 끔찍한 일들을 다 겪은 거잖아요. 나는 내 신세가 처량하다고 생각했는데 유이에 비하면 아무것도 아니었어요. 그걸 다 겪고도 이렇게 살아가고 있는 게 대단해요.”

위로하려는 그 마음이 고마웠다. 유이는 다이치를 올려다보았다. 시무룩한 표정을 짓고 있는 다이치가 귀여웠다. 도움이 되고 싶어서 애태우는 모습이 좋았다. 다이치의 나이는 스물아홉. 새파란 젊음의 시기를 넘기고 세월의 고단함이 조금씩 쌓이기 시작하는 나이였다. 다이치가 자신을 좋아해주는 것이 유이는 좋았다. 다이치를 보면 공허한 가슴이 따뜻한 무언가로 채워지는 듯했다.

유이가 아무 말이 없자 다이치가 다시금 물었다.

"괜찮은 거 맞아요?"

유이는 다이치에게서 고개를 돌리며 담담히 대꾸했다.

"모르겠어."

3

    사람들이 유이와의 관계를 궁금해하건 말건 킨은 자기 영상을 꾸준히 올릴 뿐, 유이에 관한 언급은 일절 하지 않았다. 유이에게 쏠렸던 관심은 서서히 가라앉았다.

    킨은 유명 펀메이커처럼 굴었다. 매일 새로운 영상을 올렸다. 감미로운 목소리로 노래하거나 자기가 아는 웃긴 이야기를 풀어놓기도 했다. 단출한 살림을 보여주며 쑥스러워하기도 했다. 그러다가 밤이 되면 촛불 하나만 켠 어둑한 방에서 조용히 시를 읊었다. 킨은 그윽한 목소리로 시 한 편을 읽은 뒤 여운을 느끼듯 촉촉한 눈으로 천장을 비스듬히 올려다보았다. 그러고는 카메라를 향해 장난스러운 웃음을 던지며 "잘 자요, 앤서. 잘 잘게요, 하이난" 하고 인사했다. 유이는 그 모습이 어이가 없었는데 앤서 사람들은 킨이 읊은 시를 암송하며 다음 날 아침을 시작했다. 킨이 노래를 부른 다음 날이면 길거리에 그 노래가 울려 퍼지기도 했다.

킨은 앤서 사람들에게 하이난섬의 절경을 보여주었고 비바람과 수풀에 무너진 도시를 거닐며 감상 섞인 이야기를 하기도 했다. 영상에는 이따금 아르굴의 모습이 잡혔는데 아르굴이 나타나면 앤서 사람들은 숨을 죽이고 그 장면을 반복 재생했다. 약삭빠른 펀메이커들은 짤막하게 등장하는 아르굴 장면들을 모아 하나의 영상물로 편집했다.

앤서 사람들은 아르굴의 이빨과 발톱에 시선을 빼앗겼다. 믿을 수 없을 만큼 빠른 움직임에 탄복했고 사나운 포효에 깜짝 놀라 탄성을 내질렀다. 펀메이커들은 아르굴과 킨, 하이난섬을 소재로 다채로운 영상물을 만들어 앤서 포털에 올렸다. 그들은 아르굴을 친근하게, 귀엽게, 무섭게, 끔찍하게, 우스꽝스럽게 재창조했다. 앤서 포털에서 높은 조회 수를 기록한 영상이라면 모두 어김없이 아르굴의 모습이 담겨 있었다.

이런 와중에도 파비언의 대만 작전은 계속해서 진행됐다. 대만의 아르굴들이 약해졌다는 말은 맞는 듯했다. 대만에서 건너오는 물자가 늘어나면서 시장이나 온라인 마켓에서 대만의 생필품과 옷, 전자 제품과 각종 부품을 손쉽게 구할 수 있었다. 대만 소식은 이따금 킨의 영상을 밀어내고 앤서 포털 메인에 올라오기도 했다.

펀메이커들이 파비언에게 카메라를 들이대고 킨에 관해서 물어보면 그때마다 파비언은 여유롭게 웃으며 말했다.

"저도 한번 만나보고 싶습니다. 핸드폰 번호라도 알면 좀 알려주시죠."

"저도 젊었을 때는 그분처럼 잘생겼어요. 이것 참, 증명할 수가 없어서 안타깝네요."

"열한 살 된 제 막내딸도 킨의 팬입니다. 우리 집에 한번 초대하고 싶군요."

오다 소장은 그런 파비언의 태도를 주시했다.

"하이난섬을 두고 파비언과 킨은 대척점에 서 있어요. 파비언이 하이난섬으로 가야 한다고 사람들을 설득하는 반면, 킨은 하이난섬이 아름답기는 하지만 아르굴이 득실거려서 보통 사람이 살 수 없는 곳이라고 이야기합니다. 처음에는 아마 파비언도 킨이 좋았을 거예요. 하이난섬을 좋게 이야기했으니까요. 하지만 지금은 아닐 겁니다. 킨의 존재 자체가 파비언에게는 걸림돌인셈입니다. 파비언과 킨은 조만간 부딪칠 겁니다."

오다 소장의 예측은 오래지 않아 적중했다. 킨은 채팅창이 있는 영상 채널에서 생방송을 하기도 했는데 파비언이나 하이난섬에 관한 질문을 받으면 은근히 답답해하는 태도를 내비쳤다. 어느 날 생방송 채널의 채팅창에 올라온 질문에 킨은 작심한 듯 예민하게 반응했다.

↳ 파비언의 하이난섬 진출 선언에 관해서 어떻게 생각해?

이 질문이 올라오자 킨의 입장을 묻는 비슷한 질문들이 채팅
창을 가득 채웠다.

↳ 킨의 입장은 뭐야?
↳ 킨은 하이난섬에 살고 있잖아. 가장 잘 알겠지!
↳ 아르굴이 정말 만만해?
↳ 우리가 거기에서 살 수 있을까?
↳ 파비언의 말처럼 정말 좋은 곳이야?

그날 킨은 평소와 같이 무시하거나 가볍게 답하지 않고 시발점
이 된 문장을 화면 중앙에 띄운 후 심각한 표정으로 노려보았다.
채팅창에서 킨의 대답을 재촉하는 말들이 가속페달을 밟은 것처
럼 빠르게 이어졌다. 킨은 팔짱을 풀고 씁쓸한 얼굴로 말했다.
"제가 딱히 드릴 말은 없습니다."

그 말을 끝으로 킨은 카메라를 꺼버렸다. 그리고 다음 날, 제
1도시 한복판에서 파비언의 하이난섬 선언에 반대하는 기습 시
위가 벌어졌다.

기습 시위는 게릴라처럼 치고 빠지는 것으로 마무리되었으나
펀메이커들은 시위 장면을 놓치지 않고 역동감 있게 촬영하고
편집했다. 배경음악과 효과음과 CG와 딥페이크 기술이 더해진
수십 개의 시위 영상이 앤서 포털에 마구 흩뿌려졌다.

박물관 건립과 대만 진출로 파비언에게 우호적이었던 여론은 킨의 등장을 기점으로 꺾이기 시작했다. 불안을 부채질하는 발언이나 쿠니에게 호의적인 파비언의 태도에 반감을 품는 이들이 늘어갔다. 이따금 거친 말로 파비언을 비난하는 영상이 포털 메인에 올라오기도 했다.

오다 소장의 말대로 킨은 앤서를 흔들고 있었다. 이 모든 것은 두 달 전 주하 중사가 킨에게 메일을 보낸 뒤에 벌어진 일이었다.

주하 중사는 악화와 회복을 반복하며 서서히 생기를 잃어갔다. 얼굴에는 전에 없던 반점이 생겼고 머리카락이 빠졌으며 바다에서 구출할 당시만 해도 형형했던 군인의 기운은 이제 흐릿했다. 악몽을 꾸는지 자다가 별안간 소리를 지르기도 했다. 해열제를 투약해도 고열이 몇 시간씩 이어지곤 했는데 그럴 때면 어김없이 무어라 웅얼거리며 흐느꼈다.

유이가 잠시나마 앤서의 유명 인사가 된 뒤로 다이치와 유이는 출퇴근을 함께 했다. 그럴 필요 없다고 말렸지만 다이치는 경호가 필요하다며 막무가내였다. 공교롭게도 차가 고장 나버렸고 수리 부품을 구할 방법이 없어서 다이치의 호의를 받아들여야 했다. 어쩌다 보니 출퇴근을 같이 하게 되었는데 막상 함께 해보니 좋았다. 다이치는 밝고 기운찬 얼굴로 유이를 기다렸다. 출근을 준비하는데 설레는 기분이 들어서 "내가 왜 이러지 정말" 하며 혼잣말을 하기도 했다.

가끔 홀로 있을 때면 다이치의 다정한 목소리와 그윽한 눈빛이 생각났다. 다이치가 자신의 웃는 얼굴을 홀린 듯이 바라보고 겉옷 밖으로 드러난 맨살을 곁눈질하며 정신 못 차리는 게 꽤 귀여웠다. 이런 마음을 다이치가 눈치채고 기대를 품으면 어쩌나 걱정되면서도 다이치를 사랑하는 것으로 마음속 허전함이 채워질지도 모른다는 생각이 들면 유이는 앙큼하게도 다이치에게 욕심이 났다.

사랑에는 계절이 있었다. 곧 서른이 될 다이치와 마흔을 바라보는 유이가 할 수 있는 사랑은 결이 달랐다. 단순히 나이 차이 문제가 아니었다. 유이를 향한 다이치의 마음은 지글거리는 뜨거움을 품고 있었으나 유이의 지친 영혼은 같은 온도로 데워지지 않았다. 몇 번의 사랑에 실패했고 그럴 때마다 폐허를 마주했던 유이에게는 이제 힘차게 사랑할 여력이 없었다. 현재 상황도 문제였다. 주하 중사는 죽어가고 있고 한때 사랑했던 킨은 갑자기 나타나 앤서에서 유명인 행세를 하고 있었다.

킨을 생각하면 유이는 혼란스러웠다. 과거의 킨과 지금의 킨은 달랐다. 과거의 유이와 킨은 서로를 구했다. 사랑하는 것으로 엄혹한 세월을 견뎌냈다. 킨은 악몽 같았던 유이의 어린 시절에 쉼과 위로와 찬란한 기쁨을 가져다준 사람이었다. 그때의 킨은 선량하고 여리고 따듯했다. 돌봄과 위로와 충고와 격려가 필요한 사람이었다. 눈에 훤히 보이는 킨의 빈구석에서 유이는 자신의 자리를 찾았다. 킨을 채워준 자신을 느낄 때마다 삶을 이어갈 힘을 얻었다.

지금 앤서 포털에서 언제든 볼 수 있는 킨은 유이가 사랑했던 킨이 아니었다. 화면 속 킨은 어딘지 모르게 과장되어 보였다. 거침없이 자신의 모습을 드러냈고 앤서의 사람들 모두를 향해 말을 걸고 환하게 웃고 서글퍼하고 걱정을 내비쳤다. 여유로워 보이는 킨, 지켜야 할 것이 있는 킨, 자기 목적을 이루기 위해 친절한 미소를 짓는 킨. 그런 킨이 유이는 두렵기도 했다. 주하 중사를 통해 유이의 소식을 들었을 텐데도 여전히 킨에게서는 아무런 연락이 없었다. 유이는 킨이 보고 싶으면서도 보고 싶지 않았다. 킨이 예전의 킨이 아니라는 주하 중사의 말을 확인하게 될까 봐.

하이난섬 진출 선언 반대 시위가 번지기 시작하면서 킨의 콘텐츠는 급속도로 어두워졌다. 킨은 자기 전에 시를 읽다가 눈물을 보이며 앤서의 운명을 걱정했다. 영상에 아르굴이 등장하는 빈도와 분량이 늘어났다. 한번은 작정한 것처럼 아르굴의 포악함을 생중계했다. 아르굴 두 마리가 서열을 가리기 위해 맞붙는 장면은 살벌하고 끔찍했다. 아르굴은 이빨과 발톱으로 서로의 외골격을 부수고 비늘 덮인 가죽을 뜯어냈다. 싸움에서 패배한 아르굴은 다리와 목이 잘린 채 흰 모래밭 위에 피와 내장을 쏟았고 승리한 아르굴은 상대방의 시체를 허겁지겁 뜯어 먹었다. 그 모습은 그야말로 지옥의 괴물이었다. 영상은 앤서 당국이 곧장 삭제했으나 이미 최고 조회 수를 찍은 뒤여서 짜깁기한 영상을 찾아보는 건 어렵지 않았다.

그렇게 앤서의 이목을 다시 한번 자신에게 집중시킨 뒤, 킨은 앤서 포털에 짤막한 문장을 올렸다.

8월 1일 밤 9시. 마지막 방송.

4

안녕하세요. 앤서 시민 여러분.

하이난섬의 킨입니다.

어두운 이곳은 제 방입니다. 제 마음도 어둡습니다. 예고했다
시피 제 이야기는 오늘로 마지막입니다. 지난 두 달 동안 함께해
서 즐거웠습니다.

〈킨의 일지〉를 의미 있는 기록으로 봐주셔서 감사합니다. 여
러분과 함께하는 시간은 제게 위로였습니다. 과거의 기억을 떠
올리는 건 고통스러웠지만 이야기하는 동안 눈앞의 절망스러운
현실에서 벗어날 수 있었습니다. 몰랐는데, 이야기하는 것 자체
가 힘이었어요.

저는 〈킨의 일지〉를 통해 기억되어야 할 역사를 말씀드렸습니
다. 그리고 영상으로 하이난섬의 모습을 보여드렸습니다.

하이난섬은 아름다운 곳입니다. 물론 저에게만 그렇습니다.

〈킨의 일지〉에서 밝혔듯이 저는 유전자 조작으로 태어난 사람입니다. 아르굴이 득실거리는 이곳에서 별 탈 없이 살 수 있는 건 그 때문입니다. 하이난섬에는 수많은 아르굴이 존재합니다. 보여드린 건 아주 일부입니다. 공격성이 잦아들기는 했지만 여전히 위험합니다. 엔진 소리가 울리고 총성이라도 터지면 포악하고 사납게 돌변할 겁니다.

앤서의 군사력이 어느 정도인지 모르지만 제 경험을 바탕으로 말씀드리겠습니다. 파비언 대통령의 하이난섬 진출 선언은 하이난섬의 상황을 모르고 한 소리입니다. 하이난섬에 발을 내딛는 그 누구도 살아서 돌아갈 수 없을 겁니다. 하이난섬에 오지 마십시오. 수많은 사람이 죽을 겁니다. 정착에도 실패할 겁니다.

앤서 시민 여러분. 아름다운 터전인 앤서를 지키고 잘 가꿔주세요. 살아갈 공간이 부족하다면 앤서 북동쪽 산악 지역을 개발하면 됩니다. 앤서 주변에도 적지 않은 무인도가 있습니다. 그중에는 큰 섬도 있고요. 그곳에도 아르굴이 있을 가능성은 있지만 앤서의 군사력으로 충분히 물리칠 수 있을 겁니다.

많은 분이 궁금해하셨을 겁니다. 마낙이 발안 셸터를 기습하고, 장태섭 사령관이 죽고, 라리가 죽은 뒤의 이야기를요. 저는 마낙 셸터로 떠났습니다. 마낙에게 복수하고 싶었습니다. 그것이 제가 살아 있어야 할 유일한 이유였습니다.

여러분 아십니까? 마낙은 인류의 원수입니다. 인류가 이 지경이 된 건 다 마낙 때문입니다. 아르굴을 생체병기로 개발한 건 마낙이었습니다. 저는 마낙 셸터의 연구소에서 일했습니다. 아르굴을 세상에 풀어버린 사람이 마낙이라는 건 공공연한 비밀이었습니다. 마낙은 세상을 이 지경으로 만들어놓고 대륙의 셸터에서 왕 노릇을 하며 패악질을 일삼았습니다. 억지로 수명을 연장해 가며 아르굴이 돌연변이를 거듭한 끝에 도태되기를 기다렸습니다. 마낙은 오래 버티기만 하면 주인 없는 대륙의 왕이 될 거라고 생각했던 겁니다.

인류를 멸망의 구렁텅이로 끌고 간 장본인. 발안 셸터의 사람들을 학살한 악마. 라리를 죽인 원수…….

너무나도 마낙을 처단하고 싶었으나 복수는 제 몫이 아니었습니다.

마낙을 거꾸러뜨린 건 변종 아르굴이었습니다. 저는 마낙 셸터가 변종 아르굴 때문에 붕괴되는 것을 목격했습니다. 복수하고 말 것도 없는 참상을 지켜본 뒤 홀로 하이난섬으로 흘러들어 왔습니다. 정착할 곳으로 하이난섬을 고른 건 장태섭 사령관 때문이었습니다.

만약 장태섭 사령관이 죽지 않았다면 어땠을까요? 마낙을 암살하는 데 성공하고 하이난섬으로 남은 인류를 이주시켰다면요? 당시 대륙의 셸터들이 모든 힘을 하이난섬의 아르굴 퇴치에

썼다면 어땠을까요?

〈킨의 일지〉를 쓴 건 진실을 말하기 위함이었습니다. 저는 진실을 밝히고 싶었습니다. 발안 셸터에서 무슨 일이 있었는지, 장태섭 사령관의 선량하고 현명한 계획이 어째서 무위로 돌아갔는지, 그리고 그 모든 것이 누구 때문인지 이야기하고 싶었습니다.

마낙의 공격에 발안 셸터는 무너지고 말았습니다. 아주 쉽게, 한순간에 말이죠. 그건 아무리 생각해도 이상한 일이었습니다. 마낙 셸터는 발안 셸터를 함부로 넘볼 수 없었거든요. 장태섭 사령관은 신중한 사람이었고 늘 만반의 태세를 갖추었습니다. 발안 셸터는 대공 미사일을 갖고 있었습니다. 마낙조차 함부로 들어올 수 없는 방어 체계였단 말입니다. 그런데 마낙이 기습한 그날, 방공 시스템은 작동하지 않았습니다.

화이트 타운 출신 장교들이 배신했을 겁니다. 장태섭 사령관과 화이트 타운은 결코 편한 관계가 아니었습니다. 화이트 타운은 마낙과 깊은 관계를 맺고 있었습니다. 화이트 타운의 누군가가 마낙에게 암살 계획을 알려주고 마낙의 침략을 도운 겁니다.

저는 그가 애셔라고 확신합니다.

확신의 근거는 도청입니다. 애셔는 저에게 도청 장치를 달았습니다. 어지간한 탐지기로는 걸러낼 수 없는 장치더군요. 도청 장치는 저의 집에도, 제 옷에도 달려 있었습니다. 애셔가 저를 통해 알아낸 정보를 마낙 셸터에 넘긴 것입니다.

장태섭 사령관이 죽었고 하이난섬 진출 계획은 무산되었습니다. 만약 애셔가 장태섭 사령관의 계획을 밀고하지 않았다면 인류는 지금보다 나은 삶을 살고 있을지 모릅니다. 수백만에 달하는 사람들이 구원을 얻었을지도 모릅니다.

하이난섬에서 홀로 살면서 저는 종종 애셔를 생각하곤 했습니다. 공습 때 옥상에서 배신자들과 함께 있었던 애셔, 라리를 마낙 곁으로 보낸 애셔는 어떻게 되었을까. 마낙 셸터로 갔을까, 아니면 원래 계획대로 앤서로 갔을까. 아르굴에게 당해 죽었을 거라고도 생각했는데 아니더군요. 애셔는 멀쩡히 살아 있었습니다. 앤서에서요. 이름을 바꾸고 다른 사람으로 잘 살고 있었습니다.

저도 압니다. 멸망의 책임을 한 사람에게 돌리는 건 합당하지 않습니다. 그러나 적어도 자신이 저지른 일에 대한 대가는 치러야 한다고 생각합니다. 앤서에서 살고 있는 그는 지금, 그의 것이 되어서는 안 될 영광과 부와 명예를 누리고 있습니다. 저는 그의 추악한 과거와 진실을 밝히고 책임을 묻고자 합니다. 제게는 그럴 권리와 책임이 있습니다. 라리가 죽었고 제가 사랑하던 발안 셸터의 이웃들이 목숨을 잃었으니까요.

앤서에 살고 있는 애셔가 누구인지 밝히고 싶었습니다. 진실을 알리고 정의를 구현하고 싶었습니다. 그래서 〈킨의 일지〉를 남긴 겁니다. 저는 〈킨의 일지〉를 통해 당시의 상황을 상세히 전해드렸습니다. 〈킨의 일지〉에서 애셔가 앤서의 누구인지 바로 밝힐 수도 있었지만 그렇게 하지 않았습니다. 저의 진심이 여러분께 먼저 닿아야 한다고 생각했습니다. 그러려면 여러분의 마음을 얻어야 했습니다. 그래야 여러분이 저의 말을, 제가 밝힐 진실을 믿어주실 거라 여겼습니다.

사랑하는 앤서 시민 여러분, 이제 때가 되었습니다. 앤서에 계신 여러분께 애셔가 누구인지 밝히고자 합니다. 저를 대신해 그를 응징해 주시길 바랍니다. 그자의 이기심으로 발안 셸터에서 수십만 명이 죽었습니다. 셸터의 사람들이 구원받을 수 있었던 기회가 짓밟혔습니다.

파비언, 이렇게 당신을 다시 볼 줄은 몰랐어.

여러분, 파비언이 애셔입니다.

5

다음 날 아침, 대통령 집무실이 있는 앤서의 행정 센터 앞에서 한 남자가 공중을 향해 소총을 연사했다. 총성으로 사람들의 이목을 끈 남자는 편메이커들 앞에서 팻말을 치켜들었다. 팻말에는 다음과 같은 문구가 적혀 있었다.

살인마 파비언.

즉각 경비대가 출동해 남자를 끌고 갔으나 앤서 포털에 이미 올라가 버린 살인마라는 팻말과 그 뒤에 일어난 파비언 규탄 시위까지 막을 수는 없었다. 앤서 포털에서는 킨의 말을 믿어야 한다는 이들과 모든 게 거짓말이라고 주장하는 이들의 논쟁이 이어졌다. 편메이커들이 발안 셸터 출신의 쿠니들을 찾아가 인터뷰를 진행했지만 그들의 의견도 킨의 말이 맞다, 아니다, 모르겠다로 모두 제각각이었다.

유이는 갈피를 잡을 수 없었다. 주하 중사도 처음 듣는 이야기라며 모르겠다고 했다. 애셔가 정말 파비언인가? 그날의 일이

중계된 화면에 애셔가 있기는 했나? 설령 본 것 같다 해도 확신하지 못할 만큼 오랜 시간이 흘렀다. 무엇보다 킨에게는 파비언을 공격해야 하는 이유가 있었다. 킨은 파비언을 무너뜨려 하이난섬 진출 계획의 싹을 잘라버리고 싶어 했다. 그런 킨의 말을 믿어도 될까?

파비언이 애셔가 아니라는 증거 역시 없었다. 파비언은 펀메이커로 활동하면서 자신의 출신과 과거 행적을 밝혔는데 그중 어디에도 발안 셸터가 붕괴될 때 앤서에 있었다는 흔적이 존재하지 않았다. 파비언은 자신이 아메리카 대륙에서 왔다고 했다. 아르굴을 피해 세상을 떠돌다 오키나와섬에 도착했고 때마침 앤서가 방벽을 세웠다고 했다. 부적격자로 몰릴까 봐 숨어 살다가 마낙 셸터가 붕괴될 즈음 앤서의 시민이 됐다고 했다. 파비언이 애셔라는 증거도, 아니라는 증거도 없었다. 킨의 말을 믿어야 한다는 측과 킨이 거짓말쟁이라고 말하는 측이 할 수 있는 건 힘겨루기뿐이었다.

불안한 날들이 계속됐다. 경비대와 시위대의 충돌이 잦아지면서 항공 응급 구조 센터에 구조 요청이 많아졌다. 킨은 마지막 방송 이후 침묵을 지켰다. 파비언이 발안 셸터를 무너뜨린 장본인이라고 지목한 뒤 어떤 것도 앤서 포털에 올리지 않았다.

그렇게 9월로 접어든 어느 날, 출근하기 위해 내려온 유이 앞에 한 남자가 나타났다.

고개를 젖혀야 얼굴을 볼 수 있을 만큼 키가 큰 남자였다. 검은 정장이 육중한 몸에 딱 맞아 갑갑해 보일 지경이었다. 남자는 유이에게 신분증을 건네고 허리를 굽혀 인사했다.

"같이 가주시면 좋겠습니다."

사진이 붙은 신분증에는 대통령 경호처 경호원이라는 내용과 이름 등이 적혀 있었다.

정중하고 위압적인 목소리에 위축감과 저항감이 동시에 일었다. 유이는 뒤로 반 발짝 물러서며 주위를 살폈다. 남자와 비슷한 분위기의 사람들이 계단 근처, 로비, 현관에서 유이를 주시하고 있었다. 현관 밖에는 유이를 끈질기게 쫓아다니는 몇몇 펜메이커들이 보였다. 유이는 꼿꼿이 서서 남자에게 질문을 던졌다.

"납치하려는 거예요?"

남자는 덤덤한 얼굴로 대답했다.

"아닙니다. 파비언 대통령께서 뵙고 싶어 하십니다. 차 안에서 기다리고 계십니다."

유이는 놀란 기색을 감추며 말했다.

"파비언 대통령이 저를요? 왜요?"

"저는 알 수 없습니다. 차로 이동하시죠."

순간, 마음에 날이 섰다. 파비언은 애셔일 수도 있었다. 만약 파비언이 애셔라면 그는 원수나 다름없었다. 아버지를 죽게 만들고 발안 셸터에 마낙을 불러들인 원수. 남자의 분위기를 보니

가기 싫다고 해도 순순히 보내줄 것 같지 않았다. 유이는 남자 앞에서 다이치에게 전화했다. 다이치는 전화를 받자마자 이러다 지각하겠다며 너스레를 떨었다.

유이는 다이치에게 자신의 상황을 전했다. 파비언이 유이를 기다리고 있다는 말에 다이치가 긴장한 목소리로 물었다.

"지금 어디예요? 같이 가요."

유이는 핸드폰을 든 채 남자에게 말했다.

"제 친구와 같이 가고 싶은데요."

남자가 어딘가로 전화하더니 유이에게 그건 어렵다고 말했다. 유이의 핸드폰에서 다이치의 긴장한 목소리가 울렸다.

"어디예요? 지금 바로 갈게요. 따라가지 않는 게 좋을 것 같아 요. 거기서 기다려요."

파비언을 만나고 싶었다. 정말로 파비언이 애셔인지 직접 확인 하고 싶었다. 유이는 다이치에게 말했다.

"만나고 올게. 소장님께 말씀드려 줘."

유이는 남자를 따라 지하 주차장으로 내려갔다. 지하 주차장 에는 검고 긴 승용차 두 대와 승합차 두 대뿐이었다. 어제저녁에 갑자기 공사를 한다며 주차장을 통제하고 주차된 차들을 끌어 내던 일이 생각났다. 남자는 길고 납작한 탐지 장치를 꺼내 유 이의 몸을 훑고는 핸드폰을 달라고 했다. 싫다고 하면 빼앗을 분 위기였다. 유이가 핸드폰을 건네주자 남자가 승용차 뒷문을 열

217

었다. 뒷좌석에 한 남자가 앉아 있었다.

파비언이 웃는 얼굴로 말했다.

"오랜만이오, 유이. 3년 만이군요."

쿠니 지구 무장봉기 이후로 가까이에서 마주하는 건 처음이었다. 유이는 아무 말 없이 뒷좌석에 올랐다. 차 안에서 은은한 나무 향이 풍겼다. 좌석에 깔린 시원한 가죽이 몸을 편안히 감쌌다. 유이가 물었다.

"다른 데로 이동하나요?"

"출근하는 중이었으니 항공 응급 구조 센터로 가죠."

차가 부드러운 모터음을 내며 지하 주차장을 빠져나왔다. 승합차와 함께 큰 승용차가 공동주택을 벗어나자 몇몇 펀메이커들이 소리를 지르며 카메라를 들고 뒤따라 달려왔다. 차는 굽이진 내리막길로 접어들었다. 파비언이 좌석 옆의 버튼을 눌렀고 운전석과 뒷좌석 사이에 반투명한 칸막이가 올라왔다. 소리를 차단하는 용도 같았다. 차창 밖으로 익숙한 풍경이 지나갔다. 파비언이 뒷머리를 좌석에 기대며 한숨을 쉬듯 말했다.

"피곤하군요."

유이는 입을 닫았다. 상대는 궁지에 몰린 앤서의 최고 권력자이자 전설적인 펀메이커였다. 말 몇 마디로 유이의 적개심과 의심을 누그러뜨릴 수 있었다. 유이는 정신을 가다듬고 파비언이 자신에게 던질 법한 거짓말들을 상상했다.

파비언은 과거 행적을 들먹이며 자신이 애셔가 아니라고 할지도 몰랐다. 발안 셸터에 있었다는 것을 인정하면서 자신이 애셔가 아니라 애셔의 친구나 형제라고 말할지도 몰랐다. 아니면 킨이 아무런 근거 없이 자신을 몰아세우는 것이라며 억울함을 호소할지도 몰랐다.

차는 항공 응급 구조 센터 쪽으로 향했다. 풍경은 평소와 다를 바 없었지만 긴장한 탓에 뒷덜미가 뻣뻣했다. 파비언이 유이를 돌아보며 입을 열었다.

"내게 궁금한 게 있지 않습니까?"

묻고 싶은 말은 많았다. '발안 셸터의 애셔가 당신인가요?', '정말로 그때 아버지의 쿠데타 계획을 마낙 셸터에 밀고했나요?', '겨울잠 센터에 들어간 라리를 어떻게 찾은 거죠?', ' 마낙은 왜 킨을 찾았던 건가요?' 그러나 입을 떼기가 어려웠다. 어떤 질문을 해도 파비언에게 말려들 것 같았다.

유이가 침묵하자 파비언은 씁쓸히 웃으며 말했다.

"유이, 이러지 마시오. 속을 감춘 사람은 내 주변에 널리고 널렸어요. 나는 좋은 사람이고 싶고 진실이 통하는 세상에서 살고 싶습니다. 나는 내가 정직한 사람이라고 자부합니다."

유이는 속으로 중얼거렸다.

'거짓말.'

"나는 킨이 불쌍해요. 어쨌든 그는 힘든 시기를 견뎌온 사람이오. 킨은 우리가 몰랐던 대륙의 역사를 알려주었소. 지금의 불안이 정리되면 킨을 앤서에 초청할 겁니다."

'거짓말.'

"나는 앤서를 구하려고 이러는 거요. 나와 내 가족의 안전을 위해서라도 앤서를 지켜내야 해요. 우리는 절박하오. 3년 전 무장봉기 때 쿠니 지구 사람들을 쓸어버려야 한다는 목소리가 거셌던 건 유이도 잘 알 겁니다. 나는 그때 그 요구를 일축했어요. 말도 안 되는 소리였지. 함께 힘을 모아도 모자랄 판에 서로를 죽이겠다고 싸움질이라니."

그 말은 거짓이 아닐 것이다. 3년 전 유이가 경험한 파비언은 의사소통이 가능한 합리적인 사람이었다. 유이는 파비언과 협상 테이블에 앉아서 어떻게 하면 이 사태를 수습할 수 있을지 의논했다. 쿠니들에게 연민을 내비치는 그의 태도도 꾸며낸 것 같지 않았다. 이후에도 파비언은 쿠니 지구에 세운 격벽을 조속히 철거해야 한다고 꾸준히 주장했다.

불편한 침묵이 차 안에 감돌았다. 유이도 파비언도 차창 밖을 바라볼 뿐이었다. 차가 항공 응급 구조 센터로 향하는 해안 도로로 접어들었다. 해안을 따라 부서져 가는 콘크리트 방벽이 길게 이어졌다. 완전히 무너진 방벽 너머로 잔잔히 일렁이는 바다와 수평선이 보였다. 파비언이 쓴웃음을 지으며 물었다.

"애셔가 저였으면 좋겠습니까?"

유이는 입을 열었다.

"저의 바람이 중요한 게 아니잖아요."

"아니요. 중요합니다."

파비언은 차창을 검지로 톡톡 두드리며 말을 이었다.

"진실보다 믿음이 중요해요. 사람들은 믿고 싶은 걸 진실로 느끼니까."

"진실에 근거해서 판단하고 믿는 사람들도 많아요."

파비언은 콧소리로 웃으며 말했다.

"진실은 그때그때 달라요. 답이라고 찾은 게 오답이라는 걸 알게 되는 일은 우리 인생에 흔하디흔하지. 중요한 건 결국 믿음이오. 이것이 답이라는 그 순간의 믿음 말이오. 믿고 싶지 않은 진실에 마음을 여는 사람은 없어요. 힘을 실어주지도 않지. 힘이 실리지 않은 진실은 글쎄, 그딴 걸 어디에 써먹을 수 있단 말이오?"

"하고 싶은 얘기가 뭔가요? 그 얘기나 하시죠."

"나는 애셔입니다."

머리털이 곤두섰다. 유이는 파비언을 쳐다보며 스스로에게 물었다. '거짓말인가? 말장난인가? 언변으로 유이를 휘두르려는 술책인가?' 셋 다 아닌 것 같았다. 파비언의 의도를 짐작할 수 없었다. 파비언이 어두운 얼굴로 말을 이었다.

"유이도 알겠지만 〈킨의 일지〉에 적힌 이야기는 대부분 사실이에요. 내가 화이트 타운 사람이었던 것이나 발안 셸터에서 탈출하고 싶어 했던 것은 물론, 킨이 탈출에 도움이 될 거라고 여겨 접근했던 것도 맞소. 물론 당신의 존재도 알고 있었소. 그 여자애가 지금의 당신이라는 건 이번에 알았지만."

유이는 현기증을 견디며 말했다.

"당신이 애셔라면."

"나는 애셔가 맞소."

"그때 옥상에 라리와 함께 있었나요?"

파비언의 턱 근육이 불룩 솟았다가 가라앉았다.

"맞아요. 그곳에 있었소."

"라리는 어떻게 알았죠?"

"난 처음부터 그 애를 주목했소. 킨의 약점이었으니까. 그 애가 그렇게 죽은 건 나 역시 유감이오."

"라리를 왜 데려간 거죠? 어떻게 찾은 거예요?"

"글쎄……. 워낙 오래전 일이라 기억이 불분명해요. 당신과도 관계가 깊은 아이였을 텐데 유감이오. 어쨌든 발안 셸터가 무너진 뒤 나는 수송기를 타고 마낙 셸터로 갔습니다. 마낙 셸터에 도착하자마자 배를 타고 앤서에 왔고."

대답을 회피하는 모습이 의심스러웠다. 그러나 그 의심보다 중요한 건 파비언이 한 짓이었다. 킨의 말이 맞다면 파비언은 라리를 죽게 만들고, 발안 셸터를 마낙에게 넘겨주고, 아버지를 죽게 만든 자였다. 주먹에 저절로 힘이 들어갔다. 가슴속에서 새

빨간 감정이 피어올랐고 파비언과 좁은 공간에 함께 있는 이 상황이 구역질 났다.

"내려줘요."

"내 얘기를 더 들어보시오."

"지금 내려야겠어요."

"나는 지금 내 모든 걸 걸고 이야기하는 거요."

유이는 파비언을 쏘아보았다.

"당장 차 세워. 이대로라면 당신을 죽여버릴 거 같으니까."

"이대로 가다간 앤서는 끝이오!"

당당하고도 애타는 목소리가 가슴을 쳤다. 파비언의 눈에 눈물이 고여 있었다. '저건 거짓말이야' 하고 속으로 되뇌어 보았으나 이전처럼 빠른 판단이 내려지지 않았다. 유이가 멈칫거리자 파비언은 비통한 얼굴로 말을 이어갔다.

"킨의 말은 일부만 사실이오. 킨은 당시 상황을 제대로 알 수 없었소. 나는 애셔가 맞지만 밀고자는 아니오."

"암살 계획을 마낙에게 알려준 건 누구죠?"

"그건 모르겠소. 나는 아니오. 내 모든 걸 걸고 맹세할 수 있소. 나는 암살 계획을 몰랐소. 킨이 오해한 겁니다. 킨을 도청한 건 맞지만 사령관 공관에서 나눈 은밀한 얘기까지 알 수는 없었소. 생각해 보시오. 그런 이야기를 아무런 보안 조치 없이 했겠소?"

암살 계획 자체를 몰랐다는 파비언의 말은 진실처럼 들렸다.

그럼 누가 밀고했다는 건까? 파비언에게 물어봤자 유이로서는 확인할 수 없을 것이다. 내가 그걸 어떻게 알겠느냐며 항변하거나 의심 가는 사람이 있다며 유이가 모를 이름을 들먹이면 그만이니까. 유이는 파비언의 말에 끌려들어 가는 자신을 제어하기 위해 이를 악물었다.

"문제의 본질은 다른 데 있어요. 모든 게 다 어그러지고 있단 말입니다."

파비언은 차창 턱에 팔꿈치를 괴고 검지로 눈가를 닦아냈다.

"앤서는 하이난섬으로 진출해야 해요. 어려운 일이지만 반드시 해내야 하지. 앤서에 갇혀 있으면 우리는 말라 죽을 겁니다. 대만과 중국 해안은 원자력 발전소 붕괴와 핵폭탄으로 오염되었어요. 구원은 하이난섬에 있습니다. 그런데 지금 그 길이 막혀가고 있소."

"킨 때문이라는 건가요?"

"그렇소. 그의 존재는 앤서에 결코 이롭지 않아요. 앤서가 다시 방벽 안에 갇히고 있어요, 킨 때문에."

하이난섬으로 나아가려는 비전이 어그러지고 있다는 파비언의 말은 맞았다. 킨의 말을 믿든 믿지 않든 앤서 사람들은 아르굴을 두려워하게 됐다. 킨은 몇 번에 걸쳐 충분히 드러냈다. 하이난섬은 아르굴이 득실대는 곳이라고.

파비언이 담담히 말했다.

"의도했건 아니건 킨은 앤서를 말라 죽게 만들 겁니다. 내가 쫓겨나도 결과는 마찬가지일 거요. 이런 말이 이상하게 들리겠지만 그래도 유이라면 알 겁니다. 내가 밀려나면 하이난섬 진출은 무산될 것이고 앤서는 얼마 버티지 못할 거라는 걸요. 무너진 앤서가 얼마나 끔찍할지 우리는 압니다. 이미 경험해 봤으니까."

유이는 눈을 꾹 감았다 떴다.

"내게 왜 이런 이야기를 하는 거죠? 제게 원하는 게 뭐예요?"

"도와달라는 겁니다."

"뭘요?"

"당신은 킨의 연인이었소. 두 사람은 특별한 관계였지만 그건 이미 18년 전의 일이오. 지금 당신이 사랑하는 사람들은 이곳 앤서에 있잖소. 내 편이 되어줘요. 당신 아버지의 꿈을 내가 이루겠소. 하이난섬에서 새로운 문명을 시작할 거요. 유이, 부디 앤서 사람들을 불쌍히 여겨주시오. 이들이 지옥에 빠져드는 걸 그냥 두고 보지 말아 달라는 겁니다."

마음이 흔들렸다. 유이는 물었다.

"어떻게 도와달라는 거죠?"

"파비언은 애셔가 아니라고 이야기해 주시오."

"뭐라고요?"

파비언은 열띤 음성으로 말했다.

"카메라 앞에서 그 말 한마디만 해요. 나는 대중을 잘 압니다.

지금 필요한 건 한 방입니다. 사람들을 어리둥절하게 만들고 판세를 뒤엎을 한 방. 도와주시오. 지금 날 도와주면 우리는 같은 꿈을 꾸는 사람이 될 거요. 내게는 당신이 필요합니다. 쿠니를 해방시키는 구원자가 되는 건 어떻습니까. 이번에 날 도와주면 반드시 쿠니 지구의 격벽을 해체하고 쿠니에게 시민권을 부여하겠소. 내가 하려던 일이고 당신이 바라던 일이잖소. 혼란은 기회요. 이참에 혼란을 수습하면서 대차게 해결하겠소. 유이, 간청합니다. 킨의 편에 서지 마시오. 킨에게 힘을 실어주면 앤서는 끝장이오. 날 위해서가 아니라 앤서를 위해서, 그리고 쿠니 지구의 사람들을 위해서 거짓말을 해주시오."

유이는 파비언의 얼굴을 똑바로 쳐다보았다. 판세를 뒤집어야 한다며 당사자인 유이를 대놓고 설득하다니. 기가 막혔으나 마음이 흔들리기도 했다. 아버지의 꿈을 이루겠다고 했다. 쿠니 지구를 해방하겠다고 약속했다. 앤서를 구하겠다고 했다. 앤서가 어찌 되든 내 알 바 아니라고 생각했으나 이곳에는 200만 명이 살고 있었고 그중에는 오다 소장과 다이치와 레이와 지아가 있었다. 쿠니 지구의 사람들도 있었다. 자신은 밀고자가 아니라는 파비언의 말을 믿을 수는 없었지만 파비언이 아버지를 밀고했다는 킨의 말도 선뜻 믿기 힘들기는 마찬가지였다.

유이는 파비언에게 물었다.

"묻고 싶은 게 있어요."

"물어보시오."

"그날, 마낙은 킨을 찾았어요. 그렇죠?"

파비언은 해쓱한 얼굴로 유이를 쳐다보았다. 유이는 파비언의 시선을 맞받으며 그의 입에서 나올 말을 기다렸다. 파비언이 애셔라면, 그 자리에 있었다면, 모든 것을 가까이에서 보았을 것이었다. 무엇보다 자신이 얽힌 일이니 기억하고 있을 것이었다.

파비언의 말이 떨어졌다.

"그랬소."

유이는 눈을 감았다. 〈킨의 일지〉에는 빠져 있던 장면이 눈앞의 기억으로 되살아났다. 발안 셸터에 울렸던 마낙의 쉰 목소리가 들리는 듯했다.

'어디 있니? 킨. 이 애가 너한테 아주 소중하다며? 살리고 싶다면 당장 이리로 와라.'

더 이상 의심스럽거나 불분명한 기억이 아니었다. 킨이 일지에서 그 장면을 지운 이유를 알 것 같았다. 킨은 알고 있었다. 마낙이 자기를 찾으러 왔다는 것을. 자신이 발안 셸터가 공격당한 이유 중 하나라는 것을. 그걸 밝히고 싶지 않았던 것이다.

그렇다면 라리의 죽음을 〈킨의 일지〉에 넣은 이유는 무엇일까. 킨이 글을 올린 건 이야기의 힘으로 앤서를 뒤흔들어 놓기 위해서였다. 자신의 영향력을 확대하여 앤서로 진입하기 위해 그 이야기를 발판으로 써먹은 것이었다. 킨은 라리의 죽음을 〈킨의

227

일지〉에 꼭 넣어야 했다. 그래야만 이야기가 최대한 극적으로 완성될 테니까. 말 못 하는 아픈 소녀의 억울한 죽음은 〈킨의 일지〉의 정점이자 결말이었다. 그렇게 라리의 죽음까지 써먹었으면서도 정작 자신의 사연은 빼버렸던 것이다.

유이는 눈을 감았다. 감은 눈꺼풀이 경련을 일으켰다. 킨 때문에 아버지가 죽게 된 거라고 단정할 수는 없으나 킨이 자기 목적을 위해 그때의 일을 이용한 것은 다른 의미로 충격이었다. 칼에 베이는 듯한 배신감이 유이의 가슴을 스치고 지나갔다. 킨은 자신의 목적을 위해 무슨 짓이든 할 수 있는 사람이 되어버린 걸까.

유이는 정신을 가다듬으며 차분히 물었다.

"마낙이 왜 킨을 찾은 거죠?"

"킨은 마낙의 복제품이자 대체품이요."

"뭐라고요?"

무슨 말인지 이해할 수 없었다. 유이가 되묻자 파비언이 다시 말했다.

"당시 마낙은 건강이 안 좋았소. 생명 연장을 위해 복제 인간을 여럿 만들었는데 아르굴로부터 안전한 형질의 복제 인간은 킨 하나뿐이었다고 하오. 마낙은 킨이 필요했소. 아르굴로부터 안전하면서도 생명을 이어가려면 킨에게서 뭔가를 가져와야 했던 거지."

너무도 당혹스러운 말에 유이는 말을 더듬었다.

"킨이……, 마낙의 유전자를 물려받았다는 말인가요? 노화된 장기를 대체하기 위해 만들어진 사람 아니었나요? 복제라뇨?"

파비언은 유이를 똑바로 쳐다보며 말했다.

"킨이 곧 마낙이오. 마낙을 복제한 게 킨이란 말이오."

말문이 막혔다. 킨이 마낙이라니. 아찔한 충격에 현기증이 났다. 파비언의 말이 이어졌다.

"턱수염으로 가리긴 했지만 지금 킨의 모습은 마낙의 젊은 시절과 흡사하오. 마낙은 자기 목적을 위해서라면 무슨 짓이든 벌이던 인간이었소. 킨은 그런 마낙의 유전자를 물려받은 인간이오. 그 악마와 똑같은 인간이지. 킨은 앤서를 끝장내려는 게 분명하오. 어떤 잔인한 짓도 서슴지 않을 거란 말이오. 야심 또한 대단할 거요. 어쩌면 마낙처럼 세상을 자기 손에 쥐고 싶어 할지도 모르지. 유이, 나는 킨이 두렵소."

정신이 얼얼했다. 파비언 입에서 나온 말이 모두 이해가 되어서 더 무서웠다. 킨이 마낙이라는 파비언의 단정을 말도 안 되는 소리로 일축할 수 있다면 좋았겠으나 유이는 그러지 못했다. 킨에 관해 이야기하던 주하 중사의 말이 스르르 떠올랐다.

'킨과 지내는 게 쉽지 않았다.

킨은 변했어. 아니, 변해버렸어. 킨을 지켜주고 싶었지만 생각만큼 잘되지 않았다.

킨은 그 애들이 날 좋아하고 따르는 걸 받아들이지 못했지.

쫓겨났다고 해야 할까. 도망친 거나 다름없지.'

파비언의 말과 주하 중사의 말이 머릿속에서 겹쳐졌다. 영상 속 킨을 보며 유이가 느낀 위화감 또한 파비언의 말을 뒷받침하는 듯했다.

그때였다. 뒤에서 맹렬한 모터 소리가 울리는가 싶더니 차체가 위태롭게 흔들렸다. 앞에서 운전사가 다급한 목소리로 무어라 소리쳤고 바로 그 순간, 뒤에서 폭발음이 울림과 동시에 육중한 충격이 밀어닥쳤다.

유이는 뒤를 돌아보았다. 뒤에서 따라오던 경호 차량이 불길에 휩싸여 가드레일을 들이받고 방벽 쪽 비탈로 굴러떨어졌다. 파비언의 차가 휘청거리다 간신히 균형을 찾았을 때, 옆으로 트럭 한 대가 달려와 나란히 섰다. 유이는 안전벨트를 매면서 파비언의 차와 속도를 맞추는 트럭을 쳐다보았다.

트럭의 조수석 창문이 내려가고 길쭉한 무언가가 주둥이를 내밀었다. 휴대용 로켓 발사기였다. 유이는 뒷머리를 감싸며 몸을 숙였다. 로켓이 발사되는 소리가 들리는가 싶더니 폭발음과 함께 온 세상이 뒤흔들렸다.

6

폭음과 총성이 멎었다. 깨진 차창으로 매캐한 연기가 흐르듯
빠져나갔다. 유이는 숨을 크게 들이마시며 눈을 떴다. 먹먹한 귀
로 들리는 건 비명 같은 이명뿐이었다. 차는 뒤집혔고 왼편 문짝
은 완전히 떨어져 나가 있었다. 매고 있던 안전벨트를 풀자 몸이
쑥 떨어졌다. 왼팔에서 끔찍한 통증이 올라와 정신이 꺼지는 듯
했다. 공기가 빠진 에어백을 걷어냈더니 옆 좌석에 매달린 채 두
팔을 늘어뜨린 파비언이 보였다. 입과 코에서 흐른 피가 그의 흰
머리칼을 적시고 있었다.

운전사와 경호원은 사망한 듯했다. 일단 파비언을 구해야 했
다. 파비언이 죽으면 앤서는 더 위태로울 터였다. 몸을 움직일 때
마다 왼팔이 조각나는 것처럼 아팠지만 유이는 차 안을 기어 파
비언의 몸통을 조인 안전벨트를 가까스로 풀었다. 달칵거리는
소리와 함께 파비언이 쏟아지듯 떨어졌다. 손가락으로 파비언의
경동맥을 눌러보았다. 희미한 맥박이 손가락 끝을 툭 투둑 두드

렸다. 유이는 한 손으로 파비언의 옷깃을 잡고 차 밖으로 끌어 냈다. 정신을 잃은 파비언을 문밖으로 반쯤 끌어냈을 때 자동차 소리와 사람들의 발소리가 들렸다. 몰려온 사람들이 유이와 파비언을 들쳐 업고 황급히 달렸다. 도로 옆으로 쓰러진 채 불타는 트럭이 검은 연기를 피워 올리고 하늘에는 펀메이커들의 드론이 여럿 떠 있었다.

유이는 신음하듯 말했다.

"킨, 어디 있어?"

다음 순간, 파비언의 차가 굉음을 내며 폭발했다.

눈을 뜬 곳은 병실이었다. 머리맡에 걸린 수액 주머니에서 수액이 똑똑 떨어졌다. 분홍색 커튼 사이로 햇빛이 비쳐 들어왔다. 하얀 천장과 하얀 이불. 유이는 침대에 누워 있었다. 꽤 넓은 병실이었는데 누워 있는 사람은 유이뿐이었다. 정신이 돌아오자 테러 때의 기억이 떠올랐고 그와 동시에 주하 중사가 생각났다.

'대체 시간이 얼마나 지난 걸까.'

왼팔에 석고붕대가 감겨 있었다. 힘을 조금만 주어도 온몸에서 통증이 쑤시듯이 올라왔다. 침을 삼키고 싶었는데 입안이 바싹 말라 있었다. 그때 문이 열리면서 한 남자가 병실 안으로 들어왔다.

다이치였다. 다이치는 눈뜬 유이를 보자마자 곁으로 달려왔다.

"괜찮아요?"

유이는 조용히 웃었다. 유이에게 다이치는 괜찮으냐고 묻는 남자였다. '괜찮지. 그럼'이라고 말하려 했으나 목소리가 나오지 않았다. 마른침을 삼키며 인상을 쓰자 다이치가 컵에 물을 담아 왔다. 유이의 등 뒤로 다이치의 손과 팔이 들어왔다. 다이치는 조심스레 유이의 몸을 세워 물 마시는 걸 도와주었다. 차가운 물이 입안과 목구멍을 적시자 숨쉬기가 편해졌고 머리에 시원하고 새로운 기운이 감겨들었다. 다이치는 안타까운 기색으로 물었다.

"정말 괜찮아요?"

유이는 간신히 입을 뗐다.

"여기가 어디야?"

"제1도시 중앙 병원이에요. 하루가 지났어요. 테러는 어제 오전에 있었던 일이고요. 유이가 돌보던 환자는 지아라는 분이 간호하고 있어요. 아까 전화해 봤는데 환자 상태는 양호하다니까 걱정하지 말아요."

한 번에 이어지는 다이치의 말에 유이는 힘겹게 입가를 올리며 말했다.

"지아가 어떻게?"

"할아버지가 부탁했어요. 레이는 믿기 어렵고 저는 여기 와야 하고 할아버지는 자리를 비울 수가 없어서요. 테러 장면이 편메이커들 드론으로 생중계돼서 얼마나 놀랐는지 몰라요."

다이치는 어제부터 밤새워 유이를 지켰다고 했다. 다이치가 곧 의사를 불러왔다. 의사에게 유이가 어떤지 설명하고 얼굴의 부기가 어제보다 가라앉았다고 말하는 모습이 영락없는 보호자였다. 머리칼이 반쯤 벗겨진 의사는 "운이 아주 좋았어요" 하고 말하며 현재 상태를 설명해 주었다. 왼팔은 단순골절이어도 정도가 심해 절대안정을 취해야 한다고 했다. 자잘한 찰과상과 어깨와 다리에 꿰맨 곳이 있기는 하지만 왼팔 외에 심각한 부상은 없다고 했다. 뇌진탕이 의심되니 당분간은 병원에서 상태를 지켜보는 게 좋겠다고 진단했다.

"파비언 대통령은요?"

의사는 웃으며 말했다.

"그분은 유이 씨보다 더 운이 좋았습니다."

의사가 나가자 극심한 피로가 밀려왔다. 유이의 안색을 읽은 다이치가 침대를 비스듬히 눕혀주었다. 유이는 다이치를 올려다보며 말했다.

"병원에 얼마나 있어야 할까?"

다이치가 옅은 미소를 지으며 말했다.

"한 달은 있어야 한대요."

"집에 가야 해."

다이치는 난감한 얼굴로 유이의 왼팔과 얼굴을 번갈아 보다가 입을 열었다.

"그러면 며칠 만이라도 있어요. 집에 있는 환자는 저랑 지아 씨가 함께 돌볼게요."

유이는 고개를 끄덕였다. 지금은 침대에서 내려갈 수조차 없었다. 지아에게 연락하고 싶었으나 핸드폰이 없었다. 다이치가 지아에게 전화를 걸었으나 어쩐 일인지 연결되지 않았다. 연락이 닿지 않아 불안해하는 유이에게 다이치가 괜찮을 거라고, 아까도 통화했다고 이야기해 주었다.

앤서 포털은 테러 소식으로 도배되었다. 드론으로 찍은 테러 영상이 포털 메인 화면을 차지하고 있었다. 트럭에서 발사된 로켓탄이 차의 앞바퀴 근처에서 폭발했고 파비언과 유이가 탄 차는 공중에서 반 바퀴를 돈 다음 도로에 거꾸로 처박혔다. 뒤따르던 경호차 두 대가 도망치는 트럭을 쫓아가 공격했고 테러리스트들은 그 자리에서 사살되었다. 유이와 파비언이 치명상을 입지 않은 건 차에 장착된 안전장치 덕분이었다.

유이가 물었다.

"테러에 대해 들은 거 있어?"

다이치는 잠시 입술을 굳게 다물고 있다가 차가운 어조로 입을 열었다.

"탈영한 군인들이 그랬대요."

탈영한 군인들이 파비언을 테러하다니. 이해가 가지 않았다.

"무슨 소리야?"

"소문으로는 쿠니 출신 군인들이래요. 앤서 정부는 일부러 그 사실을 밝히지 않는 것 같고요."

"쿠니 출신 군인? 그들이 왜? 무엇 때문에?"

"대만 물자 수송 작전 때문에요."

"대만?"

"물자를 가져오려고 대만에 갈 때마다 상륙한 군인들이 아르굴의 습격을 받고 엄청나게 죽었는데 그 사람들이 다 쿠니였대요. 그러니까 쿠니만 상륙시켰다는 거예요. 물자를 빼내다가 아르굴이 몰려오면 쿠니 출신 군인들을 방패막이 삼아 도망칠 시간을 벌었는데 그걸 명령한 사람이 파비언이었대요. 쿠니 군인들의 테러는 일종의 복수였던 거죠."

둔중한 충격과 함께 앤서 항구에 서 있던 파비언의 모습이 떠올랐다. 파비언은 항구에 내려놓은 각종 원자재와 물품들 앞에서서 말했다.

'시민 여러분. 이제는 앤서 밖으로 나갈 때가 됐습니다. 솔직히 그동안 좀 지루했잖아요? 우리 넓은 데서 살아봅시다!'

펀메이커 특유의 가벼운 투로 떠들던 말이었다. 그때 느낀 묘한 위화감과 의구심이 헛다리는 아니었던 것이다. 다이치는 팔짱을 끼고 천장을 올려다보았다. 흰 천장 어딘가에 해야 할 말이 적혀 있는 것처럼.

"정말 너무들 하지 않아요?"

말을 마친 다이치가 한쪽 입꼬리를 올리며 쓰게 웃었다. 그 말이 사실이라면 대만에서 가져온 물자는 쿠니들의 목숨과 맞바꾼 것이었다. 대만의 아르굴이 예전보다 약해졌을지는 몰라도 앤서의 군대가 너끈히 해치울 수준은 아니라는 뜻이기도 했다. 파비언은 그 사실을 감췄다. 대만 작전에 성공한 것처럼 포장해 하이난섬 계획을 관철하려고.

파비언을 구하기 위해 용쓰던 자신의 모습이 떠올라 헛웃음이 났다. 그러지 말걸. 그런 모리배를 구한 자신에게 화가 났다. 파비언은 유이를 이용하고 싶어서 쿠니의 해방과 아버지를 들먹였다. 진심이라고 느꼈던 것도 연기였다. 자신의 목적을 위해 수단과 방법을 가리지 않는다는 점에서 파비언이나 마낙이나 킨이나 다 똑같았다.

갑자기 속에서 올라온 사람에 대한 혐오에 욕지기가 일었다. 욕망을 제어할 줄 모르고 끊임없이 남과 자신을 비교하며 다른 사람과 다른 생물과 이 세상이 어떻게 되든 자신의 이익과 안락만을 추구하는 이기적인 족속, 인간. 대전쟁과 아르굴의 출현 뒤에는 인간의 이기심이 자리 잡고 있었다. 마낙만 악랄한 인간이었다면 인류가 이 꼴이 나지는 않았을 것이다. 동조하는 자들이 있었다. 마낙의 곁에서 단물을 빨아먹고 남들이 어떻게 되든 자기 배를 불리려는 자들이 수두룩했다. 그런 작자들을 자기 무리의 지도자로 세운 사람들 역시 책임을 피할 수 없다. 그들이 남발한 달콤한 약속에 자기 욕망을 걸었던 것이니까.

앤서도 마찬가지다. 변하지 않는 앤서. 변하지 않는 차별과 분리. 생각이 그 지점에 다다르자 파비언을 향한 분노로 달궈졌던 마음이 차갑게 식었다. 차별과 분리의 질서는 앤서가 멸망하는 그 순간까지 사라지지 않을 것이다. 쿠니가 시민이 되는 일도, 격벽이 철거되는 일도 없을 것이다.

돌고 돌아 또다시 벽을 마주한 것 같았다. 익숙한 절망감이어서 헛웃음이 났다. 유이는 다이치를 올려다보았다. 다이치도 비통해 보였다.

"넌 괜찮아?"

다이치가 침대 옆 의자에 앉아 고개를 저으며 슬프게 웃었다.

"쿠니는 사람이 아니에요? 나의 부모님은 쿠니였어요. 나도 쿠니 지구에서 태어났고요. 쿠니는 대륙에서 탈출해서 간신히 목숨을 건진 사람들이에요. 그런 사람들에게 꼭 이런 대우를 해야 해요? 어떻게 이럴 수 있어요? 우리가 앤서에서 사는 게 죄는 아니잖아요. 목숨으로 값을 치르라는 거예요? 분해요. 앤서 놈들은 쳐다보고 싶지도 않아요."

유이는 두 손에 얼굴을 묻고 괴로워하는 다이치가 안타깝고 안쓰러웠다. 다이치가 느끼는 자괴감이 어떤 것인지 유이도 잘 알았다. 온갖 거무튀튀한 감정으로 축축하게 젖은 마음은 불티만으로도 활활 불타오를 수 있었다. 그때가 가장 위험하다. 유이는 안타까워서 눈물이 났다. 다이치가 걱정이 되어 가슴이 미어지는 듯했다. 유이는 손을 뻗어 다이치의 무릎을 어루만졌다. 자기 손의 온기가 다이치에게 전해지기를 바랐다.

다이치가 이글거리는 눈으로 허공을 쏘아보며 말했다.

"앤서가 끝장나 버렸으면 좋겠어요."

7

다이치는 유이 곁을 지켰다. 지아는 주하 중사 걱정은 말고 치료나 잘 받으라며 유이를 안심시켰다. 핸드폰을 건네받은 주하 중사는 힘없는 목소리로 "이젠 너도 환자네? 내 기분이 어떤지 맛 좀 봐라." 하며 놀리듯이 말했다.

통증이 심해서 당분간 병원을 떠날 수도 없었다. 유이보다 운이 좋았다던 파비언은 사흘 만에 회복해서 유이를 찾아왔다. 파비언이 방문하기 전, 의사가 들어와 통증을 줄여준다면서 진통제를 놓았다. 평소에는 없던 처방이라 의아했는데 약기운이 퍼지자 꿈을 꾸듯 정신이 몽롱해졌다.

의사는 유이가 약에 취한 걸 확인하고 병실을 나갔다. 곧이어 두 명의 건장한 경호원이 들어와 거칠게 저항하는 다이치를 끌고 나갔고 파비언이 또 다른 경호원을 거느리고 들어왔다.

말끔한 정장 차림에 은발을 모조리 넘겨 이마를 드러낸 모습이었다. 뺨과 이마와 턱에 난 상처는 화장으로 꼼꼼히 덮었지만 얼굴의 부기는 완전히 빠지지 않았다. 유이는 뭉개진 시선으로 파비언의 얼굴을 올려다보았다. 파비언은 맥없는 유이의 상태를 확인하고 만족스러운 표정을 지었다. 점점 본색을 드러내는 파비언이 가증스러웠다.

파비언은 경호원을 병실 밖으로 내보냈다. 유이와 둘만 남은 병실에서 흐린 창밖 풍경을 말없이 바라보다가 병상으로 다가와 유이의 손을 잡았다.

"구해주어서 고맙소."

약기운에 감정이 둔하게 일렁였다. 유이는 간신히 손을 뺀 뒤 입을 열고 말했다.

"쿠니 군인들만 사지로 보냈다고 들었어요."

파비언은 바지 주머니에 손을 찔러 넣고 허리를 세웠다.

"그 얘기는 나도 들었소. 잘못된 정보요. 유언비어는 가려들어야지."

'거짓말.'

유이는 말했다.

"당장 꺼져요."

파비언이 한쪽 입가를 비스듬히 올리며 턱 끝을 쳐들었다.

"갈 거요. 일이 있어서 내려가다가 잠시 들른 거고."

파비언은 유이를 물끄러미 내려다보았다. 유이의 날 선 태도 때문일까. 구해줘서 고맙다던 조금 전과는 눈빛이 달랐다.

"우리 둘이 나눴던 대화는 비밀이오. 실은 당신이 떠든다고 해도 상관은 없소. 킨이 오해한 거라는 식의 대처는 이제 의미가 없어졌거든. 지금부터는 수단과 방법을 가리지 않고 내가 앤서에 얼마나 필요한 존재인지 알릴 거요. 당신이 뭐라고 떠들든 그건 앞으로 벌어질 수많은 논란과 나를 둘러싼 더 나쁜 이야기들 속에서 질식해 버리겠지."

말을 마친 파비언이 유이의 뺨을 툭 건드렸다. 그의 얼굴에 침이라도 뱉고 싶었으나 힘이 없었다.

"상황이 진정될 때까지 당분간 여기 있으시오. 쿠니 출신 남자 친구와도 거리를 두는 게 좋겠어. 회복에나 전념하라는 말이오. 외부와 쓸데없는 연락도 말고."

유이를 병실에 감금하겠다는 말이었다. 유이가 말했다.

"지옥에나 떨어져 버려요."

순간 움찔했던 파비언은 자신만만한 미소를 지어 보이며 말을 이어갔다.

"나는 파비언이요. 앤서는 하이난섬에서 구원을 얻을 거고 쿠니 지구도 나름의 해방을 맞을 겁니다. 나는 나아갈 거요. 그렇게 내 가족과 내가 사랑하는 사람들은 안전해지겠지. 모두를 안식처로 보낼 수 있다면 지옥에 간다고 해도 나는 상관없소. 그건 당신에게도 좋은 일일 텐데. 안 그런가?"

파비언은 리모컨으로 맞은편 벽에 부착된 텔레비전을 켰다.

텔레비전에 병원 현관이 비쳤다. 텅 빈 현관 화면 아래에 '10분 뒤 파비언 대통령 긴급 담화'라는 자막이 떠 있었다.

"난 테러리스트들이 쿠니 탈영병이라는 걸 공개하지 않았소. 누가 그런 이야기를 하면 앤서 정부는 적극적으로 부인할 거요. 날 믿고 지켜봐요. 당신도 나를 지지하지 않을 수 없을 거요."

파비언은 유이의 이마를 손으로 장난스레 건들고는 몸을 돌려 문으로 걸어갔다. 이대로 파비언을 보낼 수는 없었다. 유이는 흐릿한 정신을 온 힘을 다해 깨우고 파비언의 등에 대고 말했다.

"당신은 킨과 거래를 했을 거야. 당신은 목적을 위해서라면 아르굴이라도 이용해 먹을 인간이니까."

파비언이 우뚝 멈춰 섰다.

"킨이 처음에 앤서 포털에 들어올 수 있었던 것도 그래서였을 거야. 킨이 뭐라고 꼬드겼을까? 하이난섬을 같이 나누자고 했어? 하이난섬이 얼마나 좋은지 홍보해 주겠대? 킨에게 된통 당하니까 어때? 좋아?"

아무 말 없이 서 있던 파비언이 유이를 향해 몸을 돌렸다. 바지 주머니에 손을 찌르고 걸어와 유이를 지그시 내려다보았다. 유이의 일침에 긍정도 부정도 하지 않은 채.

주하 중사가 메일을 보낸 뒤, 킨은 모종의 경로로 파비언과 접촉했을 것이다. 하이난섬 이주 계획을 도와주겠다고 제안했을 것이다. 앤서 포털에 〈킨의 일지〉를 올려 관심을 끈 뒤 하이난섬

이주에 도움이 되는 영상을 찍어주겠다고 했을지도 모른다.

파비언은 킨이 내민 손을 잡을 수밖에 없었을 것이다. 킨에게는 파비언으로서는 거절할 수 없는 유혹 거리가 넘쳐났을 테니까. 〈킨의 일지〉에 애셔가 등장할 거라고는 파비언도 예상치 못했겠으나 일지는 첫 번째 이야기부터 애셔를 뜨겁게 달궈버렸고 그때부터 파비언은 킨을 어찌할 수 없었을 것이다.

유이는 힘겹게 말을 이었다.

"난 알 것 같아. 당신이 왜 이렇게 열심인지. 밤마다 악몽에 시달리는 거 아냐? 발안 셸터에서 죽은 사람이 수십만 명이니까."

파비언이 혀를 차며 말했다.

"내가 왜 그럴 거라 생각하는지 모르겠군. 발안 셸터의 사람들이 그렇게 된 게 어떻게 내 탓이지?"

"당신은 마낙에게 킨이 필요하다는 걸 알고 있었어."

파비언의 눈에 당황하는 빛이 스쳐 지나갔다. 차 안에서 흘린 파비언의 고백으로 알 수 있는 건 킨이 마낙의 유전자를 물려받았다는 사실만이 아니었다. 킨이 발안 셸터에 있다는 걸 마낙에게 알려준 것은 파비언이었다. 마낙에게 라리를 넘겨준 상황이 증거였다. 킨을 넘기고 자신은 구원받을 속셈이었을 것이다. 도청으로 포착한 쿠데타 정황도 함께 알려줬을 가능성이 높았다.

파비언이 히죽거리며 말했다.

"내가 쓸데없이 말이 많았군."

유이는 차오르는 분노를 어쩌지 못하고 신음을 토했다. 마음 같아서는 파비언에게 달려들고 싶었으나 몸이 움직이지 않았다. 유이의 눈가에서 눈물이 흘러내렸다. 유이는 떨리는 목소리로 말했다.

"발안 셸터에 마낙을 불러들인 건 당신이야. 마낙의 미친 짓과는 별개로 발안 셸터의 사람들이 학살당한 건……."

"나는 떳떳해."

유이는 크게 뜨인 파비언의 파란 두 눈을 쳐다보았다. 파비언은 뺨이 경련으로 실룩였다.

"날 비난할 수 없는 수많은 이유가 있단 말이다. 알아?"

파비언은 몸을 돌리고 문으로 다시 걸음을 옮겼다. 그의 등은 부서진 방벽 같았다. 탁 하는 소리와 함께 병실 문이 닫혔다.

잠시 뒤, 파비언은 병원 현관에서 사람들 앞에 섰다. 파비언은 수백 명의 펀메이커를 향해 자신은 건재하다고, 테러리스트에 대한 전방위적인 수사가 진행 중이니 앤서의 시민들은 안심해도 된다고 말했다. 펀메이커들이 질문을 쏟아내자 파비언은 여유롭고 차분하게 답변했다. 인터뷰 내내 쿠니 군인에 대한 이야기는 한마디도 나오지 않았다. 어떤 펀메이커가 파비언에게 테러 당시에 유이와 같은 차에 타고 있었던 이유에 대해 물었다. 파비언은 혹시 모를 오해를 풀고 싶어서 만난 것뿐이라며 자신을 구해준 유이에게 깊이 감사한다고 말했다. 파비언은 더 많은 질문을 받았고 더 많은 대답을 했다. 비서가 파비언이 아직 치료 중이라는 말로 인터뷰를 마무리하지 않았더라면 몇 시간이라도 더 진행할 기세였다.

말을 마치고 돌아서는데 한 펀메이커가 큰 소리로 물었다.

"하이난섬으로 진출해야 한다는 정책 때문에 이런 일이 벌어진 건 아닐까요?"

파비언은 절룩이던 걸음을 멈추고 몸을 돌렸다. 그러고는 자신을 찍는 수백 대의 카메라를 향해 입을 열었다.

"킨이 뭐라고 하건 하이난섬은 우리의 새 터전이 될 겁니다. 우리는 하나가 되어 나아가야 합니다. 쿠니 지구의 격벽을 허물고 힘을 합쳐야 합니다."

말을 끝낸 파비언은 돌아서다 말고 다시 몸을 돌려 감정 실린 목소리로 말했다.

"한 가지 더 말씀드리고자 합니다. 저를 테러한 자들은 모두 킨을 열렬히 따르던 자들이었습니다. 지난번에는 총을 쏘았고 이번에는 로켓을 날렸습니다. 아시겠습니까?"

8

유이의 병실로 군인들이 찾아왔다. 테러리스트로부터 유이를 보호한다며 24시간 내내 병실 앞을 지키겠다고 했다. 외부인 출입도 금지되었다. 다이치는 항공 응급 구조 센터로 복귀할 수밖에 없었다.

유이는 무력했다. 텔레비전을 통해 앤서를 마음대로 휘두르는 파비언을 속수무책으로 지켜볼 따름이었다. 파비언은 '킨'과 '하이난섬', '멸망'을 키워드로 삼은 각종 영상 콘텐츠를 앤서 포털에 띄웠다. 하이난섬 이주를 지지하는 앤서 사람들도 적지 않았다. 파비언은 하이난섬 이주 계획을 밀어붙이면서 자신은 애셔가 아니며 킨이 거짓말을 하고 있다고 반박했다. 킨이 자신을 끌어내리고 싶어서 이런 장난질을 한 것이라고 맹비난하며 테러범들을 '킨 추종 세력'이라고 불렀다. 앤서 포털에 대만에서 몰살당한 쿠니 군인들에 관한 이야기도 올라왔으나 대중의 관심은 파비언과 킨의 대결 구도에 쏠렸다.

킨이 파비언을 애셔로 지목한 것은 충격 그 자체였으나 앤서 시민들은 그 폭로를 곧이곧대로 받아들이지는 않았다. 앤서 포털에서는 킨을 믿을 것이냐 말 것이냐를 두고 또다시 갑론을박이 벌어졌고 편만 갈린 상태로 격론은 흐지부지 끝났다. 분명한 것은 파비언에게 의구심을 품는 사람들이 늘어났다는 것이었다. 킨의 이야기에서 파비언은 자기 살길을 찾으려고 수많은 사람을 죽음으로 몰아넣은 파렴치한이었다. 사람들의 입에 파비언과 킨과 애셔의 이야기가 오르내리면 오르내릴수록, 파비언은 진실 여부와 무관하게 혐오스러운 존재로 각인되어 갔다.

이 상황을 약삭빠르게 이용한 것은 파비언의 반대편 의원들이었다. 파비언의 출신 자체를 마뜩잖아하던 그들은 킨이 전한 정보의 정확성을 신뢰한다고 말하며 앤서는 앞으로도 100년 넘게 아무런 탈 없이 굳건할 거라고 주장했다. 킨이 마지막 방송에서 이야기한 앤서 주변 섬 개발을 적극적으로 검토하겠다고도 했다. 반대파 의원들의 후원을 받는 펀메이커들이 앤서 포털에 별별 콘텐츠들을 올리기 시작하자 앤서 포털은 전쟁터가 되어버렸다. 근거 없는 정보들과 뒷이야기들이 아무렇게나 뻗어나가더니 급기야 로켓 테러가 자작극이라고 말하는 영상까지 앤서 포털에 올라왔다. 그 영상은 당일 최고 조회 수를 기록했다.

킨과 파비언을 중심으로 앤서는 둘로 나뉘었다. 대립은 포털에서 거리로 번졌다. 파비언을 따라 하이난섬으로 이주해야 한다는 사람들과 킨이 당부한 대로 앤서를 지켜야 한다는 사람들이 서로를 향해 날을 세웠다. 앤서 곳곳에서 서로의 입장을 내세우는 시위대가 맞붙어 난투극을 벌이기도 했다. 경비대만으로는 부족해서 군대가 출동할 때도 있었다.

앤서는 가파른 비탈길을 굴러 내려가는 것처럼 위태로웠다. 높은 지대에 자리한 병원에서 내려다보면 혼돈으로 치닫는 앤서가 한눈에 들어왔다. 거리에서는 매일 시위가 벌어졌다. 하이난 섬으로 진출해야 한다는 사람들과 앤서에 남아야 한다는 사람들이 고성과 함께 몸싸움을 벌였다. 구급차와 순찰차는 사이렌을 울리며 끊임없이 오갔고 방화로 인한 화재가 연일 일어나 적지 않은 사상자를 냈다. 파비언을 향한 테러 시도도 늘어났는데 그 과정에서 파비언의 아내와 세 딸이 탄 차가 총격을 당하는 일도 있었다. 다친 사람은 없었으나 대통령 가족이 피격당한 뒤로 테러리스트 색출과 시위 진압 강도가 더 거칠어진 건 분명했다.

혼란의 정점은 핵 발전소 사고였다. 알 수 없는 이유로 송전이 중단되어 앤서 사람들은 전기를 공급받지 못한 채 며칠을 보내야 했다. 앤서에 위기감이 감돌았다. 전기 공급이 끊어지자 모든 것이 멈췄고 당장 다음 날부터 배급 식량이 줄어들었다.

사람들의 관심이 불안정한 일상으로 옮겨가면서 앤서의 주도권은 다시 파비언에게 넘어갔다. 파비언은 즉각 북쪽 화력 발전소의 전기 생산량을 대폭 늘리고 비축 식량을 풀었다. 술렁이는 쿠니 지구에 찾아가 내년에는 격벽을 철거할 테니 앤서 정부를 믿고 기다려달라고 설득했다.

핵 발전소를 정상화한 뒤, 파비언은 앤서 포털 메인 화면에 등장하여 단호한 목소리로 말했다.

"우리는 방벽 밖으로 나가야 합니다. 하이난섬의 핵 발전소는 가동된 적 없는 새것입니다. 하이난섬의 모든 것은 수백 년을 버틸 만합니다. 하이난섬의 아르굴이 정확히 어떤 상태인지는 조사가 필요하겠지만 번식력이 예전 같지 않다는 건 확인됐습니다. 하이난섬 탐사를 시작해야 합니다. 우리는 셸터 밖으로 나가야 합니다!"

계속되는 위기 때문일까. 파비언의 안색이 좋지 않았다. 잔뜩 지쳐 거뭇하게 변한 얼굴에서 눈만 유난스레 번득였다. 파비언은 긴박한 상황에 발 빠르게 대처했으나 불길한 조짐들은 다시 서서히 수위를 올려갔다. 폭력 시위 주동자를 색출하고 체포하는 과정에서 시민들이 사살되는 일이 연이어 발생했다. 죽은 시민들은 대부분 파비언을 반대하는 이들이었다.

그들의 죽음이 기폭제가 되어 '앤서의 수호자'라는 이름의 반군이 결성되었다. 반군 뒤에 파비언 반대파 의원들이 있다는 소문이 돌았고 쿠니 출신 군인들이 가담했으며 앤서 군대의 무기고가 털렸다. 반군은 소총과 기관총, 로켓 수류탄으로 무장하고 게릴라전으로 앤서 경비대를 괴롭혔다. 의회와 경비대가 공격당하자 군대가 동원되었다. 파비언은 계엄령을 선포했지만 공약을 지키겠다는 듯 앤서 포털은 폐쇄하지 않았다.

매일 시가전이 벌어졌다. 낮이건 밤이건 총성과 폭음이 울렸고 도시 곳곳에서 희고 검은 연기가 피어올랐다. 앤서는 극한으로 치달았다. 반군의 드론 공격으로 대통령 관저가 폭파되면서 파비언의 아내가 전신 화상을, 막내딸은 두 눈을 잃었다. 파비언은 카메라 앞에서 감정을 조절하지 못하고 반군에게 저주를 퍼부었다. 반군과 반군을 돕는 모든 이들에게 지옥의 화염을 퍼부어 주겠다는 그의 말은 우스꽝스러운 그래픽과 음향효과를 입힌 짤막한 영상으로 편집되어 앤서 포털에 돌아다녔다.

병원은 포화 상태였다. 유이가 혼자 머물던 병실에도 어느새 일곱 명이 들어차 있었다. 병실 앞을 지키던 군인들은 자주 자리를 비웠다. 유이가 나갈 기회를 엿본다는 걸 눈치챈 간호사가 말했다.

"그냥 있어요. 지금 밖에 나가면 죽어요. 차가 뒤엉켜서 도로도 지나갈 수가 없어요."

유이는 간호사들이 자리를 비운 틈에 간호사실로 들어가 지아에게 전화를 걸었다. 연금된 지 3주 만에 건 전화였다. 수화기 너머로 지아의 지친 목소리가 들려왔다.

"언니. 주하 중사님이 안 좋아."

위독하다는 말이었다. 유이는 다이치에게 전화를 걸었다. 다이치가 지친 목소리로, 그러나 반가운 목소리로 전화를 받았다. 유이는 다이치에게 말했다.

"부탁이 있어."

"뭐든 말만 해요."

"곰탱이 지금 띄울 수 있어?"

"지금요?"

"응, 지금."

다이치가 오다 소장에게 묻는 소리가 들렸고, 잠시 뒤 가능하다는 대답이 돌아왔다. 다이치는 무슨 일이냐고 물었다. 유이는 다이치에게 말했다.

"날 좀 태워다 줘. 집으로."

9

다이치는 공동주택 아래에 있는 체육공원에 유이를 내려주고
응급 이송 환자를 태우기 위해 서둘러 떠났다. 유이는 서서히 고
도를 높이는 곰탱이를 바라보며 아래로부터 차오르는 슬픔을
느꼈다. 다이치는 조만간 반군에 가입할 거라고 말했다. 더 이상
이도 저도 아닌 상태로 살고 싶지 않다면서.

전황은 반군에게 불리했다. 앤서의 군대는 예상보다 막강한
화력을 보유하고 있었고 숫자도 더 많았다. 이대로면 지지부진
한 시가전 중에 인명 피해만 늘다가 결국 무기가 부족한 반군이
진압될 가능성이 높았다. 유이는 다이치를 말렸다. 다이치는 유
이의 말을 귀 기울여 들었으나 오다 소장 곁을 지키라는 말에는
대답하지 않았다.

유이는 공동주택을 향해 달렸다. 진통제 효과가 떨어져서인지
왼팔에서 통증이 올라왔다. 멀리 남쪽에서 폭음과 총성이 메아
리쳤다. 공동주택이 있는 오르막길로 접어들자 북쪽으로 피난

가는 차가 가득한 도로가 보였다. 불길이 번지는 것처럼 내전이 확대되고 있었다.

집으로 들어오는데 기관포 소리와 포격 소리가 베란다 유리창을 흔들었다. 지아가 다가와 유이를 끌어안았고 유이도 지아를 마주 안았다. 지아의 어깨와 목덜미에서 쿰쿰한 냄새가 났다. 환자의 냄새였다. 자신이 자리를 비운 20여 일 동안 주하 중사를 돌봐준 지아에게 고맙고 미안한 마음이 들었다.

"힘들었지?"

지아가 눈물 어린 얼굴로 고개를 저었다.

"중사님 상태가 안 좋아. 쿠니 지구도 위험하고. 반군과 함께 해야 한다는 사람들도 있고 이대로 격벽 안에 있는 게 안전하다는 사람들도 있어. 언니를 찾는 사람들도 있어. 우리는 어떻게 하면 좋지?"

쿠니 지구의 이웃들을 생각하자 가슴이 아팠다. 지금은 격벽 안에 있는 게 안전했으나 사람들이 가슴속에 쟁여둔 오랜 분노를 생각하면 언제 무슨 일이 터져도 이상하지 않았다. 멀리에서 포성이 울렸고 잠시 뒤 폭음이 들렸다. 어지러운 총성이 불안을 부채질했다. 유이는 지아의 양어깨를 쓸어주며 말했다.

"중사님 보고 나서 얘기하자."

유이가 주하 중사의 방문을 열자 미지근하고 눅눅한 공기가 얼굴에 닿았다. 유이는 방에서 끌려 나온 냄새에 잠시 숨을 멈쳤다. 상처 입고 죽어가는 사람이 많았던 발안 셸터가 떠오르는 냄새였다.

노란 불빛을 약하게 밝힌 방 안 침대에 주하 중사가 가라앉은 것처럼 누워 있었다. 유이가 옆에 서 있는데도 주하 중사는 알아차리지 못했다. 산소호흡기를 찬 모습에 가슴이 아팠다. 유이는 주하 중사의 마른 손을 잡았다. 20여 년 전 유이를 훈련시켰던 단단하고 억센 손은 오랜 고통 속에서 가늘게 말라버렸다. 유이는 손으로 주하 중사의 뺨을 감쌌다.

아버지가 신뢰했고 아버지를 따랐던 군인이었다. 아버지와 함께 있던 주하 중사의 다부진 표정과 죽음을 목전에 둔 지금의 모습이 겹쳐 보였다. 눈가 근육이 굳어지면서 눈물이 났다. 손으로 아무리 닦아내도 눈물은 멈출 줄 모르고 턱 끝까지 흘러내렸다.

유이가 혼잣말처럼 중얼거렸다.

"킨에게 연락한 게 잘한 일일까요?"

물음에 대답하듯 주하 중사가 힘겹게 눈을 떴다. 유이는 주하 중사와 눈을 맞추기 위해 몸을 수그렸다. 주하 중사가 유이를 알아보고는 입가를 움찔거렸다. 웃으려는 것 같았다. 주하 중사가 답답하다는 듯 인상을 쓰며 형편없이 마른 손을 들어 손을 까닥거렸다. 말하고 싶은 게 있는 듯했다. 유이는 조심스레 산소호흡기를 벗겼다. 주하 중사가 가쁜 숨에 목소리를 섞어 말했다.

"말해줘."

"뭘요?"

"지금 어떻게 되어가는지."

유이는 그동안 벌어졌던 일을 설명해 주었다. 내전이 번지고 있고 앤서 정부군이 반군을 압도하는 상황이라고 전했다. 중사는 깊은 한숨을 내쉬며 퀭한 눈으로 검은 천장을 올려다보았다. 죽음이 머지않은 얼굴이었다.

이제는 내내 궁금했던 것을 물어야 했다. 유이는 나지막이 질문했다.

"마낙 셸터는 어떻게 된 거죠?"

주하 중사는 고통을 견디는 것처럼 인상을 쓸 뿐 아무 말이 없었다.

"킨이 정말로 마낙의 유전자를 물려받았어요? 마낙 셸터는 어째서 갑자기 붕괴된 거죠?"

주하 중사는 눈을 가늘게 뜨고 유이와 시선을 맞추었다. 유이는 이를 악물었다. 지금 듣는 주하 중사의 말이 죽기 전 마지막 말일 거라는 직감이 너무도 분명했다. 주하 중사가 가냘픈 목소리로 띄엄띄엄 말했다.

"킨은 마낙의 기습으로 네가 죽었을 거라고 생각했어. 나도 같은 생각이었지. 라리도 죽고 너도 죽고……. 그때부터 킨은 더 이상 예전의 킨이 아니었다. 괴물 같았지. 우리가 알던 킨이 아니었다. 킨은 능숙하게 총을 잡고 주저 없이 방아쇠를 당겼다. 군사훈련을 받은 놈이었어. 신체 능력도 보통 사람과 달랐다. 칼도 잘 썼어. 피를 뒤집어쓴 모습이 무시무시했지. 복수심에 사로잡히고도 킨은 차갑고 영리했어.

나와 특공대는 킨과 함께 마낙 셸터에 잠입했다. 원래 계획은 숨어 있다가 마낙을 제거하는 거였지만 킨의 목표는 처음부터 그게 아니었어. 킨은 우리를 마낙 셸터 본부로 이끌었고 전투 끝에 통제실을 장악했다. 그 과정에서 대원들은 다 죽고 나와 킨만 살아남았지. 그러고는……."

주하 중사는 끔찍한 기억을 되살리는 듯 눈을 크게 뜨고 밭은 숨을 내쉬었다.

"그리고요?"

"킨이 버튼을 눌러버렸어."

"무슨 버튼요?"

주하 중사가 신음을 토하듯이 말을 뱉었다.

"방벽의 문을 모조리 열어버린 거야."

유이는 질끈 눈을 감았다. 마낙 셸터의 인구는 발안 셸터의 갑절이었다. 100만 명에 육박하는 사람들이 살고 있었다. 마낙 셸터에서 올린 총성과 폭음이 방벽 아래로 아르굴을 불러들였을 것이었다. 그 상황에 방벽 문을 열었다면 아우성치던 아르굴이 폭포처럼 밀려들었을 것이고 아무리 군대가 많았다고 한들 셸터로 밀려드는 아르굴로부터 살아남을 수 있는 사람은 없었을 것이었다.

"하이난섬에서 킨은 더 대단했어. 발안 셸터에서처럼 조용하고 살뜰한 사람이 아니었지. 하이난섬은 말 그대로 폐허였어. 그곳을 정착지로 만드는 데에 이루 말할 수 없는 어려움이 따랐지. 킨은 그 난관을 다 돌파했다. 하이난섬에서의 킨은 힘이 넘쳤고 냉정하고 잔인했어. 실패를 두려워하지 않고 모험을 감행했지. 성공을 거듭했지만 그럴수록 킨이 데려온 아이들은 킨을 두려워했다. 킨은 마낙을 닮은 자신을 못 견뎌 했다. 무척 괴로워했어. 한번은 자살을 하려 들어서 난리가 난 적이 있었다. 킨은 스스로를 미워하면서 자신을 더욱 볼아붙였어."

주하 중사의 호흡이 가빠졌고 눈썹 사이에 주름이 깊게 패었다. 통증이 온몸을 훑고 지나가는지 잠시 말을 잇지 못했다. 무력한 안타까움에 유이는 눈물이 났다.

"지금 킨은 어떤 사람일까요?"

"나도 모르겠다. 킨은 속에 두 사람을 품고 있는 것 같았어. 어떨 때는 선량했고 어떨 때는 악랄했으니까."

힘겹게 말을 매듭지은 주하 중사가 유이의 눈을 바라보며 슬픈 목소리로 말했다.

"킨이 널 기다리고 있어."

"네?"

"내일 아침까지 기다리겠다고 했어. 앤서에서. 헤노코항에서."

"킨이 앤서에 왔다고요?"

킨이 앤서에 왔다니. 헤노코항은 방벽 밖에 있는, 여기에서 멀지 않은 곳이었다. 주하 중사가 간신히 웃으며 손끝을 달싹거렸다. 유이는 그 의미를 알아채고 아직 미약하게 온기가 남은 주하 중사의 손을 잡았다.

"가봐, 유이야. 헤노코항으로. 킨은 지금 이 순간에도 널 생각하고 있을 거야. 지난 18년간 킨의 마음속에는 항상 네가 있었어. 나는 실패했지만 너라면 킨을 구할 수 있을지 몰라. 킨으로부터 킨을 구해낸다면 어쩌면 앤서까지 구할 수 있을지도 몰라. 킨의 영향력과 전략이면 내전을 멈추고도 남을 거다."

주하 중사가 고통스러워하며 끙끙거렸다. 진통제로도 통증이 가라앉지 않는 모양이었다. 안타까움에 가슴이 타들어 갔지만 해줄 수 있는 게 없었다. 주하 중사의 움직임이 눈에 띄게 느려졌다. 주하 중사는 마른 입술을 열고 날숨과 함께 말했다.

"킨은 변해갔어도 그 광경은 아름다웠어."

"어떤 광경요?"

"아이들이 방벽 밖에서 노는 모습."

주하 중사의 입가가 비스듬히 올라갔다. 허공에 고정된 주하 중사의 시선이 기억 속 한 장면을 주시하는 듯했다. 유이는 본 적도, 경험해 본 적도 없는 어떤 장면을.

"그건……, 천국이었어. 지킬 가치가 있는."

주하 중사의 눈가에서 눈물이 흘러 메마른 잔주름에 스며들었다. 주하 중사는 생의 수면 아래로 조용히 가라앉는 중이었다. 주하 중사가 꺼져가는 목소리로 말했다.

"유이야, 살아. 사는 것처럼 살아. 행복하게 살아. 사랑하면서 살아. 네가 사랑하는 것을 찾고, 돌볼 것과 지킬 것을 잡아. 그걸 손에서 놓지 않고 사는 거야. 사람은 그렇게 살아야 하는 거였어. 세상이 엉망이면 더 많이, 더 깊게 사랑해야 해. 그렇게 산다면 끝이 와도 슬프지 않을 거야."

그 말을 끝으로 주하 중사는 입을 닫았다. 주하 중사의 눈동자가 허공을 훑었다. 가슴 위에 올린 앙상한 손가락은 멀어지는 무언가를 잡으려는 듯 오므라들었다. 숨이 바닥에 깔리는 듯하더니 무언가를 견디는 것처럼 주하 중사가 눈을 감았다.

유이는 울며 말했다.

"그렇게 같이 살아요. 우리 같이 사는 것처럼 살아봐요. 제발."

주하 중사의 신음이 바람이 빠져나가듯 사그라들었다. 쌔근거리던 숨이 가라앉더니 낮고 긴 숨이 이어졌다. 유이는 터지는 울음을 눌러 삼키며 주하 중사의 손을 잡았다. 할 수만 있다면 붙들고 싶었으나 주하 중사는 채비를 마친 것처럼 짧게 붙었다 이어지던 숨마저 놓아버렸다. 당연한 수순을 밟는 것처럼 심장도 꺼진 것처럼 서버렸다. 입을 조금 벌린 주하 중사는 평온해 보였다. 유이는 주하 중사의 푹 꺼진 뺨을 매만지며 말했다.

"수고 많았어요."

유이는 가라앉은 주하 중사의 몸에 얼굴을 묻고 어깨를 떨며 흐느꼈다. 주하 중사의 온기가 서서히 사라져 갔다.

10

유이는 문을 닫고 나왔다. 문 앞에서 기다리고 있던 지아가 유이의 얼굴을 보고는 말없이 안아주었다. 그때 밖이 밝아지는 듯하더니 천둥 같은 소리가 연이어 울렸다. 공동주택을 흔드는 불길한 진동에 유리창이 깨질 것처럼 떨렸고 놀란 자동차들이 경보음을 울려댔다. 앤서에서 이 정도 규모의 폭발음을 발생시킬 만한 곳은 화력 발전소와 정유 시설뿐이었다. 유이와 지아는 현관문을 열고 복도로 나가 북동쪽을 바라보았다.

북동쪽 밤하늘이 붉고 노란빛으로 환했다. 멀리에서도 사방으로 뻗어나가는 화염이 눈에 들어왔다. 모두가 끝장날 때까지 내전이 이어질 기세였다. 이러다 핵 발전소에 무슨 일이라도 생기면 앤서는 그대로 끝이었다. 당황스러움을 추스를 겨를도 없이 집 안의 조명이 꺼져버렸다. 내전의 소음마저 일순간 가라앉힌 완전한 정전이었다.

어둠 속에서 주하 중사의 말이 떠올랐다.

'킨이 널 기다리고 있어.'

킨을 만나러 가야 했다. 아무것도 모른 채 재회했다면 가슴이 벅찼겠지만 지금은 상황이 달랐다. 킨은 마낙 셸터의 문을 열어 100만 명의 사람을 죽음으로 내몰았다. 마낙을 닮았고 그럴 수밖에 없는 사람이었다. 킨의 생사를 모를 때는 언젠가 한 번은 만날 수 있지 않을까 막연히 기대했다. 그때가 오면 재회의 기쁨에 왈칵 눈물을 쏟고 말 거라 생각했으나 이제 그런 상상은 불가능했다. 유이는 킨이 두려웠다.

결국 킨은 마낙이 되어버린 걸까. 그렇게 단정하고 싶지는 않았다. 만약 킨이 앤서를 끝장내고 싶었다면 앤서 포털에 〈킨의 일지〉와 영상을 올리는 일 따위는 하지 않았을 것이다. 처음부터 번식력이 왕성한 대륙의 아르굴 두어 마리를 끌고 와서 풀어버리면 끝났을 일이니까.

헤노코항에 가야 했다.

유이는 지아에게서 핸드폰을 빌려 오다 소장에게 전화를 해봤지만 통신망에 이상이 생겼는지 먹통이었다. 유이의 집에서 항공 응급 구조 센터까지의 도로는 피난 가는 차로 막힌 거나 다름없었다. 비상 전기가 가동되면서 집 안이 주황색으로 물들었다. 밖에서 다시 총성이 울렸다. 유이가 지아에게 핸드폰을 돌려주며 일렀다.

"너는 쿠니 지구로 가. 격벽이 있으니 거기가 더 안전해."

"언니는?"

"킨을 만나러 갈 거야."

지아가 말했다.

"킨을? 왜?"

"날 기다리고 있다니까 가봐야지. 킨이 여기에 왜 왔는지는 모르겠어."

"……꼭 가야 해?"

"어쩌면 무슨 방법이 있을지도 몰라."

"무슨 방법?"

"내선을 멈출 방법."

지아는 목울대가 움직이도록 침을 삼키며 유이를 바라보았다.

"어디로 가는데?"

"헤노코항으로."

지아는 두 손으로 얼굴을 감싸 쥐고 깊은 한숨을 내쉬었다.

"언니, 못 가. 내가 약품 받으러 나가봐서 아는데 헤노코항에 가려면 시청을 지나야 해. 거긴 지금 시가전이 한창이야. 그리고 그 팔을 하고 어딜 가? 운전은 할 수 있어?"

유이는 붕대를 풀고 석고 부목을 팔에서 떼어냈다. 왼팔이 가벼워짐과 동시에 통증이 올라왔다. 오랜 시간 쓰지 않았기 때문인지 팔에 아무 힘도 들어가지 않았다. 괜찮은 얼굴로 지아를 안심시키고 싶었는데 순식간에 표정이 우그러들고 말았다.

지아는 어이없다는 듯 유이를 보다가 느닷없이 양 머리칼을 움켜쥐고 으아악! 소리를 질렀다. 놀라서 눈을 껌벅이는 유이를 쳐다보며 지아가 지친 얼굴로 말했다.

"차에 다녀올 테니까 어디 가지 말고 있어."

지아는 현관문을 열고 나갔다. 유이는 옷장 깊숙한 곳을 더듬어 탄띠와 권총을 꺼냈다. 작동 상태를 점검하고 권총에 탄창을 결합하자 마음이 차갑게 굳었다. 유이는 주황색 불빛이 비쳐드는 욕실에서 수도꼭지를 틀어 물을 마시고 세수를 했다. 입술 사이로 스며든 물에서 짠맛이 느껴졌다. 유이는 욕실 거울에 비친 자신의 얼굴을 보았다.

거울 속의 유이가 아랫입술을 지그시 깨물고 겁먹은 눈으로 자신을 바라보고 있었다. 이제부터 어떤 상황이 펼쳐질지 알 수 없었다. 무엇을 해야 할지도 알 수 없었다. 다만 선택의 순간에 놓일 것이라는 예감이 들었다. 선택을 직면하는 것. 그것이 유이가 해야 하는 일이었다.

현관문이 열리고 지아가 들어왔다. 지아의 손에 방탄조끼가 들려 있었다. 지아는 유이에게 조끼를 입혀주고 자기도 입었다.

"넌 왜?"

지아가 턱으로 유이의 팔을 가리키며 말했다.

"그 팔로 혼자 어딜 가?"

말린다고 들을 지아가 아니었다.

유이와 지아는 1층으로 내려와 공용 트럭에 올랐다. 북쪽 도로는 여전히 피난 가는 차들로 꽉 차 있었다. 둘이 향할 곳은 반대 방향이었다. 트럭의 배터리 양이 바닥에 가까웠으나 헤노코항까지만 갈 수 있다면 아무래도 상관없었다. 지아가 운전대를 잡고 유이는 조수석에 올랐다.

지아는 아랫입술을 윗니로 누르고 운전대에 이마를 댔다. 차 바닥을 동동동 구르며 "미치겠다, 정말" 하고 중얼거리다가 또 으아악! 하고 비명을 질렀다. 유이가 혼자 가겠다고 말하려는데 지아가 유이의 말을 가로채듯 시동 버튼을 눌렀다.

지아가 유이를 흘겨보며 말했다.

"내가 총이라도 맞으면 망고를 100개는 바쳐야 할 거야."

두 사람은 텅 빈 도로를 타고 헤노코항으로 향했다. 차가운 달빛이 해안 도로와 바다 사이에 세워진 부서진 방벽을 비쳤다. 얼마 가지 않아 포성과 총성이 차창을 두들기기 시작했다. 지아는 비포장도로로 내려가 띄엄띄엄 폐가가 박힌 시골길로 들어섰다. 왼편에 자리 잡은 마을에서 총성과 폭음과 사람들의 비명이 들려왔다. 길가에는 녹슬고 흙먼지에 덮인 자동차들이 죽은 짐승처럼 웅크리고 있었다. 지아는 좁고 구불구불한 시골길에서 다시 해안 도로로 방향을 틀고 작은 강을 가로지르는 다리를 건넜다.

지아는 다리를 건넌 뒤 속도를 줄이며 말했다.

"여기서부터가 진짜야. 헤노코항으로 가려면 여길 통과해야하거든."

가까운 곳에서 총소리와 폭발음이 울렸다. 유이가 말했다.

"여기서부터는 혼자 갈게. 킨이 정말 있을지 없을지도 알 수 없어. 너무 위험해."

지아는 그대로 차를 몰며 중얼거렸다.

"이거 정말 못 할 짓이긴 한데, 언니 보내놓고 혼자 돌아가는 건 더 못 할 짓 같아."

야트막한 건물 사이에 놓인 2차선 도로를 타고 시청이 있는 마을로 진입하는데 앞쪽에서 한 무리의 군인들이 맞은편 3층 건물을 향해 집중사격을 하는 게 보였다. 총탄 세례를 받은 3층 건물이 금세 초토화되었다. 퍼부어지는 총탄 소리 사이로 짧게 끊기는 저격용 소총 소리가 울렸다. 군인들이 저격을 피해 사방으로 흩어졌다. 지아는 트럭 조명을 끄고 해안 도로 방향으로 운전대를 돌렸다. 그때였다.

트럭 위에서 드론의 프로펠러 소리가 났다. 날카롭고 위압적인 소리가 가까워지는가 싶더니 앞 유리창으로 드론이 내려왔다. 여섯 개의 프로펠러가 달린 드론 중심부에 소총이 장착되어 있었다. 지아는 차를 세운 뒤 두 손을 들고 드론 중앙에 달린 외눈 같은 카메라에 대고 소리쳤다.

"우리는 군인이 아니에요! 반군도 아니고 정부군도 아니에요!"

유이도 두 손을 들었다. 드론에서는 아무런 말도 들리지 않았다. 그렇다고 길을 터주지도 않았다. 반군의 드론인지 정부군의 드론인지도 알 수 없었다. 어느 편이라고 말을 해야 살아남을 수 있을까. 두려움에 목이 메는 듯했다. 유이가 드론을 향해 또박 또박 말했다.

"여기를 지나가려는 겁니다. 그뿐이에요."

유이의 말이 끝나기도 전에 드론이 프로펠러 소리를 높이며 위로 올라갔다. 길을 터주려는 모양이었다. 지아는 "괜찮은 거 같지?" 하고 확인하듯 말하고 다시 차의 시동 버튼을 눌렀다. 그때 오른쪽 사거리에서 무어라 외치는 군인들의 목소리가 들리더니 날카로운 총성이 연이어 울렸다. 트럭 뒤에 총알이 박혔다.

"가! 빨리!"

유이가 소리쳤고 지아도 가속페달을 힘껏 밟았다. 트럭이 기우뚱거리며 사거리를 지나자 가까스로 총격에서 벗어났다. 정부군과 반군 중 누가 쏘는 것인지 알 수가 없었다. 지아는 맹렬한 속도로 좁은 도로를 내달렸다. 건너편 건물에서 불을 뿜는 총구가 보이는가 싶더니 사이드미러가 날아갔다. 지아는 해안 도로쪽으로 계속 달렸고 관목 울타리를 두른 작은 공원을 쿵쾅거리며 가로질렀다. 군인들은 구역에서 쫓아내려는 것처럼 위협사격만 했다. 지아와 유이는 해안 도로가 보이는 곳까지 도망쳤다. 저 도로를 타면 헤노코항까지는 금방이었다. 지아가 해안 도로로 진입하며 유이에게 소리쳤다.

"언니! 됐어!"

무사히 빠져나온 듯했다. 간간이 울리는 총성은 멀었고 유이와 지아는 다행히 멀쩡했다. 둘은 서로를 흘끗거리며 억지로 웃어 보였다. 총알 세례를 받기는 했으나 트럭은 문제없이 나아갔다. 지아가 굽이진 도로를 돌며 가속페달을 밟았다.

"이대로면 5분 뒤에 도착이야."

트럭은 빠른 속도로 나아갔다. 군데군데 팬 곳이 있어 이따금 덜컹거리긴 했으나 위기를 벗어났다는 안도감에 긴장이 풀렸다. 이제는 킨을 만날 일을 생각해야 했다. 무슨 이야기를 할지, 킨을 어떻게 설득할지 생각해야 했다. 그러나 여유는 잠시였다. 운전대를 꽉 쥐고 전방을 주시하던 지아가 떨리는 목소리로 말했다.

"언니, 저거 뭐야?"

곡선으로 이어지는 도로 한가운데에 바리케이드를 세운 한 무리의 군인들이 사격 자세를 갖추고 있었다. 유이와 지아의 트럭을 겨눈 로켓 발사기도 보였다. 유이가 날카로운 목소리로 외쳤다.

"멈춰! 당장!"

지아는 급히 운전대를 꺾으며 브레이크를 밟았다. 트럭이 반동과 속도를 이기지 못하고 출렁이며 옆으로 쓰러졌고 그와 동시에 로켓탄이 발사됐다. 로켓탄은 쓰러진 채 미끄러지는 트럭 옆에서 작렬했다. 트럭은 옆으로 회전하며 도로 위를 미끄러지

다가 해안 쪽 가드레일을 들이받고서야 멈춰 섰다.

유이는 정신을 차리지 못하는 지아의 안전벨트를 풀었다.

"나가야 해! 빨리!"

찌그러진 차 문을 가까스로 밀어 올리자 도로를 지키던 군인들이 총을 난사했다. 유이는 지아와 앞 유리창을 부수고 나와 쓰러진 트럭 뒤에 숨었다. 바닥에서 총알 튀는 소리가 울렸다. 두 사람 모두 크게 다친 곳은 없었다. 유이는 권총을 뽑고 재빨리 고개를 내밀어 군인들을 살폈다. 바리케이드 주변에서 10여 명의 군인이 유이와 지아를 향해 간간이 총을 쏘았다.

드문드문 이어지는 총성 속에서 지아가 신음하듯이 말했다.

"미친놈들. 왜 다짜고짜 총질이야?"

유이는 다급히 말했다.

"살려면 뛰어야 해."

"어디로?"

"바다로."

지아가 고개를 끄덕였다. 가드레일을 넘으면 웃자란 풀밭이 있었고 그 너머는 야트막한 절벽이었다. 절벽 아래로 내려가 바다로 뛰어든 뒤 방벽으로 가면 어떻게든 몸을 숨길 수 있었다. 유이는 권총의 안전장치를 풀고 군인들을 향해 총구를 겨누었다. 위협사격만 하고 바로 도망칠 생각이었으나 바리케이드 너머에서 로켓탄을 다시 장전하는 모습이 눈에 들어왔다.

유이는 이를 악물고 군인들을 향해 연이어 방아쇠를 당겼다. 귀를 때리는 총성과 함께 묵직한 반동이 팔과 어깨를 흔들었다. 군인들은 자신들을 향해 총알이 날아오자 몸을 숙이고 바리케이드 뒤로 피했다. 유이는 지아의 손을 잡고 "가자!" 하고 소리쳤다. 그때 뒤에서 드론의 프로펠러 소리가 들렸다. 머리털이 곤두섰다.

두 발의 소형 로켓탄을 장착한 드론이 유이와 지아를 겨눈 채 하강하고 있었다. 드론과 유이 사이는 훤히 뚫려 있었다. 유이는 지아에게 "먼저 뛰어!" 하고 소리치며 드론을 향해 방아쇠를 당겼다.

유이의 권총에서 탕탕탕! 하는 소리가 울렸다. 지아는 가드레일을 넘어 바다로 달려갔다. 유이의 권총에 피격당한 드론이 비틀거리며 로켓탄을 한 발 발사했다. 로켓탄은 유이를 비껴 해안 쪽으로 날아갔다. 흰 연기를 뿜는 로켓탄은 절벽을 향해 달리는 지아 쪽으로 향했고 곧이어 폭발음이 울렸다.

비명을 지를 새도 없이 유이는 폭발력에 밀려 뒤로 내동댕이쳐졌다.

11

유이는 가까스로 몸을 일으켰다. 숨이 잘 쉬어지지 않았다. 가슴팍에 로켓 파편이 박혀 있었다. 방탄조끼를 입지 않았더라면 치명상을 입었을 것이었다. 유이는 허우적거리며 지아가 뛰어내린 곳으로 기어가려다 윽 하는 소리를 내며 그대로 바닥에 엎어지고 말았다. 충격 때문인지 몸을 제대로 움직일 수가 없었다. 지아의 생사를 확인해야 했다. 오른팔로 몸을 지탱해 간신히 몸을 세운 유이는 쓰러진 트럭 지붕에 등을 기대고 하늘을 올려다보았다.

문득 킨을 처음 만났던 날이 떠올랐다. 그날 총구에서 느꼈던 맵고 비린 맛이 혀끝에서 되살아나는 듯 했다. 유이는 숨을 크게 들이쉬고 정신을 가다듬었다. 생명이 위태로운 상황은 비슷했지만 마음이 달랐다. 킨을 만나야 했다. 킨이 이곳에 온 이유를 들어야 했다. 킨을 만나면 무슨 수가 생길지도 몰랐다. 이대로 내전이 이어지면 모두가 끝이었다. 또다시 모든 걸 잃는 상황

을 겪고 싶지 않았다. 할 수 있는 일이 있는 지금, 이대로 죽을
수는 없었다.

트럭 뒤로 군인들이 다가오는 소리가 들렸다. 지아가 어떻게
됐을지 걱정이었으나 지금 섣불리 움직였다가는 죽을 수도 있었
다. 유이는 일어서서 권총을 내려놓고 두 손을 들었다. 소총을
겨눈 군인 셋이 유이를 둘러쌌다.

군인 중 하나가 말했다.

"뭐야? 한 명뿐이야?"

앳되고 겁먹은 목소리였다. 달빛에 비친 군인들은 스무 살도
채 되어 보이지 않았다. 다른 군인이 트럭의 짐칸을 살펴보고는
당황한 목소리로 말했다.

"여기도 반군은 없어요."

"그럼 민간인이야? 우리는 왜 쐈어?"

유이는 로켓탄을 쏘려고 해서 어쩔 수 없었다고 말하려 했다.
나는 적이 아니니 살려달라고도 말하려 했다. 그러나 다음 순
간, 바다 쪽에서 무언가 날듯이 닥쳐오는가 싶더니 눈앞에서 세
명의 군인이 외마디 비명과 함께 사라졌다.

섬뜩한 바람과 기세에 소름이 끼쳤다. 바람이 할퀴고 지나간
허공에 고약한 냄새가 흩뿌려졌다. 아는 냄새였다. 온몸이 두려
움으로 굳었다. 비명과 뒤엉킨 총성이 헛발질처럼 허공에서 힘없
이 울렸다.

군인들을 치워버린 건 아르굴이었다. 아르굴은 사납게 울부짖으며 이빨과 발톱으로 군인들을 순식간에 해치웠다. 군인들은 조각조각 나뉘어 도로에 흩뿌려졌다. 피투성이가 된 군인이 가냘픈 비명을 흘리며 남은 한 팔을 버둥거렸다. 아르굴은 가볍게 으르렁거리고는 숨이 끊어져 가는 군인을 짓밟아 버린 뒤 만족스러운 숨을 내쉬며 시신을 먹어 치우기 시작했다. 검붉게 반질거리는 피가 굴곡진 도로를 따라 살아 있는 뱀처럼 흘러내렸다.

유이는 공포에 사로잡혀 숨조차 쉴 수 없었다. 스무 걸음도 안 되는 곳에서 아르굴이 피를 핥고 있었다. 끓는 소리를 내며 군인들을 씹어 삼키던 아르굴이 무엇을 느꼈는지 천천히 고개를 쳐들고 바리케이드 쪽을 노려보았다. 아르굴이 바리케이드 쪽으로 한 발 내딛자 외마디 소리와 함께 총성이 울렸고 일제사격이 시작됐다. 아르굴은 일직선으로 날아오는 로켓탄을 가볍게 피하고 사나운 괴성을 지르며 군인들을 향해 내달렸다. 잠시 뒤 바리케이드 쪽에서 총성과 비명, 아르굴의 포효가 잇달았다.

유이는 이를 악물고 일어섰다. 갑자기 아르굴이라니. 사태를 이해할 수 없었지만 지금 중요한 건 이유가 아니었다. 놈은 발안 셸터에서 보았던 것보다 크고 강인했다. 놈이 앤서 어딘가에 알이라도 낳으면 앤서는 그야말로 끝장이었다. 아르굴을 이 자리에서 없애야 했다.

아르굴도 근육과 뼈와 내장이 있는 생물이었다. 단단한 외골격은 대개 총알을 튕겨냈지만 눈이나 가슴과 목 사이에 집중사격을 받으면 제아무리 아르굴이라 해도 버텨낼 수 없었다. 어설프게 난사한 총질이라도 한 마리를 향했으니 어쩌면 상당한 부상을 입었을지도 몰랐다.

바리케이드 쪽에서 더 이상 총성이 울리지 않았다. 군인들을 모두 죽인 아르굴이 만족스러운 듯 길게 포효했다.

아르굴을 잡아야 했다.

유이는 권총을 챙기고 절룩거리며 도로로 나와 군인들이 떨군 경기관총을 찾아 들었다. 탄창이 묵직했으나 연사한다면 금방 떨어질 터였다. 아르굴과의 속도와 거리를 따져보았을 때 유이에게 허락된 시간은 몇 초뿐이었다. 그 시간에 정확하고 강렬한 사격을 퍼부어 아르굴을 끝장내야 했다.

바리케이드 옆 텅 빈 도로를 어슬렁거리는 아르굴이 눈에 들어왔다. 유이는 바닥에 엎드려 양각대로 경기관총을 고정하고 어깨에 개머리판을 바짝 붙인 다음 아르굴을 겨냥했다. 왼팔이 통증으로 욱신거렸지만 참아내야 했다. 방아쇠에 손가락을 거는데 문득 아버지가 떠올랐다. 아버지가 자신을 내려다보며 응원할 거라고 생각하자 잦아드는 바람처럼 두려움이 조금씩 가라앉았다.

'아빠, 날 봐줘요.'

아르굴의 얼굴이 확대되는 듯했다. 유이는 점사로 방아쇠를 당겼다. 타당! 하는 소리와 함께 탄피가 청명한 쇳소리를 내며 도로에 떨어졌다. 아르굴이 고개를 쳐들고 유이 쪽을 쳐다보았다. 다시 총을 쏘자 아르굴이 사납게 으르렁거리며 유이를 향해 달려오기 시작했다. 부상을 입긴 했는지 아까와는 기세가 달랐다. 유이는 정확히 사격하기 위해 온 정신을 모았다. 명중 확률을 높이려 위험을 무릅쓰고 거리가 가까워질 때까지 기다렸다.

아르굴의 발소리가 점점 가까워졌고 배 아래 콘크리트 도로가 진동했다. 아르굴의 붉은 두 눈이 유이에게 빨려드는 듯 가까워졌다.

'지금이야.'

유이는 가슴과 목 사이를 조준한 뒤 연발 사격을 시작했다. 연속되는 총성이 방벽과 도로 사이에 메아리쳤다. 아르굴이 머리의 외골격과 몸으로 총탄을 받아내며 거리를 빠르게 좁히더니 한 번 뛰면 유이에게 닿을 곳까지 당도했다. 유이는 경기관총을 버리고 몸을 옆으로 굴려 트럭 뒤로 피신했다. 아르굴이 사납게 울부짖으며 달려와 트럭을 들이받았다.

유이는 쿵! 하는 소리와 함께 튕겨 나가 가드레일 너머 풀밭에 떨어졌다. 온몸에 전해지는 충격에 숨이 컥 막혔다. 세상이 빙글빙글 도는 듯했고 지독한 이명이 귓속에서 울렸다. 일어서야 했다. 이대로 아르굴에게 죽을 수는 없었다. 허우적거리며 상체를 일으키던 유이의 손에 부드러운 무언가가 닿았다.

죽은 사람이었다.

가슴이 철렁 내려앉는 끔찍한 느낌에 눈을 질끈 감았으나 다시 뜰 수밖에 없었다. 달빛에 드러난 얼굴이 익숙했다.

지아.

가슴에 묻어둔 폭약이 일제히 폭발하는 것 같았다. 몸을 휘감았던 통증이 하얗게 말라 사라져 버렸다. 옆에서 재잘거리던 지아의 목소리가 들리는 듯했다. 어째서인지 눈물은 나지 않았다. 지아를 다시 볼 용기가 없어 유이는 아르굴을 향해 일어섰다. 유이는 이빨을 드러내고 다가오는 아르굴을 향해 악에 받친 소리를 내질렀다.

"으아악! 으아아아악!"

머리털이 곤두섰고 다문 이 사이에서 뜨거운 김이 뿜어져 나왔다. 눈에서 불이 쏟아지는 것 같았다. 두려워하는 건 이제 지긋지긋했다. 지아의 목숨을 앗아간 모든 것에게 복수하고 싶었다. 복수하고 죽어버리고 싶었다. 유이는 땅을 짚고 일어서 권총을 빼 들었다. 아르굴이 육중한 걸음걸이로 유이에게 다가왔다. 총탄에 찢긴 아르굴의 한쪽 눈과 뺨에서 피가 흘렀다. 목과 어깨 사이에서 흘러내린 피가 도로를 적셨다. 남은 실탄이 몇 발이더라. 유이는 아르굴이 자신을 덮치기 위해 도약할 순간을 노렸다. 가장 가까울 때 치명상을 입혀야 했다. 유이는 방아쇠에 검지를 대고 떨리는 왼손으로 권총을 받친 채 아르굴의 눈을 겨냥했다.

그때 유이의 눈에 무언가 이질적인 것이 보였다.

아르굴의 이마와 가슴에 반쯤 부서진 전자 기기가 있었다. 외골격 아래에 건들거리는 건 부서진 카메라처럼 보이기도 했다. 누군가가 장착한 것이 틀림없는 기기들은 모두 새것이었다. 아르굴의 목에는 용도를 알 수 없는 검은색 띠가 목줄처럼 부착되어 있었다. 그제야 긴박했던 조금 전에는 떠올리지 못한 의문이 고개를 쳐들었다.

아르굴이 어떻게 앤서에 들어왔을까. 그것도 바로 이곳에.

의문이 직감으로 이어졌고 머릿속이 하얗게 질리는 듯했다. 유이는 떨리는 목소리로 말했다.

"킨? 너야?"

유이의 목소리에 아르굴이 입술을 말아 올리더니 희고 날카로운 이빨을 드러냈다. 그리고 다음 순간 퍽! 하는 소리가 울리면서 유이의 얼굴에 뜨끈한 것이 튀었다.

아르굴의 머리가 바닥에 떨어졌다. 머리를 잃은 거대한 몸뚱이는 두어 걸음을 내딛다가 옆으로 쓰러져 버렸다. 아르굴의 목둘레에 박혀 있던 띠에서 흰 연기가 피어올랐다. 죽어버린 아르굴에게서 화약 냄새와 살 타는 냄새가 진동했다. 유이는 권총을 거두었다.

킨의 짓이 분명했다.

아르굴을 앤서에 들여놓은 것도, 아르굴에게 전자 기기를 붙인 것도, 유이의 목소리를 듣자마자 아르굴의 목을 터트려 죽인 것도 모두 킨이 한 짓일 터였다.

유이는 밤하늘을 올려다보며 이를 악물었다. 혼란스러움과 두려움과 안도감과 슬픔이 유이의 마음을 휘감았다. 눈가에서 넘쳐흐른 눈물이 턱 끝에 맺혔다가 아래로 떨어졌다. 유이는 숨을 거둔 지아에게 다가가 무릎을 꿇고 흐느꼈다.

"미안해. 정말 미안해, 지아야. 내가……, 너무 미안해."

쿠니 지구에서 한국어로 이야기 나눌 수 있었던 친구이자 동생이었다. 3년을 한집에서 살며 가족같이 지냈던 지아였다. 문득 시민권을 얻어 쿠니 지구를 떠나던 날 지아가 했던 말이 떠올랐다.

'난 언니가 잠시 다녀오는 거였으면 좋겠어. 오늘 갔다가 몇 달 뒤에 다시 돌아오는 식으로 말이야. 언니 방은 비워둘게.'

유이는 눈물을 닦고 비틀거리며 일어섰다. 그리고 숨을 거둔 지아를 내려다보며 울먹이는 목소리로 말했다.

"다녀올게."

이제는 정말 킨을 마주해야 했다. 아르굴을 앤서에 끌고 오다니, 킨은 대체 무슨 생각인 걸까. 킨에게 내전을 끝내달라고 부탁할 수는 있는 걸까.

무엇이 됐든 킨과 끝장을 봐야 했다.

유이는 도로로 올라가 바리케이드 너머에 있는 군용차에 올라타고 헤노코항을 향해 출발했다.

12

헤노코항까지 유이를 가로막는 건 없었다. 유이는 파도 소리
가 들리는 방벽 앞에 군용차를 세우고 내렸다. 바다로 흘러가는
냇물을 떠 마시고 피와 땀으로 엉망인 얼굴과 팔을 씻었다. 손
이 떨리고 뺨에 경련이 일었다. 폭발하려는 감정을 잠재워야 했
다. 무너질 것 같은 영혼을 붙들어야 했다. 지금 이대로면 킨을
보자마자 권총부터 들이댈 것 같았다.

킨은 대체 왜 아르굴에 카메라와 마이크 따위를 달아놓은 걸
까. 아르굴의 목에 박아놓은 폭약 띠는 또 뭘 의미할까. 아르굴
을 자기 마음대로 부리고 싶어서? 대체 무엇을 위해서? 유이는
그런 킨에게서 세상에 아르굴을 풀어버렸던 마낙의 모습을 떠올
릴 수밖에 없었다.

유이는 입을 벌린 짐승의 아가리 같은 방벽을 쳐다보았다. 저
곳을 넘으면 킨을 만나게 될 것이었다.

마낙 셸터의 사람들을 죽음의 구렁텅이로 몰아넣은 킨.

하이난섬에서 아르굴을 통제할 방법을 연구한 킨.

자기 목적을 이루기 위해 내전을 부추긴 킨.

18년 전, 앳된 얼굴로 웃던 킨의 모습이 떠올랐다. 킨의 웃음은 유이에게 특별했다. 유이는 킨이 쓸쓸히 웃으면 킨의 손을 감싸 쥐었고, 소리 내어 웃으면 뿌듯해하며 함께 웃었다.

기억 속 킨의 웃음소리에 가슴이 욱신거렸다. 탄창에 남은 총알은 네 발이었다. 유이는 권총을 권총집에 넣고 부서진 방벽을 넘어 폐허나 다름없는 헤노코항을 향해 절룩이며 걸어갔다.

일정한 간격을 두고 밀려드는 얕은 파도가 문드러진 것처럼 부서진 테트라포드에 부딪쳐 찰박거렸다. 이지러진 달빛에 작은 섬들의 윤곽이 또렷이 드러났다.

잔물결이 일렁이는 광활한 검은 물의 세계. 너저분한 부두 앞에 떠 있는 작은 화물선. 부서지고 무너진 선착장 끝에 서 있는 한 남자.

킨이었다.

구름 사이로 비치는 달빛에 드러난 킨의 뒷모습은 쓸쓸해 보였다. 뒷모습만으로도 가슴에 둔중한 통증이 일었다. 주변에는 아무도 없는 듯했다. 화물선도 불빛 하나 없이 어둠에 잠겨 있었다. 유이는 천천히 발걸음을 뗐다. 유이가 다가가는데도 킨은 아무런 반응을 보이지 않았다. 오직 꼿꼿이 서서 바다를 바라볼 뿐이었다. 멀리서 총성과 포성이 울렸다. 하늘을 연하게 두드리는 헬리콥터 소리도 들렸다. 유이는 스무 걸음쯤 떨어진 곳에서 멈추었다.

인기척을 느낀 킨이 천천히 뒤돌아 유이를 정면으로 바라보았다. 킨은 후드가 달린 검은색 우의를 입고 있었다. 턱수염을 깨끗하게 밀어버린 킨의 얼굴에서 젊은 마낙의 모습이 어른거렸다. 주하 중사가 킨을 두고 한 말이 떠올랐다.

'킨은 더 이상 네가 알던 그 애가 아니야.'

"오랜만이야. 유이."

잠긴 목소리였다. 유이는 꼿꼿이 섰다. 어깨를 펴고 주먹을 말아 쥐었다. 바닷바람에 머리칼이 흩날렸다.

"주하 중사님이 돌아가셨어."

킨은 고개를 천천히 주억거렸다. 이미 예상했다는 듯이.

"고생이 많으셨지."

'할 말이 그것뿐이야?' 하는 말이 목구멍에서 걸렸다. 킨이 밤바다와 주변을 둘러보며 말했다.

"하이난섬보다 여기 날씨가 더 좋다. 거기는 덥거든."

유이가 아무 말도 하지 않자 킨은 자기 말을 이어갔다.

"여기는 날씨가 너무 좋아. 너무 좋아서 다들 겨울을 잊었어. 지나치게 좋은 이 날씨가 앤서에는 독이야. 겨울을 기억조차 하지 않으니 봄을 맞을 자격이 없어. 이제 겨울 차례가 됐어. 공평한 게 아무래도 이치에 맞잖아. 보기에도 좋고."

유이는 입을 열었다.

"앤서를 끝장내려는 거야?"

"내가 아니어도 앤서는 끝나고 말 거야. 안 그래?"

그 말을 반박할 수 없었다. 킨이 오른손을 내밀었다.

"같이 가자. 이 배를 타고 하이난섬에 가는 거야. 동생들에게도 말해뒀어. 그곳에 네 자리가 있어. 네가 할 일이 있어."

여전히 대답 없는 유이에게 킨이 읊조리는 투로 말했다.

"네 아버지의 비전을 이룰 곳이야. 하이난섬에는 사람이 있어. 마낙 셸터에서 데리고 나온 나와 같은 부류의 아이들이야. 잘 만들어진 애들이라 신인류가 되기에 아주 적합해. 그 아이들한테는 유전병도 없고 장애도 없어. 아르굴을 두려워할 필요도 없지. 어떤 병에도 걸리지 않을 만큼 강인해. 건강하게 살다가 여든이 되면 조용히 죽음을 맞을 거야. 걔들은 끝이 언제인지 분명히 아는 사람으로 살아가고 있어. 이 아이들의 다음 세대도 같은 조건으로 생을 이어가게 될 거야.

가서 나와 함께 그 사람들을 가르치고 돌보자. 그 애들에게는 선생님이 필요해. 보호자가 더 필요해. 제대로 된 문명을 전수해 줄 사람이 절실해."

킨은 유이의 반응을 살피려는 듯 말을 멈췄다. 자신의 말이 공허하게 흩어지고 있음을 알아차린 듯했다. 유이는 말했다.

"새 세상을 열고 싶다는 거야?"

킨이 고개를 끄덕였다.

"앤서를 끝장내고 나서? 처음부터 앤서를 이 지경으로 만들 작정이었어?"

"아니. 파비언만 끌어내리면 되는 일이었어. 내전이 벌어진 건 내 탓이 아니야. 언젠가 벌어지고 말 일이 조금 일찍 일어난 것뿐이지. 너도 예상하지 않았어? 앤서가 결국은 발안 셸터처럼 될 거라는 걸."

유이는 말했다.

"내전의 시작은 너야. 너 때문에 벌어진 일이야. 너 때문에 수많은 사람이 죽었어."

"어차피 죽을 운명이었어."

"마낙 셸터 사람들도?"

그 말에 킨은 입을 닫았다. 바람 소리와 찰박이는 물소리, 무언가가 규칙적으로 끼익거리는 소리만 들렸다. 멀리서 총성과 폭음이 메아리쳤다. 유이는 킨의 침묵이 반가웠다. 침묵은 그 일을 끔찍스러워하고 후회한다는 의미가 아닐까. 킨이 정말 마낙이 되었다면 이죽거리는 투로 어쩌라는 거냐는 식의 대꾸를 했을 것이었다. 그렇다. 킨은 킨이다. 완전히 마낙이 되어버린 건 아닐 것이다. 킨을 구해달라던 주하 중사의 목소리가 귓가에 울리는 듯했다. 할 수만 있다면 킨을 구하고 싶었다.

그때였다. 거센 바람에 파도가 출렁였다. 위아래로 일렁이는 화물선에서 그르렁거리는 소리가 낮게 울렸다. 머리털이 쭈뼛 서면서 소름이 돋았다. 유이는 정박해 있는 화물선을 노려보았다. 화물선 갑판에는 소형 컨테이너가 두 개 실려 있었다. 유이는 허리춤에서 권총을 빼 컨테이너를 향해 방아쇠를 당겼다.

탕!

총소리와 함께 컨테이너에서 불꽃이 튀었고 아르굴의 괴성이 터져 나왔다. 안에서 발버둥을 치는지 화물선이 기우뚱거렸다. 컨테이너에 난 작은 창으로 아르굴의 포악한 눈빛이 번득였다. 유이는 아득해지려는 정신을 부여잡고 킨에게 총구를 돌렸다.

"이거 뭐야? 이게 무슨 짓이야?"

킨은 대답하지 않았다. 유이는 악을 쓰듯 소리쳤다.

"미쳤어? 대체 무슨 생각인 거냐고!"

자신을 겨눈 총구를 바라보며 킨이 조용히 입을 열었다.

"지금 세상에 아르굴만큼 강한 건 없어. 아르굴을 통제할 수 있다면 무엇이든 할 수 있어. 이번에도 내가 널 구했잖아. 안 그래?"

유이는 권총을 쥔 손에 힘을 주고 떨리는 목소리로 말했다.

"말해. 아르굴로 뭘 어쩌려는 건지."

"앤서는 이제 멸망해야 해."

"왜? 대체 왜!"

"파비언은 내전에서 승리할 거야. 그다음에는 거칠 게 없지. 폐허가 된 앤서를 내세우면 하이난섬 진출 명분이 더 공고해질 거야. 파비언은 하이난섬에 올 테고 결국 그곳에 우리가 있다는 걸 알게 되겠지.

우리는 수백 명 수준이야. 구성원들은 아직 어리고 무기도 변변찮아. 포악한 아르굴은 그리 많지 않지. 결국 우리는 앤서의 화력을 이겨낼 수 없을 거야. 파비언은 하이난섬이 자기 기대 이상으로 풍요롭고 안정되었다는 것 또한 알게 되겠지. 거기에 우리가 어떤 형질을 갖고 있는지까지 알면 어떻게 될까? 하이난섬마저 망가질 것 같지 않아? 우리를 어떻게든 이용해 먹으려 들지 않겠어? 생체 실험 같은 걸 하고 싶어 하지 않을까?"

아르굴이 불길한 잡음을 내며 으르렁거렸다. 킨의 말이 맞다는 것처럼.

유이는 할 말이 떠오르지 않았다. 충분히 공존할 수 있다고 설득할 자신이 없었다. 앤서 사람들이 하이난섬에 지나친 욕심을 부리지 않을 거라는 보장이 없었다. 파비언은 더더욱 믿기 힘들었다. 결국에는 킨의 말대로 될 것 같았다. 주하 중사가 사랑했던 하이난섬의 아이들과 그들의 세상이 무참히 짓밟힐 것 같았다. 하지만 그렇다고 앤서가 멸망하는 걸 그대로 두고만 볼 수도 없는 일이었다. 킨이 얼굴을 일그러트리며 말했다.

"현 인류에게는 새로운 세상을 시작할 자격이 없어. 이미 글러먹은 족속들이야. 유이야, 우리 함께하자. 너와 내가 새로운 곳에서 우수한 아이들과 더 좋은 세상을 만들어보는 거야."

새로운 곳에서 더 좋은 세상을 시작하는 게 정말 가능할까. 유이도 마음이 동하는 말이었다. 아버지의 꿈이기도 했다. 그러나 앤서를 멸절시키고 보자는 킨의 방식에는 동의할 수 없었다. 이곳에는 다이치와 오다 소장이 있었다. 지아와 쿠니들이 있었다. 앤서 시민 중에도 다정했던 사람들이 적지 않았다. 그들을 다 죽여야 시작할 수 있는 세상이 과연 좋으면 얼마나 좋을까. 더 나은 세상이 되기나 할까? 어쩌면 킨은 다른 섬의 연합 셸터에도 아르굴을 풀어버릴 심산일지도 몰랐다.

글러먹은 족속이니 멸절이 당연하다고 말하는 킨이 너무나 낯설었다. 유이가 기억하는 킨은 비가 온 날 도로 위에서 길 잃은 지렁이를 수풀로 옮겨주고, 라리가 기침으로 힘들어하면 자신이 아픈 것처럼 괴로워했다. 함께 밥을 먹을 때면 어떻게 해서든 조금이라도 유이에게 더 먹이려고 애쓰던 사람이었다. 마낙 셸터에 두고 온 동생들을 생각하며 자책하고 괴로워할 때는 유이의 품에 안겨 울곤 했다.

유이가 아는 킨은 따뜻하고 선량했다. 친절하고 상냥한 사람이었다. 그랬던 킨이 가까스로 살아남은 인류를 향해 살의에 가까운 적개심을 내비치고 있었다. 어쩌다 이렇게 됐을까.

불현듯 〈킨의 일지〉가 아프게 떠올랐다. 〈킨의 일지〉는 발안 셸터의 마지막을 설명하는 기록이기 이전에 킨이 어떤 상처를 입었는지, 그 상처가 어떻게 곪고 썩어 킨의 영혼을 기괴하게 비틀어버렸는지를 설명하는 기록이기도 했다.

유이는 총구를 내리며 말했다.

"그만둬, 킨. 넌 그런 사람이 아니야."

킨은 답답하다는 듯 대꾸했다.

"내가 무슨 말을 하는지 넌 전혀 이해하지 못했구나."

유이는 붙잡듯이 말했다.

"혹시 말이야. 우리 셋이서……, 그러니까, 라리와 너와 나 셋이서 눈사람 만든 적 있어?"

킨의 눈이 서서히 열렸다. 킨은 허공에 시선을 두고 기억을 더듬는 듯하더니 일그러졌던 얼굴을 부드럽게 풀었다.

킨이 말했다.

"만들었어. 눈이 참 예뻤지. 그날 라리는……."

킨은 입을 다물고 목울대가 움직이도록 침을 삼켰다.

"그날 라리는 소리 내어 웃었어. 나는 분명히 들었다고 했고 너는 못 들었다고 했어. 다시 한번 웃어보라고 했는데 라리는 약 올리는 것처럼 웃는 흉내만 냈어. 네가 자신에게도 웃는 소리를 들려달라며 간지럼을 태웠지."

그랬나? 그랬었나? 그랬던 것 같았다. 어떻게 그런 기억을 잊고 지냈을까. 눈시울이 뜨거워졌다. 더운 숨을 내쉬며 유이는 젖은 목소리로 말했다.

"넌 마낙이 아냐."

"넌 날 몰라."

유이는 입을 벌리고 짧게 숨을 들이마셨다. 진짜 킨의 목소리를 들은 것 같았다. 앤서 포털에 올린 영상 속 연극하는 듯한 목소리도, 이곳에서 들으며 마음이 무너졌던 냉엄한 목소리도 아니었다. 어쩌면 킨의 마음이 돌아설지도 몰랐다. 킨을 구할 수 있을지도 몰랐다. 유이가 그랬듯 킨도 유이와 함께했던 지난 시간을 떠올리고 있는지도 몰랐다. 주하 중사가 그러지 않았는가. 킨의 마음속에는 항상 유이가 있었다고.

무슨 말을 해야 했다. 킨을 구할 수 있는 무언가를 내놓아야 했으나 더는 떠오르는 게 없었다.

킨은 유이를 쳐다보다가 서글픈 목소리로 말을 이어갔다.

"넌 아무것도 몰라. 내가 어떻게 살았는지, 내가 하이난섬에서 어땠는지도 모르잖아. 나는 마낙과 정확히 같은 사람이야. 제발 아니길 바랐지만 유전자는 어쩔 수 없더라. 그만 끝내고 싶어. 여기가 적당한 거 같아. 이제는 네가 날 구할 차례야."

"뭐?"

"널 구해준 건 공짜가 아니야."

"무슨 소리야?"

"지금이 아니면 안 될 것 같아. 우리가 해야 할 일이야. 오면서도 내내 고민했어. 내가 어떻게 해야 할지. 유이야, 너는 너의 일을 해. 어쩌면 이러려고 내가 여기에 왔나 봐. 나는 나를 어찌할 수가 없더라."

맥락 없이 떨어지는 킨의 말이 불길했다. 유이는 다시 한번 킨을 설득했다. 일단 여기에서 배를 돌려 하이난섬으로 돌아가자고, 앤서가 어떻게 될지 지켜보면서 앞으로의 계획을 의논해 보자고 했다. 쿠니 지구 사람들과 연합하는 것도 방법이 될 수 있다고 했다. 유이의 말이 이어질수록 킨의 얼굴은 서서히 마낙처럼 변해갔다. 꾸며낸 것 같기도 했고 본성 같기도 했다. 킨은 이제 히죽거리며 유이의 말을 듣고 있었다. 무서워서 소름이 돋았다. 말하면서도 알 수 있었다. 설득이 전혀 먹히지 않는다는 걸.

유이는 말을 멈추었고 킨은 긴 숨을 내쉬며 몸을 돌려 바다를 바라보았다. 구름이 달을 가려 사위가 어두워졌다. 잠시 품에 들어왔던 킨이 멀어진 것 같아 유이는 애가 탔다.

둘 사이에 쌓인 검고 무거운 적막을 뭉개며 킨이 심드렁한 목소리로 말했다.

"이대로 그냥 돌아가면 여기까지 아르굴을 실어 온 내 수고는 뭐가 돼?"

충격에 말문이 막혔다. 이제는 정말 킨이 아닌 듯했다. 킨이 주머니에서 무언가를 꺼내 들었다. 직사각형 리모컨이었다. 작고 네모진 플라스틱판에 버튼이 붙어 있었다. 킨은 오른손으로 리모컨을 매만지면서 유이에게 말했다.

"이 버튼을 누르면 컨테이너에서 아르굴이 튀어나올 거야. 그

다음에는 무너진 방벽을 넘어 앤서로 들어가겠지. 격벽이 있는 쿠니 지구는 당분간 괜찮겠지만 오래 버티지는 못할 거야. 대륙에서 모셔 온 놈이야. 배 속에 알이 꽉 차 있는 놈으로 신중하게 골랐거든."

유이는 신음하듯 말했다.

"킨. 제발……. 이러지 마."

유이의 말에도 아랑곳없이 킨은 엄지로 리모컨의 버튼을 쓰다듬었다. 유이는 권총으로 킨을 겨냥한 뒤 방아쇠에 검지를 걸고 힘을 주었다.

"그만해."

그렇게 말하는데 눈가로 눈물이 넘쳐흘렀다. 결국 선택해야 할 순간이 성큼 다가오고 있었다. 킨은 리모컨을 든 손을 살짝 올려 보였다. 웃는 얼굴로.

유이는 울음 섞인 목소리로 소리 질렀다.

"제발 그만하라고!"

유이는 와들와들 떨리는 손을 다잡으려 애쓰면서 표독스레 소리쳤다.

"미친 자식아! 그거 내려놔! 쏠 거야! 널 죽이고 말 거야!"

유이는 속으로 간절히 되뇌면서 이를 악물었다.

'제발 내려놔. 제발.'

가늠자와 가늠쇠, 그 너머에 킨의 가슴이 일직선으로 나열되어 있었다. 차오른 눈물로 시야가 흐릿했으나 빗나갈 수 없는 거리였다.

킨이 큰 목소리로 말했다.

"생각해 보니 네가 없어도 될 것 같다. 그냥 내 식대로 하는 게 피차 속 편하겠어."

"뭐?"

유이는 눈을 깜빡이며 킨을 주시했다. 난데없이 찾아든 기시감 때문이었다. 킨에게서 마낙의 얼굴을 칼로 그어버리던 라리의 의미심장한 표정이 보였다. 무어라 말을 걸려는데 킨이 숨을 크게 들이마시고는 해안이 울리도록 소리쳤다.

"다!"

온몸에 소름이 돋을 만큼 오싹한 외침이었다. 광기 어린 목소리로 눈을 희번덕거리며, 킨은 세상을 향해 소리쳤다.

"불타버려라!"

유이를 노려보는 킨의 얼굴이 지옥의 괴물처럼 일그러졌다. 킨은 리모컨을 치켜들고 야수의 소리를 연이어 내지르며 유이를 향해 빠른 걸음으로 걸어왔다. 유이는 자기도 모르게 방아쇠를 당겼다. 파도가 부서지는 부두에 둔탁한 총성이 울렸다.

세상이 정적에 잠겼고 콘크리트 바닥으로 리모컨이 달그락 소리를 내며 떨어졌다. 킨은 방벽이 넘어가듯 뒤로 쓰러졌다. 벌어진 사태를 이해하지 못해 멍하니 서 있던 유이는 울부짖으며 킨에게 달려갔다. 킨을 끌어안고 피가 흐르는 가슴을 손으로 막았으나 총상은 치명적이었다. 숨을 헐떡이는 킨의 얼굴은 눈물범벅이었다. 킨은 고통을 참으면서 유이를 향해 슬프게 웃어 보였다.

하룻밤에 세 사람이나 잃고 싶지 않았으나 유이가 할 수 있는 일은 없었다. 킨은 유이를 향해 입을 벙긋거리다가 모든 움직임을 멈추었다. 유이는 숨을 거둔 킨을 끌어안고 오열했다. 주하 중사와 지아, 그리고 킨까지. 세상 모든 것이 재가 되어 바스러지는 것 같았다.

더는 살고 싶지 않았다.

권총의 총구에서 올라온 화약 냄새가 유이의 영혼을 잡아끌었다. 킨의 숨을 끊은 권총이었으니 이번에는 유이에게로 향하는 게 맞지 않을까. 유이는 무릎으로 땅을 디디고 상반신을 세웠다. 충동적으로 총구를 관자놀이에 갖다 대자 의외의 안도감이 온몸으로 퍼져나갔다. 총구에 남은 열기가 따듯하고 감미로웠다. 스위치를 내린 것처럼 완전한 평온이 찾아들었다. 오랫동안 상상만 하고 참아왔던 행위였다. 유이는 검지를 방아쇠에 걸었다.

유이는 불완전한 달과 검은 바다를 바라보며 낮게 읊조렸다.

"아빠, 미안해."

마지막 선택은 아주 간단했다. 이렇게나 쉬운 거였다니. 유이는 허탈해하며 그대로 방아쇠를 당겼다.

13

총알은 발사되지 않았다.

다시 방아쇠를 당겼으나 탁한 마찰음만 날 뿐 아무 일도 일어나지 않았다.

유이는 권총을 내렸다. 이게 대체 무슨 일인지 알 수 없어 정신이 얼얼했다. 그때, 화물선에서 아르굴이 짖어대는 것처럼 사나운 소리를 내질렀다. 유이는 갑작스레 터져 오르는 분을 참을수 없었다.

유이는 일어서서 화물선을 향해 방아쇠를 당겼다. 탕! 하는 소리와 함께 화약 연기가 피어올랐다. 제대로 격발된 총알이 날카로운 소리를 울리며 컨테이너로 날아가 불꽃을 내며 튕겼다. 총성에 흥분한 아르굴이 미친 듯이 울부짖으며 포효했다.

다리에 힘이 풀려 바닥에 주저앉았다. 자신을 향해 방아쇠를 당겼을 때는 왜 발사되지 않았을까. 그것도 두 번이나. 이제 남은 총알은 한 발이었다. 유이는 발광하는 아르굴의 괴성을 들으며 달빛을 얹고 일렁이는 바다를 바라보았다.

방아쇠를 당겨보았기 때문일까. 그럼에도 불구하고 살아 있기 때문일까. 세상을 떠나버리고 싶었던 격렬한 감정이 꺼지듯 사그라들었다. 유이는 자신의 손에 묻은 킨의 피를 내려다보았다.

해야 할 일이 있었다.

유이는 바닥에 떨어진 리모컨을 챙기고 가까운 마을로 가서 오다 소장에게 전화를 시도했다. 통화는 몇 번의 시도 쯤에 간신히 연결됐다. 살아 있어서 다행이라고 말하는 오다 소장에게 유이는 부탁했다. 곰탱이에 화물 수송 장비를 싣고 헤노코항으로 와달라고.

유이와 오다 소장은 킨을 방벽 아래에 묻었다. 그러고는 곰탱이에 아르굴이 실린 컨테이너를 매달고 제1도시로 날아갔다. 컨테이너를 내려놓은 곳은 재건과 영광의 박물관 앞마당이었다.

아르굴의 포효가 앤서 한가운데서 메아리쳤고 펀메이커들이 몰려들었다. 유이는 자신을 찍는 수많은 카메라 앞에서 리모컨을 치켜들며 소리쳤다. 정부군과 반군 모두 싸움을 중단하라고, 즉각 대화를 시작하지 않으면 아르굴을 풀어버리겠다고. 유이는 위악적으로 굴며 미친 사람처럼 악을 썼다.

"아르굴의 먹이가 되고 싶습니까! 다 같이 죽고 싶냐고요!"

앤서 포털 메인에 박물관 앞에서 포효하는 아르굴과 아르굴만큼이나 악에 받쳐 소리 지르는 유이의 모습이 실시간으로 올라갔다. 앤서 시민 모두가 사납게 울부짖는 아르굴을 두려운 시선으로 쳐다보았다. 킨이 심어준 두려움이었다.

박물관에 나타나 진정하라고 말하는 파비언에게 유이는 말했다. 여기에서 전쟁을 멈추지 않으면 정말로 이 버튼을 눌러버릴 거라고.

테러를 당하고 가족들이 다쳤기 때문일까, 아니면 앤서가 멸망으로 치닫는 걸 어찌할 수 없다는 자괴감 때문일까. 3주 만에 본 파비언은 초췌한 모습이었다. 생각했던 것 이상으로 비통해 보여서 권총으로 쏴버리고 싶은 마음까지는 들지 않았다. 유이는 파비언을 내려다보며 말했다.

"이게 당신이 원했던 판세를 뒤엎을 한 방이야."

의미심장한 얼굴로 유이를 올려다보던 파비언이 고개를 끄덕였다.

유이는 앤서 포털을 통해 정부군과 반군이 각자의 주둔지로 돌아가는 것을 확인할 때까지 박물관을 떠나지 않았고 양쪽이 협상을 위한 휴전을 선언한 뒤에야 아르굴을 항공 응급 구조 센터로 옮겼다.

바로 다음 날, 파비언은 반군 지도부와 협상 테이블에 앉았다. 파비언은 협상하는 장면을 앤서 포털에 실시간으로 올려 앤서 모두의 관심을 끌었다. 파비언은 반군 지도부에 모든 전투 중지와 피해 복구 협력을 제안했고, 반군은 파비언의 사과와 하야를

요구했다. 파비언은 요구를 받아들이겠다면서 다음과 같은 조건을 내걸었다.

내전 수습을 위한 과도 정부를 세우고 최대한 이른 시일 내에 대통령 선거를 할 것, 그리고 그 선거에서 자신의 피선거권을 박탈하지 말 것.

반군은 파비언의 조건을 받아들였다.

유이는 파비언과 반군 지도부의 공식 발표까지 지켜본 뒤 아르굴이 갇힌 컨테이너를 곰탱이에 매달고 바다 한가운데로 가져가 떨어트렸다.

14

유이는 헤노코항의 선착장에 정박해 놓은 낡은 요트를 향해 걸어갔다. 바다는 잔잔했고 하늘은 맑았다. 선착장 끝에 서서 회색 구름이 드리운 수평선을 바라보았다. 온화한 바닷바람이 유이의 머리칼을 뒤로 쓸어 넘겼다. 파도와 갈매기 소리를 들으며 유이는 한 달 전 이 자리에서 죽었던 킨을 생각했다.

앤서는 북쪽의 반군 지역과 남쪽의 정부군 지역으로 분할되었다. 과도 정부는 양측 사람을 동등한 비율로 뽑아 구성했다. 말로만 분할되었을 뿐 북쪽과 남쪽을 가로막는 건 없었다. 북쪽의 화력 발전소가 폭파된 상황에서 반군 지역은 남쪽에서 생산하는 전기에 의존할 수밖에 없었고, 앤서 정부 또한 실내 농장과 농지가 몰린 북쪽의 협조가 절실했다.

앤서는 전력과 식량 부족에 시달렸다. 화력 발전소와 정유 시설이 폭파된 건 회복 불가능한 피해였다. 비축해 두었던 자원과 무기를 소진한 것도 큰 타격이었다. 과도정부로 위기를 타개하겠다고는 했으나 내전의 상처를 극복하는 건 쉽지 않은 일이었다. 거리에서 이따금 총성이 울리기도 했다. 앤서 포털에는 상대를 향한 보복을 부르짖는 영상물이 올라오기도 했다. 혼란을 수습하려면 한동안 어려운 시기를 보내야 할 터였다. 파비언은 하야하는 자리에서 펀메이커들을 향해 힘주어 말했다. '혼란은 기회'라고.

❖

"어서 안 타고 뭐 합니까? 감상에 잠겨 있을 여유가 있다니 부럽군요."

유이는 요트를 향해 고개를 돌렸다. 요트 갑판에서 오다 소장이 유이를 바라보며 말했다.

"너무 겁먹지 말아요. 헬리콥터도 조종했는데 배라고 못 하겠습니까."

한껏 들뜬 오다 소장의 목소리에 웃음이 났다. 유이는 요트에 오르며 말했다.

"너무 여행 기분 내시는 거 아니에요?"

오다 소장은 구명조끼를 팡팡 두드리며 말했다.

"기대됩니다. 하이난섬을 보고 싶어요. 그곳이 부디 살 만한 곳이었으면 좋겠습니다."

오다 소장은 무엇이 기다리고 있을지 모를 바다 너머의 새로운 곳을 상상하며 소년 같은 표정을 지었다. 기대에 부푼 오다 소장을 보자 가슴이 뭉클했다. 며칠 전 하이난섬에 같이 가자는 유이의 제안에 오다 소장은 눈을 빛내며 말했다.

"다이치를 데려가서 함께 살 수 있을까요?"

반군을 따라 앤서 북쪽으로 갔던 다이치는 3주 만에 항공 응급 구조 센터로 돌아왔다. 다이치의 얼굴에는 예전에 볼 수 없었던 지친 기색이 얼룩처럼 묻어 있었다. 하이난섬에 가보면 어떻겠냐는 오다 소장의 말에 다이치는 고개를 저었다. 레이와 함께 항공 응급 구조 센터를 지키겠다고 했다. 구조 요청이 들어오면 남쪽과 북쪽을 가리지 않고 달려가고 싶다고 했다. 앤서가 안정되고 센터를 맡아줄 사람이 나타나면 그때 하이난섬으로 떠나는 것을 고려해 보겠다고 덧붙였다.

다이치는 유이에게 조심스레 말했다.

"돌아올 곳이 있는 게 유이에게도 좋을 거예요. 무리하지 말고 아니다 싶으면 언제든 돌아와요."

유이는 웃으며 말했다.

"다녀올 테니까 자리 비워둬."

유이는 뱃머리로 걸어가 난간을 잡고 아침 햇살을 온몸으로 받았다. 지아와 주하 중사가 이 자리에 있었다면 어땠을까. 두 사람을 생각하면 가슴이 아프도록 미안하고 보고 싶었다.

여행 가는 기분이면 좋겠으나 낭만은 거기까지였다. 현실의 상

301

황은 복잡하고 위태로웠다. 앤서가 어떻게 될 것인지 알 수 없었다. 다른 섬에 있는 연합 셸터들의 상황이 변수가 될 수도 있고 다시금 일어서려는 파비언의 다음 행보가 또 다른 위기를 초래하지 않을지도 걱정이었다. 내전을 치르면서 양분된 쿠니 지구의 상황 역시 불안했다. 당분간 하이난섬 진출은 생각하지 못할 테지만 킨의 염려 자체는 타당했다.

일단은 가야 했다. 하이난섬에. 그곳에 유이의 일이 있으므로.

뒤에서 오다 소장의 목소리가 들렸다.

"아직도 희박합니까? 답을 찾았나요?"

유이는 오다 소장을 돌아보며 말했다.

"모르겠는데요."

오다 소장은 정답을 확인한 것처럼 고개를 주억거렸다.

"나쁘지 않군요."

유이의 대답은 과거와 같았고 오다 소장의 반응은 달랐다. 환한 빛으로 물든 오다 소장의 주름진 얼굴에 웃음이 감돌았다.

"유이 선장, 출항해도 되겠습니까?"

유이는 손날을 눈썹 옆에 붙이며 "네!" 하고 대답했다. 오다 소장은 싱긋 웃으며 조종실로 들어갔다. 유이는 몸을 돌려 바다를 응시했다.

'모른다. 나는 모른다. 앞으로 어떠한 일이 벌어질지 나는 모른다.'

유이는 속으로 되뇌며 가야 할 곳을 바라보았다. 하이난섬에 무엇이 기다리고 있을지 알 수 없으나 그곳에서 유이가 맞이할 모든 것이 삶의 이유가 되리라는 확신이 들었다.

끝이 와도 슬프지 않을 삶을 찾고 싶었다.

요트가 물살을 가르며 남쪽을 향해 나아가기 시작했다.

작가의 말

내가 쓰는 모든 소설은 우연의 산물이다. 아침에 만난 동료와 나눈 이야기, 라디오에서 들은 뉴스, 길거리의 간판을 쳐다보다 문득 떠오른 생각, 가족에게 벌어진 일들이 소설 속으로 슬그머니 들어오곤 한다. 매번 시놉시스를 쓰지만 시놉시스는 언제나 출발을 위한 도구였을 뿐이다.

그래서일까. 나의 소설 쓰기에는 지우고 버리는 일이 잦다. 나는 많이 쓰고 많이 버린다. 《앤서》는 유독 그 과정이 고달팠다. 이 소설을 완성하기까지 대략 세 권 분량의 원고를 버렸다.

이 소설의 첫 시작은 3년 전이었다. 당시 나는 말하는 오소리 '나달'이 등장하는 3부작 어린이 판타지 소설을 쓰고 싶었다. 1권을 어느 정도 만들어 보았는데 마음에 들지 않아서 원고를 묻어두고 다른 원고 작업에 매진했다. 그러다 2년 반 전, 김영사로부터 3부작 구성의 청소년 대상 판타지 소설을 써보면 어떻겠느냐는 제안을 받았다. 나는 나달의 이야기를 발전시켜 열아홉 살의 킨이 주인공인 근미래 디스토피아 판타지 소설을 썼고 작년 1월쯤 《셸터》라는 제목 아래 '겨울잠 축제', '부활의 날', '공멸 전투'라는 부제를 단 3부작 소설을 완성했다. 완성 직후에는 제법 잘했다고 생각하며 뿌듯해했다. 아주 잠깐은 그랬다.

쓸 때는 몰랐으나 완성한 뒤 다시 보니 이번에도 마음에 들지 않았다. 결과물이 출판사가 바라는 청소년 소설로 읽히지도 않아서 난처했다. 나는 출판사에 대상 독자층을 확장하여 다시 쓰겠다고 했고 2부와 3부를 버린 뒤 1부의 1/4 분량에 해당하는 원고를 건져내어 새 소설을 쓰기 시작했다. 《앤서》는 그렇게 완성되었다.

《앤서》는 서사 자체가 중요한 소설이다. 나로부터 시작된 이야기도 아니고 다른 사람의 삶으로부터 시작된 이야기도 아니다. 이야기 자체를 훌륭하게 만들고 싶었던 소설이었다. 소설 쓰기는 훈련된 기능이 필요한 일이고 완성도 높은 무언가를 제작하는 일이다. 《앤서》를 포기하지 않고 고치고 버리는 일을 반복할 수 있었던 건 그동안 갈고 닦아왔던 이야기꾼으로서의 재능을 펼쳐보고 싶었던 욕망 덕분이었다.

이 소설을 쓰는 기간 동안 종종 나의 죽음을 생각했다. 소설의 소재와 서사가 내게 던진 질문이었다. '나는 어떤 마지막을 맺게 될 것인가'라는 질문을 하며 소설을 쓰고 일상을 살아갔다. 답을 얻을 수 없는 질문이었으나 결국 오고 말 그 장면이 궁금하긴 했다. 나의 마지막을 생각하면 그 생각 뒤로 '나는 어떻게 살아가야 할까?'라는 질문이 따라붙곤 했다. 마치 무슨 공식처럼.

자폐 장애가 있는 딸은 공교육 시스템에서 돌봄 받던 시기를 마무리하며 그 다음의 삶을 준비하고 있고 아들 역시 고등학교 졸업 후의 진로를 모색하는 중이다. "내 걱정은 하지 마라!" 하고 말하며 씩씩하게 살아가는 아버지는 시골의 작은 농장에서 닭과 벌을 키우고 순전히 다른 사람들에게 나눠주기 위한 농사를 지으며 살아가신다. 세 아이의 엄마인 여동생도 남편과 함께 선량하고 꿋꿋하게 일상을 꾸려가고 있다. 아내와 나는 오십 대로 접어들어 간다. 분명히 어렸던 시절, 젊었던 시절이 있었는데 삶은 흐르고 흘러 나를 이곳에 데려다 놓았고 다음은 어디로 흘러가게 될지 알 수 없다.

나는 어떻게 살아가야 할까.

어떤 질문은 명징한 대답이 필요하지 않다. 붙잡고 살아가는 것만으로도 충분한 이 질문은 우리의 시선을 현재에 맞춘다. 오늘 하루를 무탈하게 마무리한 것만으로도 다행이다. 10년 뒤, 1년 뒤, 한 달 뒤를 생각하다가 '에라, 나도 모르겠다' 하며 스르륵 잠들어 버린다. 이 질문에 복잡하고 어려운 대답이 필요한 것 같지도 않다. 부디 나의 삶이 가치 있기를 빈다. 나의 일에 최선을 다했다는 소회와 의미 있었다는 뿌듯함으로 일주일, 한 달, 한 학기, 1년을 마무리할 수 있으면 좋겠다.

쓴 대로 살고 싶다. 읽은 대로 살고 싶다. 유약하고 불완전하며 어긋난 구석이 적잖지만 언젠가 찾아올 죽음을 생각하며 보다 의미 있는 선택을 하는 것으로 삶의 시간을 채울 수 있으면 좋겠다. 불안은 상수다. 성인이 된 딸이 앞으로 어떻게 살아가게 될지 알 수 없다. 근처 복지관에서 운영하는 대학 과정에 지원했는데 며칠 전 불합격되었다는 연락을 받았다. 딸이 아침에 일어나서 갈 곳이 없게 될 수 있다는 생각이 들자 정신이 번쩍 드는 것 같았다. 경험해 본 적 없는 상황이 또다시 내 앞으로 밀려들고 있다.

아빠의 속을 모르는 딸은 맑게 웃으며 자기가 좋아하는 문구점에서 공주 스티커 북을 고른다. 분수대 앞에서 넋을 놓고 솟구쳤다 가라앉는 물줄기를 바라보며 손바닥을 펼친다. 딸의 얼굴에 깃든 평온과 기쁨이 내게로 건너온다. 그렇게 나는 내가 의미 있는 존재라는 것을 확인한다. 죽기 전까지 딸의 곁에 있을 나를 그린다.

끝이 와도 슬프지 않을 삶이 가능할까.

문득 《지켜야 할 세계》의 윤옥이 떠오른다. 창문 밖 눈 덮인 풍경을 바라보며, 언젠가 찾아오고 말 죽음을 생각하며 적의를 품던 그녀를 생각한다. 그녀의 야성이 유이와 내게 깃들길 바란다. 오랜 시간 마음에 박혀 있던 이 원고를 뽑아내어 독자들 앞에 놓는다. 신경을 곤두세우고 안달복달하는 일도 끝이다. 《앤서》를 어떻게 써나갈지 고민하지 않는 일상이 심심할 것 같기도 하지만 후련함이 더 크다. 이제까지 다른 소설을 낼 때는 사뭇 비장하고 간절한 마음이었는데 무엇 때문인지 《앤서》는 그렇지 않다.

  가붓한 마음으로 원고를 떠나보낸다. 나는 나의 자리를 지켜갈 것이다. 이제까지 그래왔듯 새로이 닥치는 상황도 이겨내고 적응해 나갈 것이다. 오늘을 잘 살고 내일을 맞이할 것이다.

  가능하다면, 끝이 와도 슬프지 않은 삶을 향해서.

2024년 8월, 문경민

앤서

1판 1쇄 발행 | 2024. 08. 29.
1판 2쇄 발행 | 2024. 11. 19.

지은이 문경민

발행처 김영사 | 발행인 박강휘
편집 문새미 | 디자인 윤소라 | 마케팅 김나현 | 홍보 조은우
등록번호 제 406-2003-036호 | 등록일자 1979. 5. 17.
주소 경기도 파주시 문발로 197(우10881)
전화 마케팅부 031-955-3100 | 편집부 031-955-3113~20 | 팩스 031-955-3111

값은 표지에 있습니다.
ISBN 978-89-349-1053-4 03810

좋은 독자가 좋은 책을 만듭니다. 김영사는 독자 여러분의 의견에 항상 귀 기울이고 있습니다.
전자우편 book@gimmyoung.com | 홈페이지 www.gimmyoung.com